CINQ JOURS PAR MOIS

DANS LA PEAU D'UN GARÇON

L'auteur

Lauren McLaughlin a grandi dans une petite ville du Massachusetts appelée Wenham. Elle a vécu une enfance normale, sans crise, ce qui l'a visiblement privée d'horribles histoires personnelles sur lesquelles fonder son roman. Les parents dans *Cycler* ne sont absolument pas inspirés de ses propres parents.

Après des études supérieures, elle a travaillé dix années « pas très glamour » pour l'industrie du film, à la fois comme scénariste et comme productrice, avant de se consacrer à l'écriture.

Cycler est son premier roman, et elle se consacre actuellement à une suite.

Lauren McLaughlin est passionnée par l'écriture, les droits des femmes et la technologie. Elle vit avec son mari photographe, Andrew Woffinden, à Brooklyn.

CINQ JOURS PAR MOIS

DANS LA PEAU D'UN GARÇON

Lauren McLaughlin

Traduit de l'anglais par Sidonie Mezaize

POCKET JEUNESSE

Directeur de collection :
Xavier d'Almeida

Titre original :
Cycler

Loi n° 49 956 du 16 juillet 1949 sur les publications destinées
à la jeunesse : août 2009.

ISBN : 978-2-266-18255-3

Jill

« Je suis une fille. »

Allongée sur mon lit, à moitié endormie, j'entends le son de ma propre voix. Dans mon rêve, je marche pieds nus dans la forêt derrière chez moi. C'est l'automne, les feuilles pourpres glissent lentement sur le sol. Une grande roue apparaît, surgie de nulle part. Je monte dedans sans prendre de ticket.

« Je suis une fille. »

Je répète ça parce que je ne fais plus confiance à mon corps.

Dans mon rêve, la belle journée d'automne fait place à la nuit. La grande roue tourne de plus en plus vite, puis se met tout à coup à rouler à travers les bois sombres. Broyant trois branches sur son passage, elle se dirige vers le lac, à l'orée de la forêt.

Au fond de moi, derrière mes organes, sous mes muscles, une douleur vive est née.

« Je suis une fille. »

J'ouvre les yeux dans la nuit. La vraie nuit, épaisse, étouffante. En voyant les gros chiffres rouges qu'indique mon réveil, je réalise que je suis vraiment réveillée : 4 h 27. La douleur s'installe de plus en plus profondément et je ne sais plus qui je suis.

Jack ou Jill.

— Je suis une fille, dis-je en serrant les dents.

La douleur explose dans mon ventre et dans le bas de ma colonne vertébrale.

D'habitude, je ne me réveille jamais quand cela arrive. Ça se passe pendant mon sommeil. Je glisse ma main sous les draps en priant pour que la transformation soit presque finie. Mais, en cherchant un peu plus bas, je le sens toujours – mou et lisse.

Jack.

Il est censé disparaître pendant la nuit, et je suis censée me réveiller dans mon état habituel. Sauf que là, je dois lutter avec ce *truc* et une douleur profonde, qui, maintenant que j'y pense, ressemble plus à une tornade qu'à une explosion.

— Je suis une fille.

Je me répète ce mantra pour oublier. Mais ça ne soulage pas ma douleur.

J'ai des spasmes dans l'abdomen et, en réponse, je presse le truc de Jack, comme si c'était lui qui m'infligeait tout ça – ce sadique. Je sais bien que ce n'est pas vrai. Avec ma main libre, j'attrape un oreiller et j'y enfouis mon visage.

— Je suis une fille.

Je grogne. Je ne veux pas crier, mais impossible de me contenir.

— Je… !

Je suis perdue, un navire à la dérive sur un océan impitoyable.

— Maman !

Je sais qu'elle ne peut pas m'aider. Personne ne le peut.

— Maman !

La porte de ma chambre s'ouvre, puis le lit s'affaisse un peu sous le poids de maman. Son chignon, d'habitude si soigné, est défait, et son visage pâle porte la trace de l'oreiller.

— Chut, dit-elle. Du calme, ma chérie. « Je suis une fille. » Répète-le.

— Je suis une fille.

Je voudrais que ces mots ou que le visage détendu de ma mère me soulagent, mais rien ne m'apaise, jamais. À l'entrée de ma chambre, j'aperçois papa, les cheveux en bataille, en train de se ronger les ongles, comme toujours. Pas de réconfort de ce côté-là non plus.

Puis ma peau commence à se fissurer.

La douleur se concentre d'un coup à la base du truc de Jack. J'agrippe la main froide de maman et je la serre fort. Ma chair semble se déchirer de l'intérieur. Soudain, je la sens se fendre. J'agite ma tête dans tous les sens.

— Je. HIC. Suis. HIC. Une. HIC. Fille. HIC.

— Tout va bien, assure maman.

Mais sa voix la trahit. Elle aussi se met à paniquer.

Maintenant, la fente s'approche du truc palpitant de Jack. J'essaie de serrer mes jambes l'une contre l'autre. Je ne sais pas pourquoi. L'instinct de protection, j'imagine. Mais je n'ai aucun contrôle sur mes jambes, ni sur rien d'autre, d'ailleurs. Mon corps a pris le dessus, orchestrant ses propres changements depuis la tornade infernale, dans le bas de mon dos.

Celle-ci se déchaîne à présent, écrasant mes os et mes muscles, contractant mes cuisses, liquéfiant mon ventre ferme jusqu'à ce qu'il devienne souple et féminin. Mon corps se reforme seul, sans pitié, arrondissant les angles carrés de ma mâchoire, dégonflant mes biceps apparents puis gonflant brusquement ma poitrine.

— Je suis une fille ! je hurle, hors de moi.

— Ça va aller, dit maman. Respire, ma chérie.

Mais chaque respiration me tord les intestins. Les os de mes chevilles s'affinent. Même mes orteils semblent souffrir du changement. Sans réfléchir, j'attrape dans mes mains moites le truc de Jack et je m'efforce rageusement de respirer en rythme.

— C'est ça. Respire, m'encourage maman.

Avec ce qui me reste de lucidité, je peux encore me souvenir, je peux encore penser. Les idées de Jack, les angoisses de Jack, les désirs de Jack. Il est furieux. Contre moi. Contre maman. Il déteste les tartines de beurre de cacahouète, et elle le force à en manger. Il veut de nouveaux caleçons et des DVD d'Elvis. Il veut qu'on reprenne Internet chez nous.

— Je suis une fille !

Je serre plus fort le truc de Jack. Il s'échappe alors de ma main et disparaît comme s'il était aspiré par un cyclone.

Il n'est plus là.

Il ne reste plus rien, ni de Jack ni de la douleur. Soudain, c'est le calme après la tempête. La douleur n'a pas disparu aussi lentement qu'elle était apparue : elle s'est arrêtée en un instant.

Je lève les yeux vers le visage toujours calme de maman. La porte grande ouverte laisse entrer la lumière du couloir dans ma chambre. Maman balaie une mèche devant ses yeux, puis touche ma joue du revers de la main.

— Plan B ? dit-elle.

— Pas maintenant, je suis fatiguée.

Je relève la tête en direction de papa. Ses cheveux grisonnants et sa grosse barbe encadrent l'expression de terreur figée sur son visage. On dirait un gourou. Mais je suis si heureuse d'avoir survécu à la tornade que maintenant je déborde d'affection pour lui.

— Désolée, papa.

— Tout va bien, ma chérie.

Mais il est encore en train de se ronger les ongles, parce que, en réalité, tout ne va pas bien, et il le sait parfaitement. D'ailleurs, ça n'ira jamais bien. Ni pour lui ni pour moi. Ni pour aucun membre de la famille McTeague.

Car, dans cette famille, il y a un monstre, un phénomène, un esclave du calendrier et de ses hormones lunatiques. Avant chaque cycle menstruel – chaque phase de la lune, si vous préférez une formule plus romantique –, je me transforme en garçon cinq jours entiers. Après quoi je redeviens brutalement une fille.

La plupart du temps, je dors quand ça m'arrive. La plupart du temps.

— Bonne nuit, dis-je. Je passerai au plan B demain matin.

Puis je m'effondre au bout de quelques secondes.

Quatre heures et demie plus tard, j'ouvre les yeux à la lumière blafarde de février qui filtre à travers mes fenêtres givrées. Enfouie sous ma couette rassurante, je me blottis dans mon cocon pour un délicieux moment. Mais, dès que les vagues souvenirs de la nuit passée me reviennent, je bondis hors de mon abri et j'entame les rituels du plan B.

Mais non, ce n'est pas une contraception. Croyez-moi, si j'avais pu anticiper la conception de Jack, j'aurais tout fait pour l'empêcher. Le plan B est ma méthode en quatre étapes pour minimiser l'impact négatif de son existence.

La première étape consiste à fixer dans ma tête l'image de mon visage de fille. Pour ça, je m'assieds bien droit dans mon lit et je m'observe dans la glace, sur la porte de mon armoire. Je scrute mes yeux trop petits, mes joues trop larges. Je ne suis pas jolie, mais ce n'est pas le problème. Je suis féminine. C'est ce qui compte. M'efforçant d'exclure tout jugement, j'absorbe l'image.

Pour l'étape deux, je m'allonge, ferme les yeux et commence mon mantra : « Je suis une fille. » En silence, je répète la phrase au rythme de ma respiration. Voici ce que ça donne. Inspire, pense : « Je suis », expire, pense : « une fille ». Pendant ce temps, je visualise une tache noire au milieu de mon front. C'est le troisième œil. Si j'arrive à rester concentrée et calme, la tache noire gonfle comme un ballon pour finalement engloutir tout mon front. C'est la phase intermédiaire.

À l'étape trois, je projette les cinq jours de Jack sur la tache noire, comme s'il s'agissait d'un écran de cinéma. Puis, avant que je puisse assimiler un seul des détails, je fais disparaître l'image.

À l'étape quatre, je fixe le reflet de mon propre visage dans la tache noire. L'image est floue au début, mais, tandis que je répète le mantra, elle se précise jusqu'à ce que mon visage imparfait apparaisse clairement. À ce moment-là, je sais que je peux ouvrir les yeux sans risque. Tout ce qui a pu se passer du temps de Jack est effacé, oublié, aspiré dans la tornade avec son truc mou. C'est ça, le plan B. Brillant, non ?

Lorsque je me lève du lit, une odeur écœurante émane de moi, aussi je fonce sous la douche. Jack ne se lave pas. Je lui ai écrit un mot à ce propos un jour, et il m'a répondu que je pouvais le lâcher un peu sur l'hygiène. J'imagine que c'est logique d'un point de vue masculin. Je prends une douche bien chaude et me savonne pour commencer la *dépidermication*.

Je ne dis pas que je suis un génie, mais vous devez admettre que le plan B est une invention plutôt futée. Nous l'avons mis sur pied ensemble, quand les transformations cauchemardesques ont commencé, à l'âge de quatorze ans. Par « nous », j'entends surtout ma mère et moi. Papa évoluait déjà dans son univers stupide de yoga, cheveux longs et méditation transcendantale, et aujourd'hui il s'y consacre dans notre sous-sol. Mais c'est une autre histoire. Vous savez quelle a été la première réaction de papa quand j'ai eu mes crises ? « Laissons-nous guider sur la voie de l'acceptation. »

Inacceptable acceptation, oui ! Si vous êtes aveugle, vous pouvez parler d'acceptation. Si vous êtes sourd ou encore paraplégique, vous pouvez parler d'acceptation. Ce que j'ai, moi, n'est pas acceptable.

Pas plus que ces couches de gel dans mes cheveux. Avec Jack, la notion de ce qui est huileux a atteint des sommets. Je vide la moitié d'une bouteille de shampooing sur ma tête et je laisse agir, tandis que je me rase les jambes. J'ai cinq jours entiers de négligence à éradiquer.

Mais revenons au plan B. La médecine n'a rien su dire de mon étrange condition, c'est pourquoi, lorsque la dix millième visite à l'hôpital s'est encore soldée par les regards incrédules de toute une assemblée de médecins, maman et moi avons décidé de faire nos propres recherches. Nous avons passé des heures, des jours, des semaines et des mois sur Internet et à la bibliothèque. Nous avons parcouru des revues médicales écrites dans un jargon si technique qu'il fallait lire d'autres livres pour les comprendre. Nous avons appris tant de choses sur le corps humain que chacune pourrait pratiquer sur l'autre une opération à cœur ouvert. Et vous savez quelle a été la grande conclusion de tout ça ? « Te voilà toute seule, ma chérie. »

Cela a été une sombre période, je peux vous le dire. C'est à ce moment-là que papa a emménagé dans le sous-sol. Maman testait la cure d'œstrogènes. Sur elle-même ! Et moi, je me cachais dans ma chambre afin que personne ne découvre la vérité humiliante de ma cyclique « condition ».

Puis, un jour, j'ai découvert sur Internet un site consacré aux gens qui pratiquent l'auto-hypnose pour effacer leurs souvenirs douloureux.

Ça a fait tilt dans ma tête.

Voyez-vous, nous avions déjà décidé de cacher mon état au reste du monde, la médecine ne pouvant visiblement rien pour moi. Maman est même allée voir le directeur du lycée de Winterhead avec un mot dicté par un docteur au téléphone, qui expliquait que j'avais besoin d'être transfusée toutes les quatre semaines à cause d'une sévère carence en fer. Une façon de justifier mes absences régulières de l'école. C'est là que je me suis dit que, puisque personne ne connaissait ma condition, je pouvais bien la faire disparaître aussi de ma mémoire. Je l'admets, c'était une idée folle. La preuve, c'est que papa est sorti de son sous-sol zen pour nous faire profiter de son expérience toute récente de la méditation transcendantale. C'était suffisamment bizarre pour s'adapter à la situation. Il est même remonté avec le mantra « Je suis une fille ».

Je pratique le plan B depuis trois ans, maintenant, et ça marche si bien que je n'ai plus jamais le moindre souvenir des jours que je passe en garçon. C'est comme presser la touche « Effacer » de ma mémoire. Bam ! Cinq jours disparaissent d'un coup.

Je vous ai dit que c'était génial.

Emmitouflée dans une serviette propre et chaude, je me sens lisse, décrassée et débarrassée de la puanteur.

J'attends l'inspiration, debout devant mon armoire pleine à craquer. Comme d'habitude, je me suis réveillée avec mes règles. Je choisis donc mon jean stretch noir, puis un top blanc à dentelles et une veste en velours côtelé. Je m'apprête à descendre l'escalier pour aller prendre mon petit déjeuner quand je me rappelle un épisode critique survenu le jour avant de me transformer en Jack. Ça s'est passé dans le labo de chimie.

Maman frappe à ma porte.

— Le pain perdu est prêt.

Elle me prépare toujours du pain perdu pour mon Premier Jour.

— Attends, maman.

J'ouvre la porte.

— Mon portable ?

Elle le sort de la poche de son pantalon beige.

— On devrait te le greffer au visage, vraiment.

— Très drôle.

Je le lui prends des mains, je ferme la porte et j'appelle ma meilleure amie, Ramie. Elle décroche à la seconde sonnerie.

— J'ai besoin de ton avis, lui dis-je.

— On est samedi, répond-elle. Je dois vraiment réfléchir, là ?

— Essaie de ne pas être trop débile, ça suffira. Tu peux venir bientôt ?

— Ça dépend.

— De quoi ? je demande.

— De si je peux fouiller dans ton armoire. Je travaille sur de nouveaux projets, explique-t-elle.

Quand Ramie parle de « nouveaux projets », il y a de quoi s'inquiéter. Elle est obsédée par la mode. Pas la « mode sans queue ni tête », comme elle dit, mais la mode « sérieuse, éditoriale », qui sait ce que ça veut dire. Un jour, elle est venue à l'école dans le costume gris de son père *sous* un maillot de bain vintage des années quarante. Voilà Ramie.

— D'accord, dis-je. Maintenant, viens.

Ramie débarque une heure et demie plus tard, avec une pile de *Vogue* italiens, et m'arrache au reste de mon pain perdu. Nous montons aussitôt dans ma chambre. J'adore quand mon Premier Jour tombe un samedi, car je peux passer ainsi du temps avec Ramie. Entre filles. C'est comme clouer la dernière planche du cercueil de Jack.

Ramie lance ses magazines sur le lit, se jette dessus et commence à feuilleter le numéro de novembre. Sans lever les yeux, elle me demande :

— Les traitements, ça va ?

— Une vraie partie de plaisir.

Les « traitements » sont mes transfusions sanguines fictives. Ramie a arrêté de me poser des questions à ce sujet depuis que je lui ai dit que je ne voulais pas être « fichée comme une malade ».

Après avoir balayé rapidement plusieurs pages, elle lève les yeux de son magazine et scrute ma tenue.

— Tu peux faire mieux, pour la veste, affirme-t-elle.

J'arrange un peu ma veste, qui me va comme un gant, puis je me regarde vite fait dans la glace de l'armoire.

— Pourquoi ? Elle me va plutôt bien.

— Elle est trop serrée.

Ramie s'allonge sur le ventre et m'observe du coin de l'œil en survolant son magazine.

— Bon, qu'est-ce qui se passe ? demande-t-elle.

Je m'assieds sur le lit et feuillette le numéro de juin.

— Ben… j'ai un problème pour le bal de fin d'année.

Elle délaisse son magazine.

— Comment peux-tu déjà avoir un problème pour le bal ? On n'est qu'en février !

Elle commence à compter les mois sur ses doigts.

— Quatre mois.

Je pointe du doigt le calendrier accroché au-dessus de mon bureau.

— Cent vingt-six jours, pour être précise.

Ramie regarde le calendrier, sur lequel j'ai noté dans chaque case les jours me séparant de la soirée.

— Euh, Jill, dit-elle, tu as besoin d'aide.

— C'est pour ça que tu es là.

— Non, je veux dire, l'aide d'un professionnel.

Elle replonge dans son magazine.

— Oh, jette un œil là-dessus, ajoute-t-elle.

Elle me lance la revue. Elle s'ouvre sur la photo incroyable d'un mannequin recouvert d'énormes motifs aztèques aux couleurs éclatantes.

— Ça la grossit carrément.

— C'est du volume, Jill.

Elle reprend le magazine en ajoutant :

— La brindille, c'est fini. Tout est une question de volume, maintenant.

— Mouais.

La seule chose positive que je peux dire sur la photo, c'est qu'elle a été prise dans le désert. Quelque part où il fait chaud. Je déteste l'hiver. Il fait tellement froid, ici, dans le Massachusetts, qu'ils ont appelé ma ville Winterhead – le QG de l'hiver. Déprimant, non ?

Ramie tourne quelques pages jusqu'à une ADP, ce qui signifie « annonce sur deux pages », dans l'industrie de la mode.

— Là, voilà ce que j'appelle du style, dit-elle.

Puis elle extirpe du lit son corps d'un mètre soixante-dix-huit sans un pouce de graisse et se dirige vers mon armoire grande ouverte. Elle en sort une robe bustier blanche. Après l'avoir déposée sur le lit, elle retire son pull écru, ce qui fait rebondir ses seins bonnet D sous sa chemise à crocodiles rose. Quand je disais « sans un pouce de graisse », j'oubliais de mentionner la poitrine. Ramie est une vraie bombe. Elle place le pull écru sur le haut de la robe blanche et dit :

— Contraste. Tout est une question de contraste.

— Je croyais que tout était une question de volume ?

— Ce n'est pas incompatible, grosse maligne.

Elle sort de la poche arrière de son jean baggy un large ruban arc-en-ciel, qu'elle place à la hauteur de la taille, sur le pull.

— Alors quoi, je dois m'y prendre comment pour que tu me racontes ton problème pour le bal ?

Elle retourne dans l'armoire et se met à genoux pour fouiller parmi les accessoires qui jonchent le sol.

— OK.

Je pose tous les magazines sur mon bureau afin qu'elle ait la place nécessaire pour exercer ses talents de styliste d'avant-garde.

— Bon, la semaine dernière, pendant le cours de chimie, dis-je, Steven Price m'a invitée à l'accompagner au bal.

Ramie me jette un regard en coin.

— Steven Price ?

Elle est particulièrement jolie quand elle fait ça, alors j'en prends note dans ma tête. Ça pourrait se révéler utile plus tard, si je cherche à adopter une pose sexy.

— Ouais, je réponds. On était en train de nettoyer des gobelets, et il m'a lancé ça comme ça.

Ramie cintre la taille du pull avec une énorme pince à cheveux.

— Hum, fait-elle. Tu ne serais pas secrètement amoureuse de Steven Price et sur le point de me dire que ça tombe bien, par hasard ?

Je m'effondre sur le lit au milieu des vêtements en vrac.

— C'est un type vraiment, vraiment super gentil mais…

— Pas la peine d'en dire plus, déclare-t-elle.

Ramie retrousse les manches du pull écru.

— Les ringards sont très populaires aujourd'hui, mais bizarrement Steven se débrouille pour n'être qu'un ringard. Qu'est-ce que tu lui as répondu ?

— J'ai dit : « Allons, Steven, tu ne crois pas que c'est un peu tôt pour y penser ? »

— Aïe.

— Je sais.

Je fais un nœud sous la poitrine du pull dans l'espoir de rendre un peu plus discrète la tenue qu'elle prépare.

— Je ne voudrais vraiment pas blesser Steven, dis-je. Il a été mon binôme en chimie pendant deux ans.

— Hum.

Elle ajuste le nœud du ruban un peu à gauche, puis se ravise et le défait.

— Maman dit qu'il faut garder des types comme Steven Price sous la main pour plus tard. Mais pour l'instant, c'est carrément « mort sociale », j'ajoute.

Ramie me lance un regard perçant.

— Je sais, je sais… Ça ne t'étonne pas de ma mère. Quoi qu'il en soit, tout ça me fait penser que je n'ai pas de petit ami, pas de perspectives d'avenir et aucune stratégie pour être sûre de m'éclater au bal de fin d'année.

« Hum » est tout ce que Ramie arrive à répondre. Puis elle s'intéresse au bas de l'armoire, où s'est développé tout un écosystème de vêtements oubliés. J'aurais sans doute dû préciser que, pour Ramie, le bal est un événement débile. De toute façon, Ramie pense que toutes les traditions du lycée sont débiles.

Elle se relève en tenant un foulard oriental à paillettes, qu'elle pose sur l'immonde pull écru.

— Et voilà !

Elle s'éloigne de la tenue et l'observe. Puis elle enlève sa chemise à crocodiles rose et comprime ses seins bonnet D dans le corset bonnet B de la robe.

— Zippe la fermeture Éclair, dit-elle.

Je remonte un peu la fermeture dans son dos.

— Tu peux respirer ?

— Non, mais continue, répond-elle.

Elle rentre le ventre, et je remonte difficilement la fermeture Éclair d'un centimètre.

— C'est tout.

Je me recule, tandis qu'elle enfile le pull écru et serre le nœud sous sa poitrine.

— Il faut savoir souffrir pour son art, affirme-t-elle.

— Mouais.

Si drôle que soit le spectacle de Ramie en train de se débattre avec la robe bustier, je pense toujours au bal. Un peu comme si l'univers lui-même invoquait ses superpouvoirs pour me sauver des mâles du lycée.

Je prends une grande inspiration avant de demander à Ramie :

— Sinon, qu'est-ce que tu penses de Tommy Tateson ?

— Tommy Tateson ? Ce type bizarre qui vient du Brésil ?

Elle sort un gilet rose de l'armoire.

— New York, je corrige. Je crois qu'il vient de New York.

— Oh, j'avais compris Brésil. Mais j'ai aussi entendu Los Angeles. Il est plutôt mystérieux et il ne parle pas beaucoup, non ?

— Non, dis-je. Mais il n'arrête pas de me regarder.

— Vraiment ?

— On est ensemble en cours de maths. Il est assis pas loin de moi, et il a commencé la semaine dernière

— Ah.

Elle passe le gilet rose par-dessus la tenue.

— Je ne parle pas de petits regards discrets, hein. Ça dure carrément une, deux, trois grosses secondes ! Une fois, j'ai compté comme ça jusqu'à cinq !

— Tu comptes ?

Elle me tend le ruban arc-en-ciel et écarte les bras. J'attache le ruban autour de sa taille.

— Plus haut. Façon Empire, précise-t-elle.

Je remonte le ruban, et la tenue ressemble tout à coup à celle d'une femme enceinte.

— C'est donc ça, le problème ? reprend Ramie. Tu veux aller au bal avec Tommy Tateson ?

— Pour l'instant, c'est mon candidat numéro un.

Ramie me tend un béret en cachemire blanc, et j'y fourre ses longs cheveux noirs en bataille.

— Il n'est pas moche, dit-elle.

Croyez-le ou pas, mais c'est un énorme compliment de la part de Ramie.

Elle a décidé de laisser tomber les garçons jusqu'à ce qu'elle entre à la fac, où elle compte bien avoir une aventure avec un prof. Un prof *européen*. Vraiment, je suis sérieuse.

— Mais, avant que tu te lances, laisse-moi mener mon enquête, ajoute-t-elle.

Je panique.

— Ramie, tu ne dois sous aucun prétexte faire comprendre à Tommy Tateson que je m'intéresse à lui.

— Fais-moi confiance, j'ai dit mener mon enquête, pas cafter.

Ramie se tourne pour étudier son profil.

— Dis, tu trouves qu'il y a quelque chose qui cloche dans la tenue ?

Je la regarde.

— Ouais, Ram. Tu ressembles à une baleine.

— Pas ça, idiote.

Elle montre le béret du doigt.

— Chapeau blanc. Robe blanche. C'est trop ton sur ton.

Elle retire le béret et secoue ses longs cheveux.

— Ouais, Ram. C'était ça, le problème. Ça change tout, c'est sûr.

Elle se tourne d'un côté et de l'autre pour observer l'évolution bibendum de son horrible tenue. On dirait qu'elle cherche à grossir ses jambes maigrichonnes.

— Bouffie chic, dis-je.

Je plaisante, évidemment, mais Ramie, folle comme elle est, me lance un regard que je connais bien.

— Pas question, j'ajoute.

Elle hoche la tête doucement.

— Si, Jill, si.

Elle m'agrippe par les épaules et me regarde du haut de son mètre soixante-dix-huit.

— Bouffie chic. C'est parfait.

— Tu ne vas pas porter ça ?

— Oh que si, je vais le faire, répond-elle.

J'essaie de détacher le ruban arc-en-ciel de sa taille, mais elle repousse mes mains.

— Aujourd'hui je pars de chez toi dans cette tenue, dit-elle. Et je la mettrai lundi au lycée.

Elle le fera, bien sûr. Elle se baladera toute la journée habillée en Bonhomme Michelin rose et tentera de répandre la rumeur selon laquelle « bouffie chic » est LA nouvelle tendance. Le plus bizarre dans tout ça ? D'ici la fin de la semaine, elle aura trouvé des adeptes.

— Hé, tu sais, reprend-elle, tu devrais peut-être jouer les Steven Price avec Tommy Tateson.

— Qu'est-ce que tu veux dire ?

— Eh bien… faire une première approche.

— Tu veux que j'invite Tommy Tateson au bal de fin d'année ?

— Pourquoi pas ?

Je m'assieds sur un coin du lit.

— Je n'y avais pas pensé… Mais ça ne serait pas un peu trop direct, quand même ?

— Les garçons adorent ça. Prends les devants. Pourquoi est-ce que tu devrais attendre que ça vienne de lui ?

De la part de Ramie, c'est un peu gonflé de donner des conseils sur ce qu'aiment les garçons ou pas. Elle n'est pas vraiment experte en la matière. Ne me faites pas dire ce que je n'ai pas dit. Il n'y a pas un garçon au lycée qui ne voudrait pas coucher avec Ramie. Mais je ne crois pas qu'un seul d'entre eux aimerait *sortir* avec elle. Comme maman n'arrête pas de me le répéter, je serais plus populaire si je « reconsidérais ma loyauté pour cette fille ». Mais je ne suis pas faite pour être populaire. Franchement, le simple fait que j'arrive à mener un semblant de vie normale est déjà incroyable, étant donné mon aptitude pour les catastrophes humiliantes. De plus, avec Ramie comme meilleure amie, personne ne peut décemment m'accuser d'être bizarre, en comparaison.

La porte émet un grincement, et maman entre d'un air dégagé.

— Tiens, maman, dis-je. On entend bien derrière la porte ?

Elle hésite.

— Je vais réchauffer de la soupe pour le déjeuner. Ramie se joint-elle à nous ?

Elle ne jette pas un seul regard à Ramie. Un jour, maman l'a traitée de « disciple du chaos ». Quand je l'ai répété à Ramie, elle a trouvé ça tellement cool qu'elle a pensé à se faire tatouer ces mots sur ses fesses.

— Maman, on vient juste de petit-déjeuner !

— Bien sûr, ma chérie, mais je dois savoir quelle quantité je dois décongeler.

Sans regarder Ramie dans les yeux, elle la détaille des pieds à la tête.

— Jill, c'est ta robe ?

— C'est bon, je suis d'accord, maman.

Ramie attrape les magazines sur mon bureau.

— Je dois filer. Je te tiens au courant si j'apprends quoi que ce soit sur tu sais qui.

— Cool, dis-je.

Maman suit Ramie des yeux tandis qu'elle se précipite dans le couloir et disparaît dans l'escalier.

— Était-ce le gilet qu'il te fallait absolument et pour lequel tu étais prête à mourir si tu ne l'avais pas à Noël ?

— Elle ne me le vole pas. Elle me l'emprunte, c'est tout.

Maman tire sur les manches de son pull en cachemire, puis s'approche de moi.

— Quoi ? je lance.

— Alors comme ça, tu te fais du souci pour le bal de fin d'année ?

— Je ne me fais pas de souci, maman. J'ai juste envie d'y aller avec Tommy Tateson.

Elle plisse les yeux.

— Quoi ! je m'exclame.

— S'il veut y aller avec toi, chérie, il te le proposera.

— Et s'il est timide ?

Maman soupire, comme si je lui avais demandé de m'expliquer une évidence. Puis elle brandit un livre de poche, qu'elle avait coincé sous son bras, et me le tend.

— Le *Guide* ? dis-je.

Maman acquiesce.

— À ton âge, nous n'avions pas de livre comme celui-là. On devait improviser.

Le livre est sous-titré : *Conseils pour séduire M. Parfait*. Ça me fait frissonner.

— Les hommes sont différents, continue maman. Plus tôt tu le sauras, mieux ce sera.

— Je me fiche des hommes, maman. Il n'y a qu'un garçon qui m'intéresse : Tommy Tateson. Les autres pourraient disparaître dans la minute, ça me serait complètement égal.

Je pose le livre sur le bureau et commence à ramasser les vêtements que Ramie a balancés à travers ma chambre, y compris son propre pull, abandonné au sommet d'une pile.

Maman croise les bras et s'appuie contre l'angle de la porte.

— Je sais que c'est dur à admettre, dit-elle, mais, même à l'âge mûr et avancé de dix-sept ans, tu peux ne pas tout savoir sur certaines choses.

— Très bien. Je vais le lire.

Elle me lance un dernier regard condescendant, puis quitte la pièce. D'un côté, je ne suis pas très disposée à recevoir les conseils de maman sur les garçons. Ce n'est pas comme si elle pouvait se vanter de son mariage avec papa. Ils se sont à peine parlé depuis qu'il a décidé d'occuper seul notre sous-sol. De l'autre, si j'en crois ses histoires, à l'époque où elle était à la fac, durant ces bonnes vieilles années quatre-vingt, maman croulait sous les « propositions ». Pas moins de six mecs l'ont invitée à sortir avec eux ! Six !

Et elle a choisi papa. C'est le truc dingue de l'histoire. Mais, à cette époque-là, il était normal. Il était avocat, jusqu'à ce qu'il plante sa carrière « la veille de devenir associé, bon sang », pour reprendre la phrase préférée de maman. Maman avait cumulé deux emplois pour l'aider à intégrer l'école du Barreau. Elle a donc plutôt mal réagi quand elle a appris cette soudaine décision. Comme vous l'avez sûrement compris maintenant, mes parents sont terriblement compliqués. J'essaie de ne pas y penser.

Enfin bref, j'ouvre tout de même le livre au premier chapitre : « Devenez une personne différente des autres. » Je suis déjà à peu près sûre d'être différente des autres, mais les auteurs ont visiblement autre chose en tête. Pour eux, être différente signifie déguster et non engloutir son verre, faire des pauses entre les phrases, et – je ne rigole pas – « se recoiffer d'un seul geste élégant si l'on a les cheveux qui tombent devant les yeux ».

Je me tourne vers mon miroir et j'exécute le mouvement en question. Au début, ça me semble particulièrement artificiel, mais, après avoir répété le geste plusieurs fois, ça commence à paraître naturel et, je dois l'admettre contre toute attente, c'est très élégant. Ça bat largement le fait de plaquer ses cheveux derrière les oreilles ou, pire, de mettre une barrette.

Je continue ma lecture. La plupart des sujets tournent autour du thème : « Jouer le jeu à fond pour arriver à ses fins. » Des conseils pour abréger une conversation et ne jamais téléphoner à un mec. Pourtant, je ne peux pas m'empêcher de penser : si tous les gens qui lisent ce livre suivent ces conseils, n'allons-nous pas devenir justement des personnes *comme* les autres ?

Je referme le livre et jette un œil à mon calendrier. Il me reste cent vingt-six jours pour inciter Tommy Tateson à m'inviter au bal. Ça peut vous paraître long, mais pour l'instant je n'ai même pas l'ombre d'une stratégie. Je reprends le *Guide* de maman. C'est déjà un début, non ?

14 mars

Jack

Je vais vous dire un truc à propos de Jill. La vie de cette fille me fait penser à un conte de fées. Je suis sûr qu'elle se lève en entendant les oiseaux siffler un air joyeux devant sa fenêtre. Ouais, mais tout n'est pas si rose, hein ? « Bouhou, Steven Price m'a invitée au bal de fin d'année alors que je rêve d'y aller avec Tommy Tête-de-nœud. »

Eh ben, écoute ça, Petite-Jilly-fait-pipi-au-lit, si ton plus gros problème dans la vie c'est de magouiller pour que des crétins aux regards langoureux t'invitent au bal, tu peux bien excuser l'autre partie de nous de ne pas éclater en sanglots. Certains ont des *vrais* problèmes à gérer.

Allez, c'est bon, Jack, garde la tête froide. Respire à fond.

Désolé. Je ne veux pas faire de monologue. Je suis juste de mauvaise humeur. Je suis toujours de mauvaise humeur quand je me réveille. C'est hormonal. Jill, cette petite garce chanceuse, a plus de trois semaines par cycle pour vivre son existence débile. Moi, je n'ai que cinq jours. Cinq jours *prémenstruels*. Combien de types ont à se plaindre de ça ?

Mais n'allez pas pleurer sur mon sort. Je contrôle la situation. Jill peut bien avoir ses rituels de plan B. Moi, j'ai les rituels du plan Jack. Ce qui donne : me réveiller, vérifier que je suis entier (si vous voyez ce que je veux dire), puis tirer mes fesses à l'air hors du lit. Jill a eu la décence de commencer à dormir nue à la fin de sa phase, depuis que je lui ai fait savoir ce que je ressentais en me levant avec les bourses tressées comme une corde. Eh oui, je dois en effet parler à Jill de ce genre de choses. Je dois lui laisser des petits mots à cause de tous ces trucs du plan B qu'elle fait pour m'éliminer. Je vous le dis, cette fille ne sait *rien* de ma vie.

Ce qui signifie aussi qu'elle ignore tout ce que je sais sur *la sienne*.

Enfin bref, la première chose que je fais après avoir vidé ma vessie pleine comme un ballon, c'est vérifier le calendrier, avec les jours consciencieusement cochés par Jill. Puis je m'allonge sur le dos pour commencer mes propres exercices de méditation.

Bien sûr, je saute le truc « Je suis une fille ». Je vais directement à l'étape de la tache noire. Elle est toujours là, bien présente au milieu du front, où Jill l'a laissée. Mais, au lieu de l'utiliser pour faire disparaître des choses, je fais le contraire. Je me visualise en train de me faufiler dedans comme un serpent. Puis je projette les trois longues semaines de Jill sur la tache noire à la manière d'un film en accéléré et je prends note mentalement des meilleurs passages. Je ne pense pas qu'elle apprécierait si elle savait que j'enregistre tout ce qu'elle fait, dit, pense, prétend, sent, touche, et même tout ce dont elle rêve. Vous apprécieriez, vous ?

Mais ne me jugez pas trop vite. La vie de Jill – cette vie insignifiante de ver de terre admiratif de Ramie – est ma seule expérience du monde extérieur. Je ne peux pas me permettre de l'oublier.

C'est comme ça. Je suis réaliste. Je comprends comment le monde fonctionne. Je n'ai aucun intérêt à exhiber notre « condition » comme un numéro de cirque. De plus, tant que le plan B continue de marcher, je n'ai pas à m'inquiéter. Oh, ne soyez pas naïfs. Ils m'auraient piqué tel un chien enragé, s'ils avaient pu. Ils ont d'ailleurs essayé. C'était le plan A.

Franchement, le fait que « maman » (croyez-moi, j'utilise ce mot sans conviction) ne m'ait pas encore menacé avec un scalpel relève du miracle. Cette femme est dingue. Vous auriez dû voir sa réaction le jour où je me suis réveillé. Non, pas le jour où miss Cucu-la-praline a vu un pénis pousser entre ses jambes. Je parle du jour où le pénis a eu envie d'un peu d'autonomie. Ne me demandez pas comment c'est arrivé. Je ne suis pas psy. Tout ce que je sais, c'est qu'en mai, alors que nous étions en seconde, un an après le début des règles, j'ai arrêté d'avoir l'impression d'être « Jill avec un pénis » et j'ai commencé à me sentir moi-même.

Ce jour-là, ça a dégénéré. Au dîner, j'ai dit à maman et à papa que je voulais qu'on m'appelle Jack, pas Jill. Normal, je suis un mec. Vous auriez vu la tête de maman ! Elle a planté sa fourchette dans sa purée et dit : « Pas question. » J'aurais dû laisser tomber, à ce moment-là. Le fait que j'étais tout à coup, eh bien, *vivant* ne signifiait rien pour elle. À ses yeux, je n'étais rien d'autre qu'une vilaine verrue sur la jolie joue de sa fille. Elle et papa ont parlé de fermer la porte de ma chambre à clé, et même d'y mettre des verrous. Et si je m'échappais ? Si je rôdais dans le voisinage comme un démon ? Si je ruinais leur précieux plan B ?

Maman et papa ont finalement retrouvé un peu la raison. Enfin, maman, surtout. Parce que papa, ça fait un certain temps qu'il a perdu la boule. Maman a abandonné l'idée des verrous et des cadenas et a installé un puissant filtre parental sur notre connexion

Internet. Tu parles. J'ai mis deux jours pour le pirater, créer une page sur MySpace et commencer à télécharger tout un tas de films pornos. Mais la victoire a été de courte durée. Quand maman l'a appris – qui sait comment –, elle a résilié notre abonnement. Le lendemain, elle a fait couper notre ligne téléphonique. À présent, seules elle et Jill ont un téléphone portable, que maman garde sur elle de peur que je pose mes mains crasseuses dessus et que je passe de distrayants appels pornographiques. Ce que je ferais, bien sûr.

Après ça, maman et moi avons fait une trêve tacite. J'ai arrêté d'essayer d'exhiber mon horrible personne devant le monde extérieur. Elle m'a acheté des livres, des CD et une Nintendo. Mais les choses ont changé. Je suis devenu un invité indésirable dans la maison. Un invité indésirable et *dangereux*. Au bout d'un moment, j'ai décidé de dîner dans ma chambre. Maman s'en moque. Elle est ravie d'être débarrassée de moi. Papa est plus difficile à cerner. Il a toujours cette expression coupable, comme s'il s'apprêtait à dire quelque chose mais ne savait pas comment le formuler. Qu'est-ce que je suis censé en penser, moi ?

À présent, je ne quitte presque plus ma chambre, sauf pour dévaliser le frigo. Parfois je tombe sur papa dans la cuisine, mais, la plupart du temps, il reste dans le sous-sol et moi dans ma chambre. Quand j'ai besoin de quelque chose, je laisse un message à Jill. Elle est plutôt cool, pour ce qui est de m'obtenir des trucs : livres, DVD, ce genre de choses. Elle est gentille, je crois. J'aimerais juste qu'elle ne soit pas si nunuche.

C'est un vrai problème pour moi car, comme je l'ai dit, sa vie est ma seule échappatoire sur le monde extérieur. Ce serait juste sympa si elle se lâchait un peu. Je ne sais pas, moi, si elle saccageait une boutique, par exemple, ou si elle giflait un prof ou faisait une expérience lesbienne. N'importe quoi. Au lieu de ça, je suis forcé de vivre par procuration les pénibles non-aventures de miss Citoyenne modèle.

Mais qu'est-ce que je peux faire ? J'essaie d'en tirer parti, voilà tout.

Quoi qu'il en soit, le 14 mars, après avoir vidé ma vessie et pris note qu'il ne restait plus que cent un jours avant que Tommy Tête-de-lard nous invite au bal, je me suis allongé, j'ai appelé la tache noire et je me suis faufilé dans la vie de Jill. Je vous épargne les détails. Tout ce qu'il y a à en dire se résume à ça : « Vu Ramie en soutien-gorge... lu rapidement le *Guide* de maman... me suis cassé un ongle... ai trébuché contre Tony Camere devant tout un banc de joueurs de foot... demandé à Mme Wainwright de changer mon 18 en 19 à ma dissert... me suis presque fait pipi dessus quand Tommy Tête-de-veau m'a regardée... me suis discrètement curé le nez en cours d'espagnol... m'entraîne à poser comme Ramie en regardant derrière moi. »

Passionnant, hein ? Attendez une minute. Il y a un épisode dans les aventures de Heidi au pays des nazes qui me fait toujours vibrer. J'y pense très souvent. Je savoure chaque détail interdit. Si Jill savait à propos de ce plaisir illicite, elle flipperait. Mince, ça me fait peur, à moi aussi, parfois. C'est quelque chose de vraiment tabou. Mais qu'est-ce que je peux y faire ? Je suis un mec, en chair et en os. Ce n'est pas parce que personne ne sait que j'existe que je n'ai pas de besoins. D'ailleurs, j'ai besoin d'un truc, là, maintenant. Le moment est venu d'adresser à Fifi Grain-d'acier une nouvelle requête.

18 mars

Jill

J – 97 avant le bal de fin d'année.

Je me réveille, la transformation bien accomplie derrière moi, je fais mes rituels de plan B et je ramasse le mot que Jack a accroché au miroir. C'est écrit : « Chère Jill, besoin de plus de porno. »

Hic. Je continue de lire. « Tu ne voudrais pas que mon esprit répugnant vagabonde vers ce qui l'attire le plus en ce moment, alors rends-nous un service et fais en sorte que Mère supérieure reprenne Internet. Merci. Jack. »

Je pensais que ça serait dur de partager ma chambre avec un garçon qui sent des pieds. La partager avec un garçon qui sent des pieds *et* réclame des films pornos est une expérience plus dure encore.

On frappe à ma porte.

— Tu es levée ? demande maman.

J'ouvre et je vois maman en parfaite tenue de travail : tailleur beige en synthétique avec un pantalon trop court (il va vraiment falloir que je lui en parle, un de ces jours). Ses cheveux sont relevés et coiffés de façon stricte. Mais son visage est illuminé par un grand sourire qui lui fait plisser les yeux.

— Quel jour sommes-nous ?

— Dimanche, dit-elle. Je remplace Pamela, aujourd'hui.

Je hoche la tête et coche les quatre jours précédents sur mon calendrier.

Elle remet mes cheveux en place et me propose :

— Je te prépare du pain perdu ?

J'acquiesce.

Elle redescend, et je file prendre ma douche. J'enfile un jean et un tee-shirt, puis je descends l'escalier à mon tour.

D'habitude, papa prend son petit déjeuner dans sa caverne zen, mais l'odeur du sirop d'érable chaud le fait toujours sortir de son trou. Il semble hésiter avant d'entrer.

— Salut, ma puce.

— Eh ben, c'est la fête, aujourd'hui, je lui réponds.

Dans ses bons jours, papa a des goûts vestimentaires immondes, mais aujourd'hui, il porte des chaussettes gris foncé, un short de bain turquoise décoloré sur une grande partie de la jambe droite et un tee-shirt Laurel et Hardy déprimant que quelqu'un lui a offert à son anniversaire, il y a un siècle.

— Dis donc, papa, dis-je, t'as trouvé ces affaires dans une poubelle, ou quoi ?

Il fait une révérence et déclare :

— Rien ne se perd, tout se transforme.

Croyez-le ou pas, une phrase comme celle-ci peut passer pour de la jovialité dans la famille McTeague.

Papa et moi nous asseyons sous la lumière pâle de la cuisine, tandis que maman verse le sirop dans une saucière avant de nous rejoindre.

— Tu te sens bien, ce matin ? me demande-t-il.

— Pas trop mal.

Je pique deux bouts de pain perdu et les dépose dans mon assiette.

Il y a du givre sur la petite fenêtre au-dessus de l'évier de la cuisine. Les arbres dans la cour sont gris et sans feuilles. Une journée sinistre, typique à Winterhead. Mais, à la maison, tout est calme et agréable, l'odeur persistante d'oignon de papa faisant un drôle de contraste avec celle, familière, du beurre fondu et du sirop d'érable.

— Bon, dis-je, Jack veut que vous repreniez Internet.

Papa lâche sa fourchette bruyamment, et maman se raidit. Ils détestent quand je ramène Jack sur le tapis.

— Pourquoi ? demande maman en écarquillant les yeux.

J'ai pas mal d'imagination, mais là, il est bien trop tôt pour que j'invente quoi que ce soit, alors je leur raconte tout.

— Il veut des films pornos. Il dit que, s'il ne les a pas, son esprit va vagabonder là où je ne veux pas qu'il aille. Ne me demandez pas ce que ça veut dire. Je ne veux pas le savoir.

Je me sers un peu de jus d'orange.

Papa commence à tirer sur sa barbe, puis plante sa fourchette sur le plat de pain perdu et en ramène un morceau dans son assiette.

Je regarde maman, dont le visage a repris son expression habituelle de tranquillité mécanique.

— Prête-lui les magazines de ton père. Il a un stock de vieux *Playboy* cachés dans une boîte, au sous-sol. À côté de son équipement de hockey.

Je ne regarde pas mon père. Je crois que sinon je ne pourrais plus jamais le regarder. Mais, au-delà des limites de mon champ de vision, je peux voir ses phalanges se crisper autour de sa fourchette. Maman cache sa gêne derrière son sourire figé, comme si tout était parfaitement normal. Puis elle se sert une autre tasse de café.

— Ne t'inquiète pas pour ça, ma chérie.

Elle vide la moitié d'une boîte d'aspartame dans sa tasse sur laquelle on peut lire : « Relax, une femme va vous servir. »

— Tous les garçons font ça.

Elle avale une petite gorgée de son café.

— À peine plus évolués que des chimpanzés.

Les phalanges crispées de papa se desserrent autour de sa fourchette, la laissant tomber à nouveau dans son assiette.

Maman déguste une petite bouchée de pain perdu et me jette un regard furtif.

— Maman, je ne vais pas lui donner les… magazines de papa.

Je suis incapable de dire les mots « pornos » et « papa » dans la même phrase.

— Mais moi, je ne reprendrai pas Internet, répond maman. Pas après ce qui s'est passé la dernière fois.

— Je pense que Jack a compris la leçon. Il s'est bien comporté depuis, non ?

Maman me jette un regard glacial, comme si j'étais naïve, mais parfois j'ai l'impression que ça lui plaît d'avoir à supporter le pire de Jack… et des hommes, en général.

— Mais alors, qu'est-ce qu'on peut faire ? j'ajoute. Jack dit qu'il en a besoin.

Maman regarde papa, les yeux grands ouverts, comme si elle attendait de lui qu'il ait une idée, mais papa n'en a pas eu depuis des années. Papa est un cerveau sans idées. Je penche la tête et le regarde en biais. Il garde les yeux rivés sur son assiette tout en piquant un autre morceau de pain perdu, qu'il noie sous du sirop. Lorsqu'il lève le nez vers maman, ils se regardent en chiens de faïence. Le sourire de maman ne vacille pas. Elle peut être furax et en même temps sourire, se faire les ongles, préparer le dîner… vous voyez le genre.

Après quelques secondes glaciales, maman pose son couteau et sa fourchette dans son assiette.

— Bien, j'achèterai quelques magazines après le travail, propose-t-elle.

Même si elle me regarde en disant cela, ses paroles sont clairement adressées à papa, en réponse à sa présence insignifiante au sein de la famille.

— Merci, maman.

Elle me fait signe que ce n'est rien, puis termine son café.

— Je dois aller travailler.

Elle dépose son assiette dans l'évier, après avoir jeté ses restes dans la poubelle, la rince rapidement et la met au lave-vaisselle – tout ça sans un mouvement de trop. Puis elle quitte la cuisine en coup de vent, comme si nous n'avions pas discuté de pornographie en mangeant du pain perdu.

Nous restons seuls, papa et moi.

Le téléphone sonne, et je bondis, prête à engager une longue conversation avec qui que ce soit au bout du fil, même tante Billie.

— Salut, Jill.

Ouf, c'est Ramie.

— Devine quoi ? dit-elle.

J'emporte le téléphone hors de la cuisine et je m'effondre sur le canapé beige du salon. Un « Devine quoi ? » de Ramie peut vouloir dire n'importe quoi.

— J'ai été prise à l'ITM ! m'annonce-t-elle.

— C'est super ! En même temps, ça ne me surprend pas, t'es un vrai petit génie.

L'ITM est l'Institut technologique de la mode à New York.

— J'aimerais tellement que tu puisses y aller avec moi ! s'exclame-t-elle.

— Ben voyons, fais-je en soupirant.

Je donnerais n'importe quoi pour aller à la fac, mais, malheureusement, le plan B serait difficile à exécuter dans un dortoir. Alors je me prépare à rester coincée à Groton, une université chrétienne à Winterhead.

— Il n'est pas trop tard, dit Ramie. Tu pourrais faire une demande pour le second semestre. Je pourrais m'occuper de toi, t'accompagner à tes soins et tout ça. On pourrait être colocs.

Oui, comme *ça*, ça pourrait marcher, en effet.

Je n'avais pas exclu la possibilité d'aller à l'université de Boston, mais maman pense que je ne devrais pas trop m'éloigner de la maison, du moins pas la première année.

— Ramie, je vais aller à Groton chercher Jésus.

— Pourquoi, il a disparu ?

Décidément, je n'aime pas penser à l'université. Le futur, en général, est pour moi une vraie source d'angoisse. Quand j'imagine ce qui m'attend lorsque je devrai partir de la maison, ça me donne de l'urticaire. Ce n'est pas que j'aimerais être comme ces losers qui ne quittent jamais leurs parents. Seulement maman et moi n'avons pas pensé à faire évoluer le plan B en plan C : la Vie indépendante. Maman dit qu'il est trop tôt pour s'en inquiéter. Moi, je planche déjà sur la question.

— Ram, je suis trop contente pour toi.

— Merci, répond-elle.

Mais son ton transpire la morosité.

— Allez, ne gâche pas tout. Tu vas à l'ITM, et je viendrai te voir, t'inquiète.

— Promis ?

— Évidemment ! À part ça, miss Étudiante fainéante, qu'est-ce que tu as à me raconter ?

— Ah oui, dit-elle. La première phase du projet « Tommy Tateson » est un succès.

— Chut ! On ne doit pas l'appeler comme ça. Faut dire le projet X.

J'entends les couverts de papa cogner contre son assiette tandis qu'il termine tout seul son pain perdu.

— Sinon, j'ai une vidéo à te montrer, ajoute Ramie. Tu veux venir t'entraîner ?

— Raconte d'abord. Qu'est-ce que tu as appris sur notre cible principale ?

— Ce n'est pas un dealer, affirme-t-elle.

— Parfait.

— Je savais que ça te ferait plaisir. Sache également qu'il ne s'est jamais prostitué sur Hollywood Boulevard.

— Quoi ?

Je tombe presque du canapé.

— Je n'avais jamais entendu parler de ça.

— Eh bien, il y a pas mal de fausses rumeurs sur son compte. J'ai pêché ces infos parmi une flopée de ragots.

— Mais tu es sûre que ce sont des fausses rumeurs ?

— Absolument. Mes sources les plus fiables sont des élèves de son cours d'arts plastiques, qui m'ont dit qu'ils ne lui parlaient plus trop, maintenant.

— Pourquoi ça ? je demande.

— Aucune idée. Ils ont tous haussé les épaules ou sont restés évasifs quand je leur ai posé la question. Faut reconnaître que ce type est du genre plutôt asocial.

— Et c'est mal ?

— Ça dépend.

— Tu veux dire qu'il est tellement au-dessus des autres élèves qu'il n'a pas besoin de leur médiocre compagnie ?

— Ou alors qu'il est sur le point de massacrer tout le lycée.

Je m'entends déglutir. Mais je suis convaincue que Tommy Tateson n'est pas *ce* genre d'asocial. Il y a quelque chose de trop doux dans ses yeux.

— Oh, poursuit Ramie, et apparemment il a eu une relation désastreuse à New York avec une fille plus âgée, qui s'appelle Tinsley.

— Tinsley ?

— C'est un nom de fille de riches, explique-t-elle, ce qui est une bonne nouvelle, compte tenu de notre projet.

— Bien vu.

J'entends papa sortir de table et mettre son assiette dans le lave-vaisselle.

— Alors, tu viens t'entraîner ? demande Ramie.

— J'suis là dans quinze minutes.

Je raccroche et repose le téléphone sur son socle dans la cuisine.

— Je dois filer, dis-je à papa.

J'évite de le regarder. Dorénavant, je suis décidée à ne plus jamais le faire.

Je vais vous faire une révélation : le projet X, alias le projet Tommy Tateson, est le deuxième plus gros succès de la famille McTeague (le plan B restant évidemment à la première place). Ramie et moi avons fait les derniers ajustements du projet X avant la phase de Jack, enfermées dans ma chambre à grand renfort de chips. Maman croyait qu'on révisait un contrôle d'espagnol. Du moins, elle faisait semblant de le croire. Elle n'approuve pas plus l'existence de Ramie que mon obsession pour Tommy Tateson, mais, pour je ne sais quelle raison, elle s'est résignée. De cette façon, elle peut me surveiller vingt-quatre heures sur vingt-quatre et feint de ne pas interférer parce que le projet X colle parfaitement à son *Guide*. Finalement, le livre de maman est un vrai plan d'action. Comment ? En faisant de moi une personne différente des autres. Selon le *Guide*, il faut réveiller l'instinct de chasseur des garçons afin de les inciter à demander leur copine en mariage ou, en l'occurrence, à l'inviter au bal de fin d'année. Et puisqu'une « personne différente des autres » signifie en réalité être « snob, hautaine et inaccessible », Ramie et moi avons décidé de prendre comme modèle Alexis Oswell, alias Lexie, la garce richissime.

Lexie, de façon prévisible, est la fille la plus hautaine et inaccessible du lycée. Tous ses amis sont dans un lycée privé, mais ses milliardaires de parents ont préféré l'inscrire dans le public pour être en accord avec leurs idées politiques. Lexie n'a jamais parlé à personne à Winterhead High. Pourtant, elle fait partie de la liste des « Cinq filles avec qui sortir ». Ramie aussi. Quant à moi, j'ai réussi à atteindre la liste d'attente, avec vingt autres filles.

Bref, un jour que j'étais partie faire mes « transfusions sanguines », Ramie a filmé avec son portable Lexie en train de défiler dans les couloirs du lycée. J'aurais dû préciser que Ramie est totalement opposée à ce que dit le *Guide*, ce livre « archaïque », « vulgarisant » et « antiféministe », et encore beaucoup d'autres choses qu'elle est persuadée que je comprendrai quand j'aurai atteint son niveau de lucidité. Elle participe au projet Tommy Tateson – je veux dire le projet X – uniquement parce que c'est une occasion de s'essayer au « relooking », un concept qu'elle a découvert dans *Vogue*. Elle a affirmé que faire de moi une Lexie Oswell, c'était un peu comme faire du Chanel avec du Gap. Après quoi, elle s'est excusée et m'a acheté du thé à la menthe hors de prix car, bien sûr, je n'ai *rien* à voir avec Gap.

À peine arrivée chez Ramie, elle me traîne à l'étage.

— Qu'est devenu le Bouffie chic ? je lui demande. Tu as remis un jean hyper moulant.

Elle me fait asseoir sur son vieux lit cabossé et attrape son ordinateur portable, sur lequel elle a téléchargé des vidéos d'Alexis Oswell.

— Disons que j'ai dû reconsidérer le Bouffie chic.

Elle s'assied en tailleur face à moi sur le dessus-de-lit et lance le lecteur de vidéos.

— Il se trouve que ce n'est pas un style aussi prometteur que je le pensais, compte tenu de la graissification générale du public américain.

— Graissification ?

Elle ajuste l'écran.

— Ouais. Mon nouveau mot de la semaine. Qu'est-ce que t'en penses ?

Je me mets à mon tour en tailleur.

— C'est chouette, Ram. Très délicat pour les gens qui souffrent de surpoids, vraiment.

— Carrément, dit-elle. T'as raison. Allez, on commence. Attention, voilà la charmante et talentueuse Alexis Oswell !

Elle lance la vidéo d'un geste théâtral. Aussitôt les fesses et les jambes squelettiques de Lexie apparaissent au milieu d'un couloir bondé, à côté de la salle d'arts plastiques du lycée.

— Ça tremble un peu. Je ne suis pas une pro du cinéma, reconnaît Ramie.

Nous regardons Lexie marcher sous différents angles et relevons les quatre éléments principaux de sa démarche :

1. Épaules dégagées.
2. Tête rejetée en arrière.
3. Regard perdu à l'horizon.
4. Hanches parfaitement immobiles.

Ce dernier point est le plus gros défi pour moi. Quand je marche, on croirait que j'ai les hanches qui se déboîtent. Pour m'aider à imiter la démarche « snob fesses serrées » de Lexie, Ramie doit s'agripper à mes hanches et les maintenir fermement pendant que je fais des allées et venues devant son lit.

— Arrête de rouler des fesses ! s'exclame Ramie.

Mais mes hanches ne veulent pas obéir. Ramie me lâche et dit :

— Regarde comment je fais.

Elle se place près du vieux radiateur qui siffle sous la fenêtre et essaie de reproduire la démarche à son tour.

— Ramie, tu marches comme un camionneur.

Elle s'arrête face au miroir posé sur sa commode, recule et recommence à marcher en se regardant.

— C'est pas terrible, tu as raison. Je n'avais jamais remarqué que j'étais aussi peu féminine.

— En tout cas, tes seins le cachent bien. Bon, revenons-en à moi, maintenant.

Après plusieurs tentatives, je parviens à dompter mes hanches rebelles, en serrant les fesses et en forçant mes pieds à marcher en canard.

Ramie s'affale sur le lit, face à l'écran d'ordinateur, et compare ma démarche avec celle de Lexie.

— Non, non, non, dit-elle. On dirait Frankenstein. Ton buste est trop raide.

Je m'arrête devant la fenêtre et remue bras et jambes.

— Je crois que j'ai une crampe. Est-ce que mes pieds touchent bien le sol, au moins ?

— Recommence ! commande-t-elle.

Je prends une grande inspiration, serre les fesses et fais trois grandes enjambées en canard jusqu'à la commode, tout en regardant mon reflet dans le miroir.

— Là ! dit-elle, c'est pas si mal. Tu as l'air constipée, mais, si tu relâches un peu les épaules et si tu décrispes ton visage, ça peut le faire.

Contrôler son buste est déjà plus facile. Et rejeter la tête en arrière en ayant le regard perdu n'est pas trop compliqué non plus. Avec son téléphone portable, Ramie me filme en train de défiler. Puis je la rejoins sur le lit pour comparer la vidéo avec celle de Lexie.

— Pas mal du tout, dit Ramie. Je commence même à te détester.

— Oui, mais pas trop quand même, hein ? Rassure-moi.

Ramie hausse un sourcil.

— Quoi ?

— Rien, répond-elle.

Elle rabat l'écran de son ordinateur et se lève.

Je me lève à mon tour.

— Ramie !

Elle soupire.

— Tu n'es pas assez accessible comme ça, affirme-t-elle.

— Tu débloques ou quoi ? C'est bien ça, le but ! Il ne faut pas être accessible, mais avoir de la classe !

— D'accord, dit-elle.

Mais un doute persiste dans son regard.

— Ramie, j'ai besoin que tu me soutiennes dans cette histoire. Si tu hésites, tu dois me le dire maintenant.

— T'inquiète, je suis avec toi. Tu es en train de devenir une vraie snob irascible. Tommy va immédiatement craquer pour toi.

— Distante, pas irascible.

— Très bien. Toi, tu joues la snob distante, tandis que moi, je guette le moment où Tommy va devenir raide dingue de toi.

Je me prends la tête dans les mains.

— Je comprends, dit-elle. C'est vrai que tout ça semble un peu délirant.

— Je m'en fiche. Du moment que ça marche.

Je m'approche de sa collection d'impers vintage. Au-dessus du portemanteau en bois, il y a une photo tirée d'un film avec Greta Garbo, qui fume une cigarette d'un air très distingué. Voilà ce que j'appelle avoir la classe.

— Écoute, dis-je finalement. J'ai essayé d'aborder Tommy Tateson en étant gentille et accessible, mais je n'ai pas obtenu de rendez-vous pour autant. Les garçons sont différents, tu sais.

— Tu parles comme ta mère.

— Oh, arrête. C'est un fait, Ramie. C'est scientifique. Si on veut qu'ils retrouvent leur instinct animal et qu'ils se comportent en chasseurs, on doit jouer les...

— ... collectionneuses ? me coupe-t-elle.

— Non ! Les proies.

J'attrape la ceinture de l'un des impers et je la fais voltiger.

— Je croyais que tu me soutenais.

Elle lève la tête et m'observe avec attention.

— Quoi ? dis-je.

— Il ne s'agit pas seulement du bal de fin d'année, hein ?

— Qu'est-ce que tu veux dire ?

— Tu es amoureuse de lui.

— Non, pas du tout !

Je baisse les yeux et fais tourner la ceinture autour de mes doigts.

— C'est juste un plan correct pour la soirée. Tu sais, dans le genre nouveau et gentil marginal.

— Jill, s'il n'était question que d'aller au bal, tu aurais pu dire oui à Steven Price.

— Je ne vois absolument pas de quoi tu veux parler.

Ramie secoue la tête.

J'entortille mes doigts autour de la ceinture.

— Regarde-toi, dit-elle, tu es dans un état avancé d'excès de Tommy. Tu es tommyfiée. Tu es accro à Tommy Tateson.

— C'est bon, t'as fini ?

— Tes doigts sont bleus.

— Oh.

Je desserre la ceinture et secoue la main.

— Très bien. Peut-être que je suis un peu amoureuse de lui, en effet.

— J'en étais sûre ! s'écrie-t-elle. Mais ça change tout, alors !

— Pourquoi ?

— Parce que ! Il ne s'agit plus seulement d'une pauvre stratégie pour le bal, mais d'une histoire d'amour sincère et dégoulinante.

Ramie sourit d'un air rêveur et enlace un coussin.

— C'est génial !

— Pas du tout. Je dois faire comme s'il n'existait pas, Ramie. Comme s'il était un trou noir.

— Pas facile… ajoute-t-elle.

— Ramie, tu ne peux pas me lâcher. Pas maintenant.

— Tu peux compter sur moi, dit-elle.

Pleine d'enthousiasme, elle prend son téléphone et le pointe vers moi.

— Bon, on recommence, annonce-t-elle.

Je rejoins le radiateur, les épaules détendues, la tête en arrière, marchant à la manière de Lexie.

Et dire que… c'était censé n'être qu'une affaire de bal de fin d'année.

Lundi 19 mars. J – 96 avant la soirée.

Prépare-toi, Winterhead High. La nouvelle Jill McTeague, entraînée et génialement relookée, est arrivée. Fesses serrées, épaules rejetées en arrière, je déambule dans les couloirs. Le nez en l'air, j'évite les regards des autres. Je regarde même tellement ailleurs que je rate la porte de ma classe. Ramie doit m'attraper au passage par la boucle de ma ceinture.

Mais, pendant le cours d'espagnol, je copie Alexis Oswell et je commence à ressentir la magie de cette nouvelle attitude. Heureusement, Tommy est absent, ce qui signifie que j'ai toute la journée pour m'habituer à ma nouvelle personnalité.

Pour peaufiner la transformation, je me suis inspirée du plan B et j'ai composé un nouveau mantra : « Je suis une fille très occupée, avec une vie riche et passionnante. Je suis sûre de moi, forte et belle, et tous les garçons rêvent de sortir avec moi. » Je me répète ça en silence, tandis que je défile dans les sombres couloirs de Winterhead High, où ma grâce semble se répandre de-ci de-là. Je suis bien au-dessus d'eux. Je suis hors d'atteinte. Je suis…

Une personne.

Différente.

Des autres.

Je suis tellement douée pour ce rôle que je me la joue toujours lorsque je rejoins Ramie pour le déjeuner. Elle est obligée de me prendre par les épaules et de me dire :

— Arrête, maintenant, espèce de garce.

On ne se la raconte pas avec Ramie Boulieaux.

Le premier jour du projet X se déroule, ma foi, plutôt bien. Mais le deuxième jour, Tommy débarque enfin. Juste après le premier cours, alors que je me rends en cours d'histoire, j'aperçois son visage pâle et fin et ses cheveux bruns mi-longs derrière des lycéennes qui ricanent. Sa chemise blanche est mal boutonnée et entrouverte au col, révélant, même à trois classes de distance, la tendre pointe de sa clavicule. Je n'ai jamais été assez proche pour sentir l'odeur de Tommy Tateson, mais je suis sûre qu'il sent délicieusement bon. Comme un gâteau, vous voyez. Et sa façon de marcher. On dirait une anguille – gracieuse et souple au milieu de l'agitation chaotique des autres poissons débiles. C'est lui, pas moi, qui est une personne vraiment différente des autres.

Et je suis en train de le dévisager ! Je prends une grande inspiration, ferme mon casier et sors mon pull bleu ciel en cachemire de mon jean noir. Les yeux dans le vague, la tête en arrière, je mets mon sac à dos sur les épaules et me dirige vers lui. Ma tension monte au fur et à mesure que je m'approche. Je serre les fesses et me concentre sur la salle d'arts plastiques, au bout du couloir. Mais devant moi et à droite se trouvent Jed Barnsworthy et sa bande de lèche-bottes, traînant comme toujours, prêts à se moquer des autres élèves. Jed vit à deux maisons de la mienne, mais je ne lui parle plus, sauf en cas de nécessité. Soudain, d'une manière étrange, Tommy avance vers moi tandis que j'approche de Jed, et dans un bref mais tragique moment, nous voilà prisonniers de l'horrible tornade Jed Barnsworthy.

— Hé, McTeague, dit Jed. Qu'est-ce que c'est que cette façon débile de marcher ? T'as quelque chose de coincé dans les fesses ? Tu veux un coup de main pour t'en débarrasser ?

Il se met à rire comme une hyène.

Mon cœur s'emballe, mais je ne change pas de démarche, les yeux bien fixes. Malgré mon champ de vision réduit, je vois Tommy Tateson s'arrêter et faire face à Jed. Puis j'entends un rire. Un rire grinçant de lèche-bottes. D'autres s'y mêlent, mais mon esprit bouleversé ne parvient pas à les identifier. Réprimant mon envie de partir en courant, je continue de déambuler jusqu'à la salle d'arts plastiques.

Tommy a-t-il dit quelque chose à Jed ? A-t-il remarqué mon calme imperturbable face à l'humiliation publique ? Je ne le saurai jamais. Je traverse le couloir en canard jusqu'à ce qu'il n'y ait nul autre endroit où aller que la salle d'arts plastiques – bien que je doive me rendre en cours d'histoire, de l'autre côté du lycée. Les élèves, trempant leurs plumes dans de l'encre de Chine, me regardent d'un air soupçonneux, mais je m'en fiche. Je ne peux pas prendre le risque de laisser Tommy Tateson me voir fuir la classe comme une souris effrayée. Je suis au-dessus d'eux, vous savez. Je suis une femme distinguée, et ce genre d'attitude immature ne me touche pas.

J'attends la sonnerie, puis je quitte précipitamment la salle et je tourne à droite vers le couloir nord. Glissant parmi les groupes dans mes sandales dorées, je me faufile dans la classe juste au moment où M. Bennett ferme la porte.

— Merci de vous joindre à nous, Jill, dit-il.

Dois-je répondre ? Non. Je regagne ma place en évitant le regard des autres. Le projet X demande une implication totale. Amateurs s'abstenir.

À la fin de la première semaine, l'évidence du succès du projet X se fait peu à peu sentir. Lindsay Siggersall et ses copines pom-pom girls ont commencé à se moquer de ma nouvelle démarche à la cafétéria pour faire rire les tables voisines. Daria Benedetti, ma voisine en espagnol, me prend à part après la classe pour me demander si je suis fâchée contre elle. Au début, je fais comme si de rien n'était, car Daria a la langue bien pendue. Mais c'est trop dur de mentir à une amie, et, finalement, je me répands en excuses et lui raconte le projet X. Elle comprend, ayant elle-même passé un an à courir après un super joueur de basket-ball de dernière année, Lawrence Fogerty, qui a mis enceinte une fille du lycée voisin et quitté la ville une semaine avant de passer son diplôme.

Au milieu de la deuxième semaine, plus aucun doute. J'ai remplacé Alexis Oswell dans le rôle de la fille la plus hautaine de Winterhead High. Il y a même des rumeurs qui associent ma nouvelle attitude avec mes « mystérieuses absences ». L'expression « tumeur au cerveau » a même été employée. Mais le véritable succès du projet X ne m'apparaît clairement qu'un jour, en cours de chimie.

Steven Price et moi faisons chauffer une solution saline au-dessus de notre bec Bunsen commun lorsqu'il commence à déglutir bruyamment, ce qui est un signe de nervosité, chez lui. J'ai lu sur Wikipédia qu'il ne faut pas faire remarquer à quelqu'un ses tics, aussi je soupire joyeusement et demande :

— Alors, ça marche, Steven ?

Il me lance un regard terrorisé, puis fronce les sourcils et se tourne à nouveau vers le bec Bunsen.

— Steven, je suis désolée si j'ai été…

— C'est bon, pas de problème.

Il fait tout pour avoir l'air de se concentrer sur le mélange bouillonnant dans l'éprouvette.

— Steven, écoute. Je voulais que tu saches…

Il lève les yeux vers moi et attend que je finisse. Mais je m'arrête. Steven pense sans aucun doute que ma froideur est le résultat de sa proposition prématurée pour le bal de fin d'année. Je veux lui expliquer, mais je ne peux rien lui dire à propos du projet X. Il va trouver que je suis ridicule. Sans compter qu'il ne me pardonnera jamais de lui avoir préféré Tommy Tateson.

— Non, rien, dis-je finalement.

Il baisse de nouveau les yeux et déglutit trois fois d'affilée. Pendant un court moment, j'aimerais abandonner le projet X ou, au moins, faire une exception pour Steven. Je voudrais le prendre dans mes bras, faire disparaître tous ses tics et lui dire combien il est génial et merveilleux.

Mais rien de tout cela n'est écrit dans le *Guide* pour filles.

Au lieu de ça, je regarde les bulles dans notre éprouvette, puis je jette un œil à la pendule et prie pour qu'il y ait une alarme incendie au cours des vingt-deux minutes de cours restantes.

Comme j'ai dit. *Impliquée à cent pour cent.* Amateurs s'abstenir.

Je me suis mis tout le monde à dos : mes amis et même quelques professeurs, qui, semble-t-il, n'ont pas été insensibles aux rumeurs colportées par certains élèves. Le projet X est un vrai succès.

Mais (eh oui, c'est important) Ramie n'a eu aucune autre information sur Tommy Tateson. Si mon nouveau statut de snob hautaine – pardon, de « personne différente des autres » – le rend fou de désir, il le cache plutôt bien. Il n'a demandé à personne pourquoi je ne le regardais plus en cours d'algèbre. Il n'a confié à personne qu'il avait remarqué un changement dans mon attitude. Et, plus grave encore, il n'a pas dit un mot sur le bal de fin d'année, un sujet qui commence à enfler comme un nuage sombre et plein d'éclairs au loin. Ce garçon est, pour reprendre l'expression de Ramie, « un abysse irrécupérable ».

Pourtant, un jour, j'arrive à la cafétéria avec ma démarche hautaine, et je rejoins Ramie et Daria, les seules personnes à qui j'ai le droit de parler.

— J'ai trop mal aux fesses, dis-je.

Daria me fait de la place et je m'assieds à côté d'elle.

— Ouais, répond-elle. Et tout le monde commence à te détester.

— Vraiment ?

Ramie sort son téléphone portable.

— Je peux te le prouver avec une nouvelle œuvre d'art dans les toilettes des garçons du couloir nord.

Elle me montre la photo : un graffiti représentant une fille débile avec ce qui ressemble à un bâton de dynamite planté dans les fesses. Au-dessous est écrit : « Son Altesse Royale, Jill McTeague. »

— C'est bon signe ? dis-je.

Ramie ferme le clapet de son téléphone.

— Ils ne faisaient pas ça quand tu étais sympa.

Je sors mon téléphone à mon tour, regarde la date et fais un calcul rapide.

— J – 87. Je ne sais pas combien de temps je vais pouvoir encore tenir.

Ramie avale une gorgée de soda.

— Toujours ton histoire de *Guide* ? demande-t-elle. Ça ne m'a pas l'air très efficace, comme méthode.

Je prends mon sandwich.

— Ça va venir.

— Si tu peux attendre toute ta vie qu'un type soit suffisamment obsédé pour s'intéresser à tes petites fesses prétentieuses et te demander en mariage, peut-être, mais…

— Ce n'est pas très productif, n'est-ce pas ? dis-je.

Daria pique une frite dans mon assiette.

— Eh bien, disons que la philosophie du *Guide* est une leçon de passivité.

Je me tourne vers Ramie, car cette remarque ne vient sûrement pas de Daria.

— Quoi ? fait Ramie. Tu dois reconnaître qu'elle a raison ! Comment Tommy peut-il te donner ce que tu veux, s'il n'a aucune idée de ce que c'est ? Ça pose problème, non ?

— Non. Le problème fait partie du plan, je rétorque.

Ramie et Daria échangent des regards suspicieux. De toute évidence, elles ont débiné le projet X derrière mon dos, ces traîtresses. J'insiste quand même :

— Réfléchis. Je fais d'abord connaître à tout le monde mon nouveau statut de fille distinguée. Mais c'est comme ouvrir un centre commercial et se contenter d'espérer que les bons clients viendront d'eux-mêmes. Je devrais peut-être afficher mon nouveau statut devant Tommy Tateson directement.

— Comme une arme, dit Ramie.

— Oui.

— Mais comment ? demande Daria.

Ramie sursaute brusquement, comme si une ampoule venait d'éclater.

— En le laissant tout seul, suggère-t-elle.

— Sans transgresser le *Guide*, je précise.

Daria passe la langue sur ses dents.

— Un dur challenge.

— Dur, dur, confirme Ramie. Mais pas impossible. Quelle serait ta réaction si je te proposais d'aller skier ?

— Atterrée, voire carrément hostile, dis-je. Ram, tu sais que je ne skie pas.

— Tu devrais quand même y réfléchir, ajoute-t-elle.

De là est née l'opération Malaise.

Winterhead est presque dans l'Arctique. Nous avons nos propres pistes de ski. Ce n'est pas les Alpes, bien sûr, juste une petite montagne avec une cabane qui loue des skis et sert du chocolat chaud. On l'appelle l'Avalanche. Mais ai-je passé chaque journée d'hiver à monter et à descendre ce tas de neige ? Non, bien sûr. À la fac, j'ai pris des cours de cuisine en intérieur, bien au chaud. Quel manque d'anticipation !

Car devinez qui aime le ski « de façon quasi religieuse », dans le curieux jargon de Ramie ? Tout juste : Tommy Tateson. Et devinez où Tommy Tateson passe ses week-ends ?

À l'Avalanche.

Tous les samedis. Tous les dimanches. Il donne même des cours à des enfants, le mercredi après-midi. N'est-ce pas adorable ?

Pour un esprit étroit, notre divergence, pas insurmontable, de centres d'intérêt pourrait disqualifier Tommy Tateson dans la course au cavalier idéal pour le bal de fin d'année. Mais pas pour le talentueux trio de Jill McTeague, Ramie Boulieaux et Daria Benedetti.

Voici le plan.

Daria attend dans ma voiture sur le parking de l'Avalanche, à l'affût de celle de Tommy Tateson, qui, d'après les sources de Ramie, arrive toujours entre neuf heures trente et onze heures trente. Quand Daria l'aperçoit, elle m'appelle, et Ramie et moi nous mettons en position. Ramie file dans la Cabane à cacao. Moi, j'attends dehors, à côté des skis. Lorsque Tommy vient récupérer ses skis, je lui lance un grand sourire chaleureux et lui fais un signe aguicheur. Je sais, je sais... Rien à voir avec le geste du *Guide*. Mais un peu de patience.

À ce moment-là, Tommy, qui ne s'attendait pas à un geste aussi franc et aussi peu féminin de ma part, est complètement perdu. « Serait-elle en train de me draguer ? se demande-t-il. Waouh ! Quel sourire splendide ! » Etc. Puis, en vrai gentleman, il me fait signe timidement à son tour.

C'est là que ça devient intéressant. Il soupire avec exaspération et me salue de façon plus insistante, et alors moi, je troque mon sourire contre un gros éclat de rire. (Je me suis exercée pour ça avec Ramie et son téléphone portable. Je ne suis pas Julia Roberts, mais, du moment que je ne louche pas, je peux obtenir quelque chose dans la veine de la brillante Julia.) L'idée est de perturber Tommy. « Pourquoi rit-elle ? Est-ce que ma braguette est ouverte ? Est-ce que j'ai de la morve au nez ? » doit-il s'interroger. Par politesse, il me fait encore un signe et rit nerveusement avec moi.

C'est alors que la phase d'humiliation commence.

De mon doigt finement manucuré, je lui indique d'approcher tout en secouant la tête, comme s'il avait

été un méchant garçon. (Je me suis beaucoup entraînée pour éviter l'expression « prête à tuer ».) Tommy,
alors complètement désorienté par cette rupture sans
précédent des lois universelles du snobisme féminin,
regarde derrière lui pour vérifier que je ne suis pas,
en fait, en train de faire signe à quelqu'un d'autre.
Puis, en vrai gentleman qui n'est pas indifférent à mes
avances, il s'approche de moi d'un pas hésitant.

Quand il est à mi-chemin, nous lançons l'Ascenseur
émotionnel.

Ramie, dans tous ses états, sort en courant de la
Cabane à cacao, le portable à la main, et se plante pile
entre Tommy et moi. « Oh ! Désolée, ma chérie. »
Bise, bise. « Je ne voulais pas t'éviter, mais j'étais au
téléphone avec le directeur artistique de *Vogue Paris*. »
(Ramie a insisté là-dessus.)

Maintenant, représentez-vous le tableau : Ramie et
moi réunies et Tommy Tateson terrassé par le ridicule
d'avoir cru que j'étais suffisamment gonflée pour lui
faire signe d'approcher. Mais ne pensez pas que la
phase « Humiliation » s'arrête là.

Ramie et moi nous éloignons, laissant derrière nous
un Tommy Tateson très mal à l'aise. Puis Ramie,
maladroite qu'elle est, fait tomber un gant de ski et
se retourne pour le chercher. Pendant ce temps,
qu'est-ce que je fais ? Eh bien, je prends la pose du
regard derrière moi. La tête inclinée, le regard levé
pour agrandir les yeux et suggérer une sorte de

vulnérabilité innocente, je ne dévisage pas Tommy Tateson, je le transperce du regard. Le pauvre Tommy, conquis à présent par un amour qu'il peut tout juste comprendre pour cette personne si différente des autres, va tout simplement s'évanouir dans la neige.

Et voilà, mesdames et messieurs, l'opération Malaise.

Ça reprend l'approche passive du *Guide* de maman et la met au service d'une arme fatale, tout en préservant les principes fondateurs de chasseur et de proie qui font de la féminité une force toute-puissante et mystérieuse.

Samedi matin, enfin. Il est dix heures et quart, et Ramie et moi avons déjà avalé trois tasses de chocolat dans la Cabane à cacao glaciale, tandis que Daria guette l'arrivée de Tommy Tateson dans ma voiture. Je porte la tenue de ski rose pâle de Ramie, aux rayures vertes à motifs. Mes cheveux sont parfaitement lissés et mon maquillage est lumineux et naturel. J'ai un gloss, du blush et un eye-liner dans les poches de mon manteau pour les retouches. Ramie, dans sa combinaison de ski bleue de l'année dernière, observe longuement à travers la buée de la fenêtre les quelques dizaines de skieurs sur la piste.

À dix heures quarante-sept, elle m'annonce :

— J'ai chronométré Sarah Mecklenburg. On peut monter et descendre en moins de trois minutes, pas de souci. Ça nous laisse largement le temps de revenir en place.

Depuis le banc inconfortable sur lequel j'attends avec inquiétude depuis deux heures, je rappelle à Ramie que je ne skie pas.

— C'est à peine incliné, Jill ! Les enfants dévalent cette piste dès le premier cours.

Elle fouille dans sa poche arrière et en sort un billet de vingt dollars.

— Qu'est-ce que tu fais ? dis-je.

Elle se dirige vers Norm, le loueur de skis et vendeur de forfaits, assis dans une petite cabine face à une rangée de skis à l'horizontale.

— Deux forfaits pour la journée, s'il vous plaît, demande-t-elle.

Norm lève les yeux de son magazine de voitures et m'observe d'un air interrogateur. Je m'empresse d'ajouter :

— Je ne vais pas skier.

— Elle est juste un peu nerveuse, explique Ramie. Deux forfaits, s'il vous plaît.

Norm prend le billet de vingt dollars.

— C'est votre argent, répond-il.

Il tend deux forfaits à Ramie.

Ramie prend le sien et le colle sur sa veste.

— Je ne peux pas croire que tu n'aies jamais essayé, Jill. Tu devrais venir à la Bosse bleue avec nous.

Elle essaie de me tendre le forfait, mais je me détourne vers la machine à pop-corn.

— Pourquoi est-ce que je voudrais aller à la Bosse bleue, Ramie ? Pourquoi je voudrais passer mon temps *à l'extérieur* ?

— Parce que l'hiver est bien plus marrant sur des skis.

— L'hiver, c'est un truc de crétins.

Je croise les bras sur ma poitrine.

Sans se décourager, Ramie prend mon forfait et le colle sur mon sein gauche.

— Aïe.

— Voilà. Maintenant tu vas skier.

— Super, Ram, tu m'as bien eue, sur ce coup-là. Ce n'est pas comme si je pouvais m'asseoir là et ignorer cet autocollant.

— Exactement.

Elle attrape mon bras et tente de me tirer du banc. Je m'accroche fermement de l'autre main.

— Lâche-moi, espèce de malade !

Ramie lâche mon bras et tape des pieds contre le sol en bois.

— J'y crois pas, tu vas rester assise là et attendre que…

Je bondis et plaque ma main sur la grande bouche de Ramie.

— Ramie, nous avons promis à « Melissa » que

nous l'attendrions dans la Cabane à cacao, le temps qu'elle arrive. Tu te rappelles ?

Elle retire ma main de son visage et la serre avec force.

— Je suis sûre que « Melissa » comprendra si nous faisons une petite piste verte entre-temps. Après tout, on aurait l'air de deux idiotes à attendre « Melissa » ici, alors que nous pourrions skier.

Elle se tourne vers Norm, qui nous observe, la bouche ouverte et l'air vaguement intrigué.

Ça me coûte de le dire, mais Ramie a raison. Norm connaît sûrement Tommy. Ça pourrait paraître louche, en effet, si nous restions dans la Cabane à cacao jusqu'à ce qu'il arrive.

— Très bien, juste une fois, je réponds.

Ramie trépigne de joie, puis loue aussitôt une paire de skis pour moi.

Notez que c'est sous l'influence d'un excès de chocolat que j'ai accepté (ce qui restera sûrement l'une des pires décisions de ma vie).

Le téléski est tout simplement inenvisageable. Il est hors de question que je m'accroche à un câble à grande vitesse pour me faire traîner à dix mille kilomètres-heure avec une paire de baguettes attachée aux pieds. Mais Ramie est si motivée à l'idée de faire de moi une grande skieuse qu'elle est prête à prendre le risque de perdre toute crédibilité, serait-ce pour m'apprendre à utiliser une perche de tire-fesses. Nous avons le téléski pour nous seules car, comme l'explique si bien Ramie, « le tire-fesses, c'est juste pour les bébés en couches-culottes ».

Le secret pour maîtriser l'art du tire-fesses se résume apparemment à ne pas s'asseoir.

— Quoi qu'il arrive, m'explique Ramie, reste bien droite, comme ça.

Après avoir laissé passer quelques perches, Ramie en prend une entre ses jambes, qu'elle maintient serrées. Puis elle s'accroche à la barre et se laisse tirer en haut de la piste. Quelques secondes plus tard, elle lâche la perche et lance dans ma direction :

— Les doigts dans le nez ! À toi !

J'attends qu'une perche se présente pour y aller, puis je mets mes gros skis débiles en position.

— Garde-les bien parallèles !

Je place mes skis dans un axe parfaitement parallèle, puis je regarde derrière moi jusqu'à ce que je sente la perche me tirer juste au niveau du coccyx. Je m'accroche aussitôt à la barre des deux mains.

— Garde tes skis parallèles ! répète Ramie.

Je redresse mes skis et doucement, très doucement, la perche me hisse vers le haut de la montagne. À ma droite, des spécialistes du tire-fesses me montrent du doigt en ricanant. Comme si c'était un exploit de se laisser pendre à un câble mécanique.

— Je te rejoins là-haut ! me dit Ramie qui s'apprête à dévaler la pente.

Je ne l'écoute pas car je fais attention à me laisser tirer, sans m'asseoir, tout en veillant à ce que mes skis restent parfaitement parallèles. D'autant plus que je m'accroche à la perche comme si ma vie en dépendait. Au même moment, Ramie passe devant moi et me lance un baiser.

C'est alors que la tragédie éclate.

Je lève la main gauche pour lui faire signe lorsque, par surprise, la perche glisse entre mes jambes. L'agrippant fermement, j'essaie de la remettre en position, mais elle continue de glisser le long de mes cuisses. Avant même que je m'en rende compte, je bascule en arrière. Ma tête et mes épaules atterrissent dans la neige. La perche est toujours accrochée à mes genoux, et, dans ma lutte pour libérer mes jambes, mes skis se croisent et restent attachés l'un à l'autre.

Lentement, très lentement, la perche me traîne jusqu'en haut de la piste comme une carcasse de bœuf.

Je me débats pour dégager mes jambes, mais je ne parviens pas à faire le moindre mouvement. Lâchant mes bâtons, je saisis la perche et tente de la coincer entre mes jambes. Malheureusement, la surface mouvante autour de moi et le balancement naturel de la perche m'empêchent de faire quoi que ce soit. Mon blush glisse de ma poche et roule dans la neige.

Abattue, j'abandonne et je jette un œil désespéré vers mes skis croisés en X. Un peu plus loin, des roues mécaniques font tourner les perches à cent quatre-vingts degrés, pour les ramener vers le bas de la pente.

Ma poitrine se met à vibrer.

J'arrache mes gants et je fais descendre la glissière de mon manteau pour prendre mon téléphone portable. Mon gloss en profite pour tomber à son tour.

— Tout le monde en place ! crie Daria.

— Oh, non !

— Il est... Attends, ne quitte pas, dit-elle. Il sort de sa voiture et va droit sur la Cabane à cacao. Vous êtes en position ?

Le souvenir de la neige sous ma tête et du choc de mes skis contre la perche s'est presque évanoui au son de la voix de Daria. Rassemblant toutes mes forces, j'essaie de séparer mes skis, mais ça ne sert à rien. Levant mes fesses de la piste dans un mouvement improvisé du bassin, je réussis seulement à ouvrir ma poche et à faire voler mon eye-liner par-dessus ma tête.

— Daria, dis-je, écoute-moi, on laisse tomber !

— Quoi ? Pourquoi ?

— Retourne à la Cabane à cacao maintenant !

En haut de la piste, ma perche tangue violemment et manque de m'expulser.

— Regardez ! crie quelqu'un.

Ma perche s'engouffre dans l'engrenage dans un concert de bruits métalliques, puis prend la direction de la vallée.

— Où es-tu ? fait la petite voix de Daria à mon oreille.

Je peux l'entendre descendre de ma voiture et marcher sur le gravier du parking.

En descendant la pente, la perche commence à se redresser.

— Oh, non, dis-je.

— Quoi ? fait Daria. Qu'est-ce qui se passe ?

Mon dos, mon cou et finalement ma tête quittent le sol.

Dans le combiné, j'entends la clochette de la porte d'entrée de la Cabane à cacao.

— Où es-tu ? murmure Daria.

De retour sur mes genoux chancelants, les skis toujours unis dans leur X infernal, j'essaie de ne pas regarder vers la vallée, devant moi. Des paquets de neige glissent de mes cheveux hirsutes et coulent le long de mes joues. Je réussis à articuler :

— Daria, écoute-moi. Je me fiche de ce que tu feras pour que ça arrive, mais tu ne dois pas laisser Tommy Tateson sortir de la Cabane à cacao. Compris ?

— Ça y est, j'y suis, répond-elle. Où es-tu ?

Tandis que la perche me ramène à la station, Ramie me passe devant, l'air sidéré.

— Il est en train de parler avec ce type, Norm, ajoute Daria. Qu'est-ce que je fais ?

— Laisse tomber ! dis-je. On laisse tomber la mission !

— Comment on fait pour laisser tomber ?

La perche commence à se rapprocher du sol. C'est alors que je remarque que tout le monde à l'Avalanche a cessé de skier et regarde ma carcasse faire un vol plané.

— Jill ! crie Ramie.

Au pied de la piste, elle déchausse ses skis et grimpe péniblement vers moi.

Je hurle :

— Fais-moi descendre !

Au téléphone, je demande :

— Daria, c'est bon ?

Ramie glisse rapidement à côté de moi.

— J'y crois pas, dit-elle. Tu es en train de parler à Daria ?

Elle met ses bras autour de mes cuisses et essaie de les dégager.

— Comment as-tu...

Elle tire sur mon ski gauche, mais rien ne se passe.

— Attends.

Elle donne un grand coup sur le cran de sécurité et libère mon pied gauche. Je tente de basculer en arrière, mais impossible : mon ski droit reste accroché à la perche.

— Qu'est-ce que c'est que ce truc ! fait Ramie.

La perche me traîne par la cheville dans la descente, tandis que Ramie s'active sur ma jambe droite, fléchie sur ses chaussures de ski.

— Daria ? dis-je. Où es-tu ? Où est Tommy ?

— Oh non, répond Daria.

Tapant du poing contre la sécurité de mon ski droit, Ramie libère ma chaussure du ski. Je tombe sur le côté au moment où la perche s'engouffre de nouveau dans l'engrenage pour remonter la pente.

Étalée dans la neige glaciale, j'aspire une seule bouffée d'air avant de mettre mon téléphone à l'oreille.

— Daria ?

Silence.

— Ouais, dit-elle. Je suis désolée. Je ne savais pas comment laisser tomber.

Je relève la tête et regarde la vingtaine de personnes debout en arc de cercle autour de moi.

Parmi eux, il y a Daria et… Tommy Tateson.

Tommy se penche et met un genou à terre à côté de moi.

— Tu vas bien ? me demande-t-il.

Son souffle fait de la fumée dans l'air, et son haleine sent la menthe. Je ne réponds pas.

La main de Ramie se pose sur mon épaule.

— Jill ? dit-elle en s'accroupissant près de moi.

Tommy regarde Ramie.

— Tu penses qu'elle est en état de choc ?

Ramie hausse les épaules.

— Jill, répète-t-elle. Tu es blessée ? Est-ce que tu m'entends ?

L'haleine de Ramie ne sent pas la menthe.

J'ignore comment (c'est un peu flou), Ramie et Tommy me relèvent, et nous titubons à travers la foule des curieux dans nos chaussures de ski. Des amas de neige glissent entre ma veste et mon pull.

Une fois dans la Cabane à cacao, Tommy me fait asseoir sur l'un des bancs tandis que Ramie, en pleine improvisation, rejoint Daria pour flirter avec Norm. Elle pense bien faire, mais enfin elle est droguée ou quoi ? Je ne peux pas rester seule avec Tommy Tateson dans cet état ! L'opération Malaise est un vrai désastre. Il nous faut d'urgence une stratégie de fuite !

Tommy s'assied à côté de moi.

— Tu es sûre que ça va ?

Je fais tomber un peu de neige de mes cheveux complètement dévastés et j'essaie de répéter mon mantra : être une fille très occupée, avec une vie riche et passionnante, etc. Mais je n'arrive pas à me concentrer avec Tommy Tateson si près de moi.

— Oui, dis-je. Je crois que je... Oui, je... Oui.

Tommy hoche la tête, attendant visiblement une réponse plus complète.

Je tente de trouver quelque chose de drôle et de hautain à la fois, mais tout ce que j'arrive à articuler, c'est :

— Je déteste le ski.

Le visage de Tommy s'assombrit. J'essaie de me ressaisir :

— Non, enfin... Ce n'est pas que je déteste...

Tommy éclate de rire.

— Rassure-toi, tu n'es pas la première victime du tire-fesses !

Je pouffe bêtement. Puis je m'éclaircis la voix, je me redresse un peu et je jette un œil du côté de la machine à pop-corn.

— Mais tu es de loin la plus spectaculaire ! ajoute-t-il.

Revenant lentement vers lui, je réalise que je lui ai lancé sans le vouloir LE regard qui tue. Ramie me fait signe que c'est bien joué, alors je persévère. La tête baissée, les yeux levés, je le transperce du regard. Ramie m'encourage, et Daria approuve d'un hochement de tête.

Tommy suit mon regard. Ramie et Daria retournent aussitôt flirter avec l'imperturbable Norm.

— Tu t'es bloqué le cou ? demande Tommy.

Je me fige une seconde, puis lentement, nonchalamment, j'abandonne ma pose et je me tourne de nouveau du côté de la machine à pop-corn.

— Non, ça va. Tu sais quelle heure il est ?

Du coin de l'œil, je vois Tommy pointer son doigt vers une pendule accrochée juste au-dessus de ladite machine.

Je ris, un peu gênée, et fais :

— Ah, ouais ?

Je croise son regard un centième de seconde et j'ajoute :

— Je dois y aller, maintenant. Merci de ton aide.

Je me lève, j'indique mon poignet et, d'un petit mouvement de la tête, je fais signe à Ramie qu'il est temps de partir. Je suis sur le point de me sauver lorsque je sens les doigts chauds de Tommy sur ma main.

— Hé, Jill.

Le chasseur se serait-il enfin réveillé ?

Il m'attire vers la machine à pop-corn.

— Je peux te poser une question ?

— Oui, bien sûr.

Il lâche ma main, lance un regard discret en direction de Ramie et dit :

— C'est quoi, son problème ?

— Hein ?

Je me racle la gorge.

— Qu'est-ce que tu veux dire ?

— Ta copine Ramie. Elle a demandé aux gens un tas de trucs sur moi. Par exemple, si j'étais gay ou si j'avais un casier judiciaire.

— Quoi ? Je ne peux pas croire qu'elle a...

— Si. Des élèves de mon cours d'arts plastiques me l'ont répété.

Il fait craquer ses doigts lentement contre le mur.

— Ils pensent qu'elle a fait ça pour toi.

Il sourit du coin des lèvres.

Je regarde bêtement Ramie, qui fronce les sourcils en m'observant. Daria lui tire le bras et chuchote :

— Quoi ? Qu'est-ce qui se passe ?

Quand je me retourne vers Tommy, il a un grand sourire narquois. Après avoir soutenu mon regard pendant trois interminables secondes, il plisse les yeux, sourit d'un air satisfait et dit :

— Au fait, si tu détestes tant le ski, qu'est-ce que tu faisais sur le tire-fesses ?

Gloups.

Je me tourne vers Ramie et Daria, dans l'espoir de trouver un moyen de faire du morse en clignant des yeux. Elles ont l'air désemparé. L'opération Malaise est une catastrophe. Pas de protocole d'annulation, pas de stratégie de fuite, et mes collaboratrices sur cette mission pourraient tout aussi bien ne pas exister. Frémissant au contact d'une nouvelle coulée de neige le long de mon dos, je prends une grande inspiration et j'improvise :

— Écoute, Tommy, je ne sais pas ce que tu cherches à insinuer, mais ce qui est sûr, c'est que tu as une vie imaginaire passionnante.

Il soutient mon regard glacial un instant, puis baisse les yeux et rit timidement. Quel amateur !

— Quoi qu'il en soit, merci de ton aide, j'ajoute. On se voit en cours de maths.

Avec autant de grâce qu'il est possible d'avoir en marchant avec des chaussures de ski, je traverse en me dandinant la Cabane à cacao en direction de la sortie.

— Non, dit-il.

Je m'arrête et me retourne vers lui.

— Pardon ?

— Tu ne me verras pas en cours de maths parce que tu ne me regardes plus, ces derniers temps.

Il s'avance vers moi.

— Je laisse tomber cette matière débile. Tu étais la seule chose qui me plaisait, dans ce cours. Maintenant, tu te montres distante. Qu'est-ce qui se passe ?

— Tu laisses tomber ? dis-je.

Il acquiesce.

— Écoute, je te propose un truc. Je t'apprends à skier si tu m'aides pour le contrôle d'algèbre. Tu es venue pour cela, non ?

Le sourire narquois réapparaît. Il me taquine !

Mais, d'un autre côté, je crois aussi qu'il a tenté de faire une semi-ouverture romantique. C'est bon signe. Je devrais accepter son offre. Mission accomplie, non ? Bouche bée, je regarde Tommy, mais je ne sais pas comment accepter. Mes cheveux sont en ruine, et je suis toujours sous le coup de mon humiliation publique sur le tire-fesses. Je bredouille :

— Je ne sais pas… Je suis très… Je suis assez occupée, comme fille.

Je tourne les talons et marche en cosmonaute jusqu'à la porte d'entrée. Je n'attends pas de réponse de sa part. Je n'attends pas Ramie et Daria. Je ne récupère même pas mes chaussures sous le banc où je les avais laissées. Je traîne mes chaussures de ski à travers le gravier du parking et tente d'ouvrir la portière avant de ma voiture. Elle est fermée.

— C'est pas vrai, je murmure pour moi-même.

C'est Daria qui a les clés.

Dix douloureuses secondes plus tard, Daria et Ramie apparaissent à la porte de la cabane et marchent énergiquement vers moi.

— Les clés, Daria !

Je tends la main. Elle les sort de la poche de son jean et me les lance. Je les attrape au vol, je monte dans la voiture et j'allume le contact. Ramie prend place à l'avant, et Daria grimpe à l'arrière.

— Oh non, dit Daria, tu as laissé tes chaussures à l'intérieur !

Elle met la main sur la poignée.

— Laisse tomber, je réponds.

Je fais une marche arrière et repasse la première. Dans le rétroviseur, j'aperçois Tommy Tateson à la porte de la Cabane à cacao. Nos yeux se croisent le temps d'une terrible seconde, puis je file, loin de l'Avalanche et de son tire-fesses infernal.

Jack

Jolie Jillie et le Roi des pistes vont-ils sortir ensemble ? Va-t-elle l'aider à réussir l'exam de maths ? Et lui, va-t-il lui apprendre à skier ? Vont-ils – j'arrive à peine à le dire – aller ensemble au bal de fin d'année ?

Ne mentez pas. Bien sûr que vous voulez savoir. Mais moi, vous m'avez déjà oublié ? Souvenez-vous, je suis la vilaine verrue sur sa jolie joue. La Baronne des bosses, c'est elle, la star, ici. Eh bien, mesdames et messieurs, voici les dernières nouvelles. Vous voulez que je vous dise ce qui s'est passé après l'échec catastrophique de l'opération Malaise ?

Rien.

Que dalle ! Vous savez pourquoi ?

Je suis arrivé en avance. Lundi matin, pour être exact. La petite princesse n'a pas eu le temps de limiter les dégâts. La dernière image que Tête-de-nœud aura eue de Jill, ce sont ses yeux terrorisés dans le rétroviseur alors qu'elle fuyait la Cabane à cacao sans ses chaussures. Je me demande s'il s'est dit : « Ça, c'est une femme qui a de la classe. »

Comment une fille aussi sage et maligne, toujours dans les premiers de la classe, a-t-elle pu être assez bête pour rester accrochée au tire-fesses ? Voilà un de ces grands mystères de la vie qui me laissent perplexe.

Mais vous savez quoi ? Si divertissante qu'ait pu être la magnifique débâcle de Jill, je n'ai pas passé les trois derniers jours à m'en délecter. Oh non. J'ai eu d'autres divertissements bien plus intéressants. Jill a tenu ses promesses. Et maman, vous serez étonnés de l'apprendre, s'est chargée de la livraison !

Je parle des magazines pornos ! Six, en tout : *Playboy*, *Penthouse*, *Newlook*, *FHM*, *Union* et *Max*. Permettez-moi de faire les présentations.

Crystal, étudiante vétérinaire, a les yeux bleu clair, de petits seins rebondis et des cheveux blond platine qui sont, comment dire, sûrement pas naturels. Tanya, de Louisville, dans le Kentucky, aime faire des strip-teases, les crêpes, et essayer de lécher son téton gauche avec sa langue étonnamment agile, quoique pas tout à fait assez longue. Betsy, vingt-quatre ans, de Cleveland, préfère bricoler le moteur de sa Mustang rouge les jours de lessive, c'est la seule raison que j'aie trouvée pour expliquer qu'elle le fasse nue.

Et puis il y a Martha. Cette douce Martha avec ses cheveux châtains sauvagement emmêlés. Oh ! Comme j'aimerais être ce cheval que monte Martha, nue sous un voile, le regard perdu. À quoi penses-tu, Martha ? Tu es triste ? Tu t'ennuies ? Tu attends qu'un beau mec tout chaud vienne te délivrer de ta chevauchée morose ? Je suis là, Martha. Enfile tes éperons et galope me rejoindre : 23 Trask Road, Winterhead, Massachusetts, 01984.

Martha est ma préférée.

C'est pas que j'aie expédié les autres sans ménagement. Hier matin, j'avais les six magazines ouverts, étalés sur mon lit. Des filles à moitié nues me fixaient comme si j'étais leur dieu. Quelle fête ! Mieux que Noël.

Mais, ce matin, quelque chose de particulièrement troublant m'est arrivé : je me suis mis à lire les articles ! Sur la page de droite, une fille splendide, dévêtue, pose sur le capot d'une Ferrari, tandis que la page de gauche me débite un tissu d'absurdités sur les boutons de manchette. Et moi, qu'est-ce que je fais ? Je délaisse les nénés pour du journalisme ! Je n'ai jamais porté de boutons de manchette. Je n'ai même jamais *vu* de boutons de manchette de ma vie. Bon sang, j'ai dix-sept ans, j'ai passé toute ma vie dans la même pièce, complètement privé de contact féminin. On me laisse trois jours avec un tas de magazines pornos, et qu'est-ce qui m'arrive ? Mes désirs primaires me lâchent comme le moteur de la Mustang de cette chère Betsy.

Suis-je rouillé ? Malade ? Devrais-je me mettre au Viagra ?

Non. Ma maladie est bien pire que ça, mesdames et messieurs. C'est d'ailleurs pour ça que j'avais demandé toutes ces revues cochonnes. Voyez-vous, ces belles filles toutes nues ne sont rien de plus qu'un substitut au véritable objet de mon désir. Leurs positions suggestives et leurs expériences sexuelles ingénieuses avec des poignées de porte ou des fruits et des légumes sont tout juste assez scabreuses pour me détourner quelques jours de mon obsession. Au bout du compte, celle-ci reprend le dessus.

Au revoir, les filles. Adieu et bon vent. Mon cœur et ma libido appartiennent à...

Je ne peux pas le dire. Si je ne prononce pas son prénom, elle n'aura pas d'emprise sur moi. Pas vrai ?

J'ai une photo d'elle, cachée entre le matelas et le sommier. Jill n'en sait rien. Même si, techniquement, la photo lui appartient. Elle l'a prise dans l'un de ces photomatons débiles au centre commercial de Liberty Bell. J'ai passé toute la matinée à essayer de la chasser de mon esprit, en me distrayant avec Martha l'Amazone et Tanya la lécheuse de tétons.

Mais à vingt-trois heures trente-six, après un combat dont l'issue était courue d'avance, je succombe à l'inévitable. Je sors la petite photo de sa cachette et je m'assieds par terre, en tailleur, en caleçon. Mes mains réunies en prière autour de l'objet interdit, j'hésite à regarder, sachant qu'une fois que je l'aurai vu, le désir resurgira, puissant, effaçant tout le reste et jamais entièrement satisfait.

Tout ça n'est pas ma faute. J'ai essayé. Vraiment, j'ai essayé de réprimer cette obsession. Mais je ne suis qu'un homme, après tout.

J'entrouvre mes paumes, et la voilà.

Ramie.

Ses lèvres charnues et pulpeuses se plissent en déposant un baiser sur le visage de Jill. *Mon* visage. Oui, je me souviens de ce moment. Je me souviens de chaque petite fraction de ce moment, car je me rappelle tout. Chaque fois que Ramie effleure la main de Jill. Chaque fois qu'elle lui chuchote à l'oreille, je sens son souffle chaud et moite. Chaque secret. Chaque geste. Je me les rappelle tous.

Jill accorde une attention obsessionnelle à tout ce que Ramie fait et dit, parce qu'elle lui voue un culte, une stupide amourette de gamine. Mais quand je me réveille tout seul dans cette chambre, j'envahis les souvenirs de Jill telle une horde de Vikings. J'épie leurs conversations au téléphone, leurs discussions devant les casiers, leurs après-midi au centre commercial, leurs séances d'essayage, à deux dans une cabine.

Le pied !

La façon qu'elle a de se mordiller la lèvre quand elle étudie le *Vogue* italien, de tortiller ses pieds quand elle croit que personne ne la regarde, de tresser les cheveux de Jill de ses doigts longs et fins.

Son soutif bleu en dentelle !

Au diable Tanya. Au diable Betsy. Au diable Martha. Une seule fille me suffit. Un mètre soixante-dix-huit et cinquante-trois kilos de chair svelte et appétissante. Ton corps, ton esprit et ton âme, je prends tout, Ramie. Ton projet délirant de faire infiltrer des anarchistes au Bureau des élèves, ton envie impulsive de glisser un sachet d'herbe dans le casier du capitaine de l'équipe de foot américain, ton rêve de révolutionner le milieu de la mode par l'utilisation anticonformiste du plastique. J'écoute, Ramie.

Et je regarde, aussi.

À deux heures du mat, je suis épuisé. Vidé. Les magazines pornos sont méticuleusement empilés sur la commode, à côté de la boîte de maquillage Hello Kitty de Jill. Je tiens la photo de Ramie dans la main (l'*autre* main) et je la contemple à la faible lumière de la lampe kitsch sur la table de nuit. Je n'arrive pas à dormir et je ne suis même plus excité. C'est le quatrième jour. Demain, je ne serai plus là. J'ai laissé un mot à Jill pour réclamer des DVD pornos mais je sais qu'ils ne changeront rien au problème. Au prochain cycle, je me retrouverai confronté au même douloureux dilemme.

On est censés tout faire pour avoir des vies bien séparées, Jill et moi. C'est le marché qu'on a conclu. Comme ça, elle peut jouer les Madame Tout-le-monde, et moi, je peux passer mes journées à mater des DVD d'Elvis et à combattre l'ennui à coups de séances épiques de masturbation. Je ne me mêle pas de ses affaires, elle ne se mêle pas des miennes.

Mais, ce soir, mon cerveau dément me concocte des arguments. Pourquoi, demande-t-il, devrais-je être condamné à perpétuité dans cette chambre, pendant que Jill peut se balader en toute liberté ? Pourquoi est-ce qu'elle aurait Ramie rien que pour elle ?

Je les connais, les réponses. Je sais bien pourquoi on vit comme ça. Le monde n'est pas prêt à accepter un hermaphrodite chronique. Cacher mon existence à mon entourage, si cruel que ça puisse paraître, est une nécessité absolue. Si je tente de rompre notre arrangement, Jill et maman feront tout pour me faire disparaître. Et, au passage, je pense que c'est à cause de cet arrangement – et surtout toutes ces sottises de plan B – que je me suis éveillé. Si ma personnalité tout entière a pu émerger, c'est uniquement grâce au refoulement délibéré de Jill. Cet arrangement, je le défendrai au péril de ma vie, s'il le faut !

Mais mon esprit sournois refuse de se mentir. « Jill ne se souviendra de rien, me dit-il. Tu n'es rien d'autre qu'un trou de mémoire. Tu peux faire tout ce qui te passe par la tête, personne n'en saura jamais rien. »

Pendant trois longues années (ce qui fait cent quarante-neuf jours de cent pour cent pur Jack, pour être précis), j'ai supporté cette chambre minuscule, fouillant dans les souvenirs de Jill pour essayer d'y trouver une existence par procuration. J'ai été le parfait petit prisonnier. J'ai avalé mes sandwichs au beurre de cacahouètes et je n'ai pas moufté. Mais là, au beau milieu d'une nuit blanche, alors que les magazines pornos n'ont pas su apaiser mon appétit dévorant, mon esprit tordu commence à se poser des questions.

Pourquoi ne pas filer par la fenêtre ? Pourquoi ne pas grimper sur l'arbre devant la chambre de Ramie pour la regarder dormir ?

Ce n'est pas comme si je n'y avais jamais pensé. Non, j'y ai pensé plein de fois. Quand maman et papa ont arrêté de me surveiller en permanence, je me suis souvent imaginé en train de me glisser dehors pour suivre Ramie et peut-être me présenter à elle comme un nouveau jeune du quartier. Mais je n'ai jamais eu le courage de le faire pour de vrai.

Ce soir, j'éprouve quelque chose de différent. Je ne saurais pas dire quoi.

Je sors du lit en caleçon et tee-shirt et range la photo interdite dans sa cachette, entre le matelas et le sommier. J'enfile un jean et je déterre la seule et unique paire de chaussures qui m'appartienne : de vieilles Converse blanches, au moins deux tailles trop petites, enfouies sous une pile de vêtements de Jill. Je ne les ai jamais portées. Jamais eu besoin.

Agenouillé sur le coffre rose sous la fenêtre, je plonge mon regard à l'extérieur, dans l'obscurité. Soudain je tourne la poignée et j'ouvre la fenêtre givrée. Le froid implacable me saisit. Un manteau. Les gens portent bien des manteaux dehors, non ?

« Merde, me dis-je en réalisant ce que je suis en train de faire. Je vais dehors. »

J'attrape le long manteau noir de Jill, qui m'arrive tout juste aux poignets et me moule les épaules comme un rugbyman. J'ai vraiment l'air ridicule et...

MAIS JE SUIS MALADE, OU QUOI ?

Il ne faut pas que je sorte ! Quelqu'un pourrait me voir.

Pourtant, prenant appui sur le coffre, je me glisse sur le rebord de la fenêtre. Suspendu, les jambes ballantes, à deux mètres du sol, je sens l'air glacé me mordre les chevilles. J'aurais dû mettre des chaussettes. Comme si j'en avais. Mes doigts crispés sur le rebord pour toute prise, je réalise que, si je tombe, je ne pourrai pas remonter par la fenêtre. Je devrai passer par la porte d'entrée. Dont je n'ai évidemment pas la clé. Et, comme si ça ne suffisait pas, même s'il n'y a jamais eu le moindre cambriolage dans le coin, maman a barricadé la maison à la manière d'un camp militaire.

Au moment où mes doigts menacent de lâcher, je prends appui sur le mur de brique pour remonter. J'utilise mes dernières forces afin de me hisser, puis je me tortille jusqu'au sol de la chambre.

Je ne peux pas faire ça. Je ne peux pas sauter par la fenêtre et aller me balader dans les rues de Winterhead pour espionner une fille pendant qu'elle dort.

Et pourtant, je vais le faire.

Il faut juste que je me prépare avant de me lancer. Jill ne partirait jamais sur un coup de tête, comme ça. Elle aurait des plans de secours et des processus d'annulation. Elle aurait préparé des tableurs et des graphiques. Elle aurait tout prévu, du plan A au plan Z, du projet 1 au projet 100. Réfléchissons !

Je sais que Jill a la clé de la porte d'entrée mais je ne voudrais pas que mon retour réveille maman, dont la chambre est juste à côté. Trop dangereux. Alors je prends les draps du lit et je les noue au pied du coffre de Jill. C'est trop court. Je prends donc aussi le drap-housse, que j'attache au bout. Grâce à ça, je gagne deux mètres. Assez pour que, d'en bas, je puisse attraper la « corde » en sautant. Je fouille parmi les sous-vêtements de Jill à la recherche de chaussettes, mais, n'ayant trouvé que des trucs en dentelle, flashy, à petits pois, ou autres foutus machins de fille, je me résigne à souffrir.

Avant d'être arrêté par le peu de bon sens qui me reste, je me suspends à la fenêtre et j'atterris en douceur sur un tapis de copeaux de bois.

À chaque inspiration, le froid me brûle la gorge. C'est parti !

Je regarde vers la fenêtre de maman. Sa chambre est éteinte. J'attends un peu, mais rien ne se passe. Pas de lumière non plus du côté de la fenêtre de papa, au sous-sol. Encore une grande bouffée d'air glacial et je me glisse entre deux buissons de houx, puis je rampe jusqu'au bout de la pelouse. De là, on ne voit aucune autre maison. Nous habitons dans une impasse, après un virage.

Tout me paraît si loin : le pin géant qui étend ses branches sur Trask Road, les fils électriques qui serpentent à l'horizon, et le ciel, d'un noir d'encre, envahi d'épais nuages.

Tout en m'emmitouflant dans le manteau de Jill, je lance un dernier coup d'œil à notre maison, qui me paraît tout à coup si petite, puis je me tourne et entreprends mon grand périple le long de Trask Road.

Après le virage qui débouche sur Main Street, je me rends compte que j'ai déjà vu tout ça – la maison des Rennie, avec leurs cinq voitures garées dans l'allée ; celle des Mazzaglia, dont le jardin est méticuleusement entretenu par le vieux M. Mazzaglia –, mais seulement à travers les yeux de Jill. Je connais chaque recoin de ce chemin, et pourtant tout me semble nouveau.

Le boxer féroce des Buker, attaché à un poteau devant la maison, montre les crocs mais ne prend même pas la peine de se lever. Quand j'arrive sur Main Street, pas une voiture en vue. Je change de trottoir, direction le centre-ville, au nord. Les lampadaires sont autant de taches de lumière dans la nuit.

J'entends une voiture qui approche et je m'engouffre aussitôt dans l'allée des Perkins pour me cacher derrière un buisson. La voiture me dépasse et disparaît après le virage.

Après vingt minutes de marche tranquille, accompagné par le bruissement des arbres, j'arrive à l'entrée de Cherry Street – la rue de Ramie. Je m'élance dans l'obscurité. La maison de Ramie n'est plus qu'à une centaine de mètres. J'aperçois une plaque en bois pourrie sur laquelle des coquillages forment le nom « Boulieaux ». Au milieu de la pelouse, un érable géant étend ses branches entre la rue et le porche de la maison, créant ainsi une plate-forme bien pratique juste au-dessous de la chambre de Ramie.

Je traverse la pelouse – l'herbe craque sous mes pieds – jusqu'à une vieille balançoire en bois accrochée à l'arbre. Je monte dessus, je grimpe à la corde et j'enfourche la branche qui donne accès au toit. La branche ploie sous mon poids, au fur et à mesure que j'avance. À mi-chemin, je m'arrête et regarde en bas, vers le sol dur et froid. Au-dessus, les branches sombres et dégarnies frémissent en jouant aux ombres chinoises à la lueur de la lune.

« Je suis dehors. »

J'ai froid, j'ai peur et j'ai des bouts de branche qui me piquent les fesses. Je n'ai jamais éprouvé ces sensations, avant. En tout cas, pas avec ma propre peau. Au cours de mes trois années de vie, je n'ai connu que des draps douillets, de la moquette et le chauffage central. Bien sûr, Jill a eu froid, elle a eu mal plein de fois, mais je ne me suis jamais attardé sur ces sensations-là. Maintenant que j'en fais l'expérience avec mon propre corps, je me sens tout électrique. J'ai envie de sauter, de nager, de courir, de casser un truc, de voler.

Je m'agrippe à la branche rugueuse devant moi et j'avance plus vite. Quand j'arrive au bout, elle s'arque jusqu'au toit du porche. Je m'accroche au rebord, me hisse et m'étale à plat ventre sur le toit râpeux. Je reste immobile quelques instants pour m'assurer qu'il peut supporter mon poids, puis je me mets sur le dos. Aux aguets, j'attends pour m'assurer que personne ne m'a entendu. Pas un son, à part celui du vent qui se glisse entre les branches de l'érable. Lentement et sans faire de bruit, je me redresse. À gauche, au coin de la maison, se trouve la chambre de Ramie.

Je ne vais pas vous mentir. Mes quelques restes de bon sens m'ordonnent de fuir, d'arrêter cette virée stupide et de retourner dans mon nid douillet. Mais, dans ce combat, le bon sens joue le rôle du petit gringalet de quarante-cinq kilos.

J'avance sur la pointe des pieds jusqu'à la chambre éteinte de Ramie, puis je colle mon front contre la vitre et mets mes mains en visière autour de mes yeux. À mesure que je m'habitue à l'obscurité, une forme émerge, floue et cubique. C'est le lit de Ramie. Sur lequel elle se trouve. Maintenant, j'arrive à le discerner plus précisément. Il est à peine à un petit mètre de la fenêtre, à un petit mètre de mes mains.

D'un revers de manche, j'essuie la buée que ma respiration a laissée sur la vitre. Je devine la chevelure noire et sauvage de Ramie, qui contraste avec la couette claire qui l'entoure. Ramie est étendue sur le dos, la tête tournée vers la fenêtre. Le clair de lune éclaire une partie de son visage aux traits fins mais ses lèvres restent dans l'ombre. Ses grands yeux sont fermés, et une mèche rebelle voile son nez.

C'est la première fois que je vois le visage de Ramie de mes propres yeux.

Je sens que ça s'agite au niveau de mon bas-ventre.

J'ai tout à coup envie d'ouvrir la fenêtre et de me faufiler dans son lit, comme un serpent. Sauf que je n'ai pas complètement perdu la tête. Pas encore. Je commence à déboutonner mon jean. Le froid tente de jouer les trouble-fête, mais mon désir reprend vite toute sa vigueur. Mais, alors que je suis sur le point de glisser ma main dans mon pantalon, quelque chose se met à bouger dans la chambre de Ramie.

Elle se retourne ! Elle m'échappe ! Instinctivement, je dégage ma main droite et frappe à la vitre.

Réveillée en sursaut, Ramie se tourne vers moi. J'ai le temps d'entrapercevoir la pâle beauté de son visage, avant que le pire n'arrive.

Je me décolle de la fenêtre et tente de m'adosser au petit bout de mur qui me sépare du rebord. Raté !

Le sol n'est pas très loin. Mais assez pour me donner le temps de réaliser que je suis en train de dégringoler de la fenêtre de Ramie avec mon pantalon ouvert. Au dernier moment, j'arrive à me redresser suffisamment pour retomber sur mes pieds, mais c'est loin d'être une performance de gymnaste. Entraîné par la chute, je m'écrase sur le flanc gauche. Je me relève maladroitement, me colle contre le porche et reboutonne mon jean. Je sens sa présence au-dessus de moi, mais le vague grincement qui me parvient ne me donne aucune indication utile.

Si j'arrivais à ramper furtivement jusqu'au pied de l'érable, je devrais pouvoir la voir. Mais elle aussi me verra. Je prends le risque ?

Le grincement s'est arrêté. Soit elle est retournée se coucher, soit elle attend que je me montre. Bon, de toute façon, il faudra bien que je bouge à un moment ou à un autre. Je ne peux pas passer la nuit caché sous la corniche de son porche. Voilà donc à quoi servent les plans de secours et les processus d'annulation !

Alors que je me plaque contre le porche, essayant de me fondre dans le mur, je me rappelle soudain une vieille stratégie de Jill quand elle jouait encore à cache-cache. Je décide de l'adopter. Je me mets à plat ventre et commence à ramper aussi silencieusement que possible jusqu'à la pelouse, avec l'obscurité comme seule protection. Au pied de l'érable, je contourne le tronc pour me mettre à couvert, puis, lentement, je m'agenouille et jette un coup d'œil derrière.

Ramie est debout à sa fenêtre, accoudée au rebord. Le vent l'a décoiffée et, d'un mouvement de tête, elle dégage les cheveux qui lui sont tombés devant les yeux. Le plus bizarre, c'est qu'elle regarde en l'air, pas vers moi. Je tente de suivre son regard mais les branches d'érable me cachent la vue. L'instant d'après, Ramie a disparu.

Prêt à tout pour la revoir, je me hisse jusqu'à la branche qui mène au toit, et je monte à califourchon dessus. Au moment où je commence à me rapprocher doucement du porche, Ramie réapparaît à sa fenêtre, emmitouflée dans sa grosse couette blanche. Je me fige sur place. Elle ouvre toute grande sa fenêtre, puis s'assied en tailleur sur le rebord, toujours enveloppée dans sa couette. La tête appuyée sur le bord, elle lève une nouvelle fois les yeux au ciel.

La vue incroyable qui se devine entre deux branches me coupe le souffle. Les nuages ont disparu pour laisser place à des milliards de petits points de lumière dans la toile noire du ciel. Au milieu, la Voie lactée forme une belle courbe claire. Je me tourne vers Ramie. Nous contemplons bien le même spectacle. Elle se demande comment c'est là-haut, aux confins de la galaxie. Elle se demande s'il n'y a pas quelqu'un, assis au milieu de ces étoiles, qui contemple la Terre. Je connais Ramie, même si c'est à travers Jill. Toutes ces pensées lui trottent dans la tête, et bien d'autres encore, dont je ne soupçonne même pas l'existence. Elle restera assise là, l'esprit peuplé de belles pensées ramiesques, jusqu'à ce que le souffle de la nuit s'engouffre sous sa couette, jusqu'à ce que le froid devienne trop insupportable. Et moi, je resterai perché sur ma branche, la hanche en compote, les chevilles congelées, et une rigidité insistante dans la région du bas-ventre. Je resterai là, les yeux fixés sur Ramie Boulieaux, jusqu'à ce qu'elle décide de retourner se coucher.

Jill

Au réveil, une douleur traverse tout mon corps. Je m'assieds sur le lit, jette un œil à mon reflet de fille dans le miroir et commence les rituels du plan B. Puis je regarde la date sur mon réveil. Vendredi 13 avril. Plus que soixante-dix-huit jours avant le bal de fin d'année. Armée d'un marqueur vert fluo, je coche les cinq jours passés. Jack est arrivé plus tôt, ce dernier cycle, alors je dois revoir mon plan d'attaque pour le bal. En tournant les pages du calendrier, je réalise soudain que mes cycles ne sont pas toujours réguliers. Je calcule rapidement et j'en déduis que, si ça continue comme ça, Jack sera à ma place le jour du bal de fin d'année. Autrement dit, je risque de manquer cette fameuse soirée !

Le bal.

Tommy.

L'Avalanche.

Le tire-fesses !

Ma vie accumule tellement de désastres que j'ai du mal à les compter.

Je me traîne jusqu'à l'armoire, retire le tee-shirt blanc infect de Jack et remarque un ignoble bleu sur mon épaule gauche. En ôtant rapidement son caleçon, j'en aperçois un autre, tirant sur le vert cette fois, sur ma hanche gauche. Je décroche le message accroché sur le miroir. « Salut, Jill. Dommage que ça n'ait pas marché à l'Avalanche. Tu pourrais peut-être tenter un truc plus radical, la prochaine fois : être toi-même, par exemple. Juste une idée, comme ça. En tout cas, merci pour les magazines pornos. Tu pourrais m'avoir quelques DVD ? J'aime bien les petites brunes. Au fait, désolé pour les bleus. J'ai fait un peu de yoga. Je dois filer. Bises, Jack. »

Bises, Jack. Quel fayot ! Comment peut-il être au courant pour l'Avalanche, et pour ma vie en général, d'ailleurs ? Et puis, qu'est-ce que c'est que cette idée d'apparaître plus tôt ? Je retourne le papier et j'écris sur le verso. « Arrête d'envahir ma phase ! J'ai un emploi du temps à tenir, moi ! »

Puis je me dis que c'est carrément débile. Ce n'est pas comme s'il pouvait contrôler ce genre de choses. J'attrape une feuille de papier sur mon bureau et je note : « OK. Pas de problème. Je demanderai à maman si elle peut rapporter encore quelques brunettes en petite tenue. En parlant de sport, tu ne pourrais pas muscler un peu ces biceps tout flasques, tant que t'y es ? »

J'hésite à écrire « Bises, Jill », mais ça sonnerait faux, alors je signe juste « Jill ».

Entre deux morceaux de pain perdu, je demande à maman pour les DVD pornos, qu'elle consent à acheter après avoir lancé à papa un regard glacial et lourd de sous-entendus. Je n'ai pas complètement réussi à éviter Monseigneur Libido, malgré ses efforts pour rentrer sous terre, ces derniers temps. D'ailleurs, je ne devrais pas le blâmer de chercher à se cacher. Je suis sûre qu'il n'espère plus rien de maman. Je déteste avoir des parents psychologiquement instables. Mais vous le savez, non ?

Le pain perdu est délicieux comme toujours, mais j'expédie en quelques bouchées mon petit déjeuner. J'arrive tôt à l'école et je me réfugie en salle de perm pour éviter de croiser Tommy Tateson avant Ramie. C'est vendredi, je n'ai plus qu'un jour à tenir avant un long week-end à chercher de nouvelles stratégies.

Au fur et à mesure que Mme Schepisi et les autres élèves arrivent, je commence à redouter que Ramie ne sèche les cours. Mais, juste au moment où la cloche se met à sonner, elle débarque en courant. Voici le

tableau : casquette de marin, jean blanc super moulant (on est pourtant tout juste en avril), chemise
classique bleue de son père et long ruban noir saucis-
sonnant son buste et ses cuisses comme dans un film
sadomaso.

Suscitant les habituels commentaires à voix basse,
elle traverse la classe bondée, sans y prêter la moindre
attention, et se glisse à sa place, à côté de la mienne,
à l'instant pile où Mme Schepisi ferme la porte.

— Sympa, ta tenue, lui dis-je.

Elle recule un peu et me regarde de la tête aux pieds.

— Encore ce cachemire bleu ? répond-elle. Mais
bon, le jean est pas mal. Tu devrais le porter plus
haut, pour que ça tombe à hauteur des chevilles. C'est
la nouvelle tendance.

— Fini, le style Bouffie chic, alors ? Bon, à part ça,
quoi de neuf, dans les couloirs ?

Elle rapproche discrètement sa table et baisse la
voix :

— Mardi, il m'a demandé où tu étais.

Mon ventre se noue.

— Je lui ai dit que tu étais malade. Je ne voulais
pas lui parler des transfusions sanguines, mais il m'a
demandé pourquoi tu manquais si souvent les cours.

— Qu'est-ce que tu lui as répondu ?

— Que tu étais une fille pleine de mystère. Il a
aussi parlé de cours de maths, continue-t-elle. Tu fais
du soutien scolaire ?

Je prends une profonde inspiration et relâche mes muscles. Il semblerait, croisons les doigts, que j'aie survécu à l'épisode du tire-fesses avec suffisamment de dignité pour que Tommy Tateson prenne le risque d'être vu avec moi en soutien scolaire.

— Tu devrais aller le voir, aujourd'hui, ajoute Ramie. Au déjeuner. Je m'éclipserai pour que tu puisses faire les yeux de biche entre deux équations à inconnues multiples. Mmmm ! Trop sexy.

— C'est de la trigonométrie, pas de l'algèbre, espèce d'inculte des maths, je rétorque. Ça va, mes cheveux ?

Je me mets de profil pour qu'elle puisse juger.

— Comme d'hab.

— Nouvel après-shampooing. Bon, on laisse tomber la routine Lexie Oswell, d'accord ?

— Pas trop tôt. Ça ne te ressemblait pas tellement.

— Ouais, c'est plus dur que ça en a l'air, de jouer les filles hautaines. Mais c'est bien pour se tenir droite.

Dès que la sonnerie annonce la fin du cours, nous rassemblons nos affaires. En chemin vers la sortie, Ramie se jette sur moi pour accrocher mon pull en cachemire à la taille.

Je tente d'ôter sa main.

— Arrête !

Elle tient bon et me pousse hors de la classe. Dans le couloir, je plante mon ongle dans son poignet.

— Hé ! s'exclame-t-elle en retirant sa main. J'essaie juste de t'aider.

Je jette un rapide coup d'œil dans le couloir pour m'assurer que Tommy n'est pas dans les parages.

— N'importe quoi, dis-je entre mes dents. Tu vas le froisser.

— Oh, excuse-moi, madame Parfaite.

Nous marchons côte à côte.

— Je suis peut-être trop parfaite, mais au moins je ne ressemble pas à un tableau de Picasso. Tu comptes garder cette tenue combien de temps ?

Elle penche la tête en arrière et roule les yeux en vraie comédienne.

— T'es carrément pénible.

— Et toi, tu as du ruban qui dépasse de ta culotte.

— Super, la repartie.

Midi.

Une odeur de spaghettis bolognaise monte de la cafétéria, ce qui revient à dire que ça sent le vomi et le parmesan. J'arrive tôt et, au lieu de m'installer à ma table habituelle avec Ramie et Daria, je fonce vers une table à l'écart, à côté de la grande baie vitrée qui donne sur la cour. Dehors, la pelouse est boueuse, mais les cerisiers montrent quelques bourgeons naissants. Je sors mon sandwich au fromage et ma bouteille d'eau, puis je plie mon sac en papier bien proprement et je pose mon sandwich dessus. Je veux que mon déjeuner ait l'air équilibré et bien organisé. Je ne veux pas que Tommy Tateson pense que je l'attends, alors je résiste à l'envie de jeter un œil autour de moi. Je reste face à mon sandwich et à ma bouteille d'eau, le temps qu'il se décide à venir. S'il se décide à le faire. Je ne me sens pas particulièrement concernée. J'ai pas mal de choses auxquelles penser. D'ailleurs, j'ai mon carnet ouvert à côté de moi et j'écris des choses très intéressantes dedans. Des choses comme les jours de la semaine et des noms pour la ligne de vêtements que Ramie et moi ne lancerons jamais, par exemple Garç'à vous, FashionX et Anti-Glam.

— Salut.

Je lève les yeux. Le voilà. Vieux pull bleu marine, jean baggy délavé. Il me sourit, et je remarque pour la première fois un petit écart entre ses deux dents de devant.

— Remise ? me lance-t-il.

Je ferme mon cahier.

— De quoi ?

Il s'installe sur le banc en face de moi, et pose un cahier vert à spirale et son livre de maths sur la table.

— Du tire-fesses, précise-t-il.

Je lance un petit rire joyeux, que j'ai travaillé dans la voiture sur le chemin de l'école.

— Oh, ça ? Amusant, hein ? Si tu me voyais faire du ski nautique !

Il lève les sourcils de façon suggestive.

— J'adorerais.

Il me drague, pour de vrai ? Waouh ! J'étais pas préparée. En place !

Je pose ma main sur son livre de maths pour me donner une contenance et je change de sujet.

— Bon, dis-je.

Il prend un air gêné.

— Ouais, j'ai raté le dernier contrôle et il faut absolument que je me rattrape. Je n'ai vraiment pas envie d'avoir un 0 sur mon bulletin. Un 5, ça pourrait encore passer. Je pense que ça pourrait même rendre mon dossier intéressant.

J'avale une petite gorgée d'eau.

— Je ne suis pas sûre que pour la fac ce soit terrible.

Il hausse les épaules et sort un sandwich enveloppé dans de l'aluminium.

— Ça m'est égal.

Il retire l'aluminium, révélant ce qui ressemble à un mélange de Patafix et d'épinard entre deux tranches de pain aux céréales.

— Tu ne veux pas aller à la fac ?

Il mord dans son sandwich et hausse à nouveau les épaules.

— Peut-être. Mais d'abord je veux traverser le pays en voiture pendant un an.

Il regarde mon sandwich.

— Tu ne manges pas ?

Pour être honnête, je suis terrifiée à l'idée d'avoir à manger devant lui, de peur de baver ou de roter sans le faire exprès.

— Si, si.

Je mords une minuscule bouchée et mâche aussi gracieusement que possible.

Ses yeux me transpercent comme des lasers. Il ouvre toute grande la bouche et mord à pleines dents dans son sandwich.

— Qu'est-ce que c'est ?

— Du caviar d'aubergines, marmonne-t-il. Tu veux goûter ?

Ses dents ont laissé une empreinte indiscutablement parfaite dans le pain.

— Goûte, insiste-t-il. Je l'ai fait moi-même.

Pour ne pas paraître impolie, je pose ma main sur la sienne et guide le truc mou à moitié mordu jusqu'à ma bouche. Je prends juste une petite bouchée.

— Tu peux y aller. Je n'ai pas la gale.

Je mâche et j'avale, puis je lâche sa main.

— C'est trop bon ! Je n'avais jamais goûté.

Il fouille dans son sac et en ressort une petite bouteille en plastique contenant un liquide vert, dont il avale une grande quantité.

— Allez.

Il ouvre son livre de maths.

— Parle-moi des convergences absolues.

— D'accord.

Nos têtes se rapprochent au-dessus du livre tandis que je lui explique à travers quelques exemples. Comme je m'en doutais, il sent délicieusement bon, un parfum un peu musqué, mélange d'agrumes et de réglisse.

— Montre-moi, dit-il.

Je note quelques équations dans mon cahier et lui explique étape par étape. De temps à autre, je lève les yeux vers lui pour voir s'il me suit. Ses yeux sont braqués sur les miens, sérieux et sans la moindre trace de gêne.

— Non, je comprends toujours rien.

— Regarde, lui dis-je.

Puis je recommence l'exercice une nouvelle fois. Quand je n'arrive plus à soutenir son regard, je baisse les yeux vers sa poitrine, qui se soulève et s'affaisse sous son pull bleu. Il est maigre, ses clavicules sont saillantes sous son pull trop large. Je ne savais pas que j'aimais bien les gringalets.

— Qu'est-ce que tu fais après les cours ? me demande-t-il.

J'inspire profondément et j'ouvre la bouche pour répondre lorsque la sonnerie retentit.

— Aujourd'hui ?

Je jette mon sandwich à peine entamé dans le sac en papier et rebouche ma bouteille.

Tommy range son cahier et son livre de maths dans son sac à dos bleu défoncé.

— Il reste encore un peu de neige à l'Avalanche, dit-il. Tu ne veux pas prendre une leçon ? Après, ce sera trop tard.

Je me glisse hors du banc et mets mon sac sur mes épaules.

— Rassure-toi. Tu ne seras pas obligée de prendre le tire-fesses.

Je me fige et ris nerveusement.

— Je n'ai pas peur du tire-fesses.

— Bien, ajoute-t-il. Je dois passer prendre quelques affaires chez ma mère, après les cours. On se retrouve à la Cabane à cacao à quinze heures trente ?

Je croise son regard lors d'une longue seconde et demie.

— Bien sûr, je réponds. Pourquoi pas ?

— Cool.

Il fait demi-tour et sort de la cafétéria d'une démarche sexy, le sac à dos tombant sur ses épaules.

Quatre tables plus loin, Ramie m'observe, puis accourt vers moi.

— Alors ?

Daria nous rejoint.

— Comment ça s'est passé ?

J'aimerais pouvoir répondre à leurs questions, mais il semblerait que j'aie laissé une partie de mon cerveau dans le livre de maths de Tommy Tateson. Ou bien elle s'est évaporée avec son parfum. Quoi qu'il en soit, je vais devoir faire sans. Ramie et Daria me conduisent jusqu'à mon casier pour que je prenne mes livres pour le cours d'espagnol.

— L'Avalanche. Quinze heures trente. Leçon de ski.

Voilà tout ce que j'arrive à dire.

Daria commence à sauter dans tous les sens. Ramie la saisit par l'épaule pour qu'elle arrête.

— Bien joué, dit Ramie. Pas de cours de maths, aujourd'hui, alors la prochaine fois que tu le vois…

— C'est traînée par la perche du tire-fesses ?

Ramie m'aide à mettre mes livres d'espagnol dans mon sac et ferme mon casier.

— Non, répond-elle.

Elle me prend par le bras et me guide dans le hall jusqu'à ma classe.

— Je mets ma plus belle tenue de ski, pour affronter une nouvelle fois l'Avalanche ?

Daria marche à ma droite, tout sourire et riant bêtement.

— Il est trop mignon. C'est pas mon genre du tout – un peu trop maigre, à mon goût –, mais vraiment mignon.

Je regarde son visage carrément ahuri.

— Je sais bien, dis-je. Crois-moi, je le sais trop bien.

Cette fois-ci, je ne porte pas la tenue de ski rose pâle de Ramie pour ne pas rappeler à Tommy l'incident du tire-fesses.

Ramie m'a prêté la tenue bleu et blanc de sa mère, un poil trop grande pour moi, mais qui semble très bien, une fois ajustée avec des épingles à quelques endroits stratégiques. Avec mon masque orange et ma cagoule, je ressemble à un insecte, mais un insecte qui a du style.

Ainsi parée des pieds à la tête, je m'assieds sur le banc à l'extérieur de la Cabane à cacao avec la paire de skis que je viens de louer. Mon cœur bat si fort que je crains de déclencher une avalanche pour de vrai. Il est quinze heures quarante-cinq, et Tommy n'est toujours pas là. Je déteste l'idée qu'il puisse me voir en train de l'attendre, alors je chausse mes skis et me lance dans quelques glissades pour patienter. Norm m'observe depuis la Cabane à cacao et me fait un signe d'encouragement sarcastique.

Au pied de la pente, le tire-fesses me nargue.

La porte de la cabane s'ouvre dans un grincement, et Tommy apparaît dans ses vêtements habituels, avec des chaussures de ski. Il fait tomber ses skis dans la neige, place ses chaussures dans les fixations et attrape ses bâtons.

— On va monter en haut de la piste.

Je panique.

Il passe devant moi et retire délicatement ma cagoule.

— Tu n'en auras pas besoin.

Il la dépose sur le banc. Puis il prend ses bâtons dans sa main gauche, attrape ma main et me pousse en direction du remonte-pente.

— Garde tes skis parallèles, dit-il.

Nous prenons une petite bosse, et je commence à vaciller sur mes skis. Il met ses bras autour de ma taille pour me stabiliser, puis m'arrête juste avant le départ du téléski.

L'Avalanche est déserte, exception faite d'un groupe d'enfants de huit ans auxquels une femme donne un cours. Je crois reconnaître la fleuriste de mon quartier.

— Souviens-toi que tu peux toujours lâcher la perche. Si tu commences à tomber, ta première réaction sera de t'accrocher. Résiste à cette impulsion.

Les skis bien parallèles, il saisit une perche et se laisse tirer en direction du sommet. Quelques mètres plus haut, il se met à vaciller de façon exagérée, ralentit et tombe sur le côté, les skis croisés.

J'essaie de skier dans sa direction, mais je ne sais pas comment remonter la montagne.

Se remettant tout seul debout, il skie adroitement vers moi.

— Tu as vu ? dit-il. Si c'est trop dur, laisse-toi tomber.

Je dois avouer que sa technique est étonnamment sexy.

— D'accord.

Il sourit et me guide jusqu'au départ.

— Laisse-la glisser entre tes mains, d'abord, me conseille-t-il.

J'écarte mes doigts autour de la perche, comme si je portais un énorme bâton. Lorsqu'elle se met à glisser sous mes gants, je suis surprise par la vitesse.

— Les skis parallèles ! me lance-t-il.

Je baisse les yeux vers mes skis et les remets bien droits.

— Fléchis les genoux ! Et n'oublie pas : tu peux toujours lâcher la perche.

Je regarde la perche filer sous ma paume, fléchis les genoux et m'accroche fermement. Mon corps est propulsé en avant, et une seconde plus tard, mes skis suivent.

— Fléchis les genoux ! répète-t-il.

Je les fléchis le plus possible, ce qui ne doit pas être très gracieux, mais je ne sais pas ce qui est le pire : être assise sur des toilettes invisibles ou tomber tête la première dans la neige.

— Tu t'en sors très bien ! s'exclame-t-il.

Risquant un bref regard derrière moi, je l'aperçois pendu à une perche, un sourire encourageant sur les lèvres.

— Prépare-toi à lâcher ta perche, dit-il.

— OK.

Je n'essaie même pas de prendre une voix normale. Je suis terrifiée, et tout mon corps le manifeste.

En quelques secondes, je suis en haut de la piste.

— Maintenant ! crie-t-il.

Je lâche la perche et mes skis me portent quelques mètres plus loin, puis s'arrêtent. Avant même que je panique à l'idée de dévaler la piste, Tommy est à mes côtés, son dérapage parfait faisant voler un peu de neige.

Ses yeux accrochés aux miens, il change de côté et me fait pivoter de façon que mes skis soient bien perpendiculaires à la pente. Puis il regarde au loin et vérifie que la voie est libre. Ce n'est pas vraiment l'Everest, mais tout de même, c'est plus haut que je ne le pensais. De la fumée monte des cheminées des petites maisons de Grapevine Road, et quelques voitures, couvertes de sel et de gel, sont garées sur le parking de l'Avalanche.

— Belle vue, dis-je.

Il me lance un long regard perçant, puis enchaîne :

— Prête à recevoir une leçon du maître ?

— Carrément. Il arrive bientôt ?

— Ouh ! Tu vas payer pour cette remarque.

Je dois dire que c'était pas mal pour de l'improvisation, mais ça ne suffit pas à calmer la peur horrible que j'ai de m'écraser mollement sur la piste.

La première demi-heure, Tommy m'apprend à faire le chasse-neige, c'est-à-dire à zigzaguer lentement à travers la piste, les pointes des skis vers l'intérieur. Par bonheur, la leçon se déroule sans incident, et après quelques dizaines de descentes et de remontées, je surmonte ma peur du tire-fesses.

Entre deux conseils utiles, du genre : « Ne te retourne pas » ou : « Ne te cramponne pas comme ça à tes bâtons », Tommy arrive à me déstabiliser avec son regard laser. Malgré cela, je réussis à rester debout la plupart du temps.

La dernière chose qu'il m'apprend, c'est l'arrêt en dérapage.

— C'est comme faire du roller, dit-il.

Il remonte un peu la piste, puis me crie :

— Tu fais du roller, n'est-ce pas ?

— J'en faisais ! je crie à mon tour. J'ai pris des cours de roller acrobatique en CE2.

— Cool.

— Ça s'est fini dans les pleurs. Et les bleus.

Il rit.

— Regarde.

Il glisse vers moi, puis fait un mouvement du bassin pour placer ses skis perpendiculairement à la pente. Une petite bourrasque de neige s'abat sur mes jambes.

— On y va ?

— Mouais.

Il prend ma main et me pousse dans la piste. Puis il me double et s'arrête avec un nouveau dérapage parfait.

— Allez, dit-il. Droit sur moi.

Je prends appui sur mes bâtons et me laisse glisser vers lui. Mais, lorsque je fais le mouvement du bassin, rien ne se passe. Pour éviter de m'écraser contre lui, j'effectue un écart brusque et large, suivi d'une belle chute au ralenti dans la neige.

Tommy se précipite et se penche au-dessus de moi.

— C'était pathétique.

Une seconde, j'ai cru qu'il allait se jeter à côté de moi et qu'on s'enlacerait dans la neige. Au lieu de ça, il me tend la main et me hisse énergiquement.

La nuit commence à tomber, le ciel passe du rouge au bleu-gris. Les enfants sont partis. L'Avalanche est déserte. Tommy me presse la main, et nous nous regardons dans les yeux un long moment.

Puis il se lance :

— Écoute, Jill, j'ai un truc à te demander.

« Bon, tout va bien, me dis-je. Reste calme. Tu t'es préparée pour cet instant. Ne fais pas la fille qui attend quelque chose. Et ne fronce pas les sourcils. »

— Ah oui ?

Il se met à sautiller nerveusement dans le froid.

— Oui, répond-il. Hum, je ne sais pas trop comment te le dire… Je crois que…

Il regarde ses chaussures de ski et inspire profondément.

— C'est dur à dire…

Il garde les yeux baissés, ce qui me laisse le temps
de me préparer à ce que je crois voir venir. Je dois
absolument paraître surprise, comme si l'idée ne
m'avait jamais traversé l'esprit. « Le bal ? Quoi ? Ah,
c'est de ça qu'il s'agit ? » Quelque chose du genre.

Finalement, après avoir rassemblé tout son courage,
Tommy me regarde et bredouille :

— Le truc, c'est…. Ce que je voulais savoir, eh
bien… hum… c'est comment tu réagirais si je te disais
que j'aime bien les garçons.

Une seconde. J'ai dû mal entendre, tout bêtement.

— Jill ?

Mes oreilles, allô, allô ? Tommy vient-il de me
demander de l'accompagner au bal ?

— Tu m'as entendu ? insiste-t-il.

Lentement, douloureusement, je commence à comprendre que non, il ne m'a pas invitée à aller avec lui
au bal de fin d'année.

— Tu es… bi ?

Les mots sortent tout seuls de ma bouche.

Il acquiesce.

— Ça t'ennuie ? Parce que je voulais être sûr que
ça ne te posait pas de problème avant qu'on…

Son visage se décompose.

— Ça te pose un problème, hein ?

— Tu es bisexuel ? C'est ça que tu es en train de me dire ?

— Oui, je suis bisexuel.

Il m'observe un instant, puis penche la tête et regarde du côté de la Cabane à cacao. Lorsqu'il se retourne vers moi, la souffrance se lit sur son visage.

— Je suis désolé, dit-il. Je ne sais pas pourquoi, j'ai cru que tu t'en ficherais.

Mes lèvres s'entrouvrent plusieurs fois, mais aucun son n'en sort.

— Mieux vaut le savoir maintenant que plus tard, ajoute-t-il. Toi aussi, tu m'as appris quelque chose aujourd'hui.

Il semble attendre une réponse, mais je suis incapable d'articuler quoi que ce soit.

— J'imagine que c'est ta réponse, dit-il.

Sur ce, il fait demi-tour et rejoint la cabane.

Lorsque la paralysie me quitte, je tente quelques pas dans sa direction.

— Attends ! je m'écrie.

Mais il ne m'entend pas. Ou il m'ignore. La porte de la cabane se referme derrière lui, et je ne cherche pas à le suivre.

Le froid glacial me fait frissonner.

Tommy Tateson aime les garçons. Le type de mes rêves, l'amour de ma vie n'est pas hétérosexuel !

Sur le parking, Tommy se rue vers sa voiture, les skis sur l'épaule, les os saillant à travers son manteau de ski. Quelque chose en moi m'incite à courir derrière lui. Mais je n'arriverais jamais à le rattraper avec mes skis, et de toute façon je ne saurais même pas quoi lui dire.

Je monte dans ma voiture, carrément perturbée. Gelée, perdue, presque en état de choc. C'est alors qu'une idée désagréable me vient à l'esprit. De retour à la maison, je grimpe l'escalier en un éclair, me débarrasse de la tenue de ski et me mets devant le miroir en sous-vêtements. Prise de panique, je saute sur mon téléphone.

— Ramie, tu trouves que je fais garçon ?

— Hein ?

— Masculine, tu sais, pas très féminine ?

— De quoi tu parles, enfin ?

Je me tourne de profil et j'observe mon buste.

— Ma taille. Elle n'est pas super fine. Et puis, je fais à peine un bonnet B. Et mes hanches, elles sont trop...

— Jill, qu'est-ce qui s'est passé ? Tu as essayé des vêtements sans moi ? Comment c'était, ta leçon de ski ?

Je me remets face au miroir et, après avoir inspiré profondément, j'ajoute :

— Il aime les garçons, Ramie.

— Quoi ?

— Tommy ! je m'écrie. Il est bi !

Silence de mort. Je tourne sur moi-même et j'observe le reflet de mes fesses dans la glace. J'ai toujours cru que j'avais les fesses rebondies et féminines. Il se pourrait que je me sois trompée. Il se pourrait que je me sois même carrément trompée.

— Cool, dit Ramie.

— Cool ? Tu m'as entendue ? Il est bi !

— Oui, je t'ai entendue, dit-elle. Bi signifie qu'il aime les garçons et les filles, idiote. Et toi, tu es une fille, non ?

Je pose ma main sur mon sein gauche. Elle le couvre largement. Et j'ai de petites mains !

— Combien ça coûte de se faire grossir les seins ? je demande.

J'entends Ramie poser le combiné. Lorsqu'elle le reprend, elle se met à crier :

— Tu ne vas pas faire ça, certainement pas !

De toute façon, je ne pourrais probablement même pas me payer l'opération d'un seul sein, mais je n'exclus pas l'idée. Un bonnet C. Haut et fier. Jack serait fou de joie.

Attendez.

Jack.

Peut-être que Tommy sent la présence de Jack. Peut-être que les traits masculins de Jack débordent sur ma phase !

— Ramie, s'il te plaît, je t'en supplie, sois honnête. Suis-je masculine ?

— Non, tu n'es pas masculine ! répond-elle en détachant chaque syllabe. Tu es même actuellement désespérément féminine, dans le genre « pleurnicharde dévastée ».

— Je ne vois pas ce que ça veut dire.

— Tu devrais.

Je jette encore un œil à mes fesses. Est-ce que ce sont vraiment des fesses de fille ?

Jack

Alors comme ça, le Prince charmant marche à voile et à vapeur ? Quel choc ! Ça, je ne m'y attendais pas du tout. Pauvre Jill. Toutes ces recherches, toutes ces réunions, tout ce temps passé à espionner, à comploter, à faire des plans. Et tout ça pour quoi ? Pour se retrouver avec le moral dans les baskets. Je la plains vraiment.

Après cette déclaration déchirante au crépuscule, à l'Avalanche, la flamme de la romance qui naissait entre eux s'est éteinte. Plus de regards langoureux pendant les cours, plus de séances de révisions à la pause de midi, plus de leçons de ski.

J'ai fouillé tous les moments de la vie éveillée de Jill (et même quelques-uns de ses rêves) et jamais je ne l'ai vue aussi déprimée. Après ce qu'il faut bien appeler la seconde tragédie de l'Avalanche, elle a passé toute une semaine à se tartiner le visage de maquillage et à rembourrer ses soutifs jusqu'à ce que Ramie parvienne à la convaincre à deux cents pour cent que son apparence n'avait rien de masculin.

Après cette première victoire, Ramie s'est attelée à persuader Jill que la bisexualité de Tommy ne devait pas le disqualifier dans la course pour le bal de fin d'année. Selon elle, il fallait même que Jill lui présente ses excuses pour l'avoir mis mal à l'aise par rapport à son orientation sexuelle, qui est, après tout, admirable et naturelle. Elle est comme ça, Ramie. L'étrange ne lui fait pas peur. Au contraire. Mais, au final, Jill a choisi d'écouter maman, qui lui a confié, autour du chocolat chaud sacro-saint de l'après-midi : « Tu sais ce qu'on dit, chérie. Un bi n'est jamais qu'un gay en formation. »

Il m'en coûte de l'avouer, mais sur ce coup-là je suis plutôt d'accord avec la terrible Reine des neiges de Winterhead. Je l'ai toujours trouvé un peu louche, ce mec. La vérité, c'est qu'au début je le prenais pour un vrai dragueur. Je pensais qu'il se servirait des sentiments de Jill pour tricher à l'exam final de maths, et qu'il la larguerait juste avant le bal de fin d'année. En fait, j'espérais vraiment que les choses se passeraient comme ça. Eh oui, je ne suis pas dénué de toute bassesse. Mais maintenant, la voir dans cet état, des larmes plein les yeux, ça me fait quelque chose. C'est pas juste. Mes larmes à moi, elle s'en fiche pas mal. Elle ne sait même pas qu'elles existent.

Je me demande ce que ça fait de s'intéresser aux garçons et aux filles. L'idée même d'un autre mec qui me touche les parties me donne envie de vomir. Mais, sinon, je ne vois pas de mal à être homo, vous pensez bien. On est tous très ouverts à Winterhead, dans le Massachusetts, bastion nord-est de la tolérance. Attendez, on est le premier État à avoir légalisé le mariage gay. C'est cool, les gays. Qu'ils viennent. Si j'avais une vie en dehors de cette chambre, je suis sûr que j'aurais plein de potes homos. S'il y a des homos à Winterhead, bien sûr.

Tête-de-nœud aurait tout simplement dû mentir. Jill ne se doutait pas une seconde qu'il aimait se livrer aux gros plaquages virils, de temps en temps. Pourquoi avoir tout déballé ?

Mais assez parlé de Jill et de ses histoires pleurnichardes. J'ai du pain sur la planche, moi aussi. J'ai de grands, grands projets pour ce cycle.

J'ai décidé d'établir le contact.

Les DVD pornos m'ont vraiment plu, surtout les hordes de brunes toutes nues, mais ça va un temps. Ne me faites pas dire ce que je n'ai pas dit. Bien sûr que j'ai passé toute la journée à les regarder. Je peux même vous réciter par cœur toutes les répliques si pleines d'esprit.

Mais à la tombée de la nuit, alors que mes parents vont se coucher dans leurs chambres séparées, à des étages séparés, moi, je boucle les derniers préparatifs de – accrochez-vous bien – l'opération Assaut de fenêtre. Jill n'est pas la seule à pouvoir inventer des plans élaborés aux noms ridicules.

Et, cette fois-ci, je ne laisse rien au hasard. Premièrement, je choisis un manteau plus adapté. Dans les profondeurs de l'armoire de Jill, j'ai découvert de vieilles parkas de ski abandonnées par papa. Deuxièmement, je mets des chaussettes. J'aurai peut-être l'air débile avec des chaussettes de fille vert fluo mais, au moins, je n'aurai pas les pieds congelés.

Je retire les draps, les accroche au coffre puis les lance par la fenêtre. Je descends et, là, je fais quelque chose que je n'avais jamais fait avant.

Je cours.

La nuit est plus chaude que la dernière fois. L'air porte la promesse du printemps. Inspirant de grandes bouffées d'air frais, je cours jusqu'au bout de Trask Road et m'écroule à l'angle de Main Street. J'essaie de reprendre mon souffle. Maudite Jill. Cette fille ne fait aucun exercice en dehors des cours de gym. Elle a deux jambes, elle est en bonne santé, elle est libre de parcourir le monde, et où est-ce qu'elle passe tout son temps ? Dans sa chambre ou dans celle de Ramie. Quel gâchis !

Une fois que mon cœur s'est calmé, je me relève comme je peux, je traverse Main Street, calme et silencieuse, et je reprends ma course. L'air frais sur mon visage et les arbres flous qui défilent autour de moi me procurent un sentiment inconnu et puissant. Je garde la bouche ouverte pour inspirer plus d'air dans mes poumons, qui se gonflent puis se contractent tel un soufflet. Je respire de plus en plus difficilement, et pourtant je ne m'arrête pas. J'essaie de synchroniser ma respiration avec le bruit de mes semelles qui martèlent le trottoir.

En baissant les yeux, je remarque quelque chose de déconcertant : la façon dont mes mains gigotent pendant que je cours. Mes poignets tendent vers l'extérieur et mes doigts sont écartés.

Bordel, je cours comme une fille !

Je vacille, puis m'arrête et m'appuie sur mes genoux, jusqu'à ce que ma respiration reprenne un rythme normal. C'est déjà assez dur comme ça de devoir partager son corps avec une fille. Pourquoi suis-je tombé sur une telle mauviette ? Je me redresse et fais quelques bonds de boxeur en serrant les poings, histoire de me donner une allure plus virile. Ce soir, ce corps est à moi. Je dois en expulser toutes les sales habitudes de fille que lui a données Jill.

Battant le pavé comme un vrai mec, à présent, je traverse Main Street et finis mon sprint devant l'allée de Ramie, où je tombe à genoux. Je m'allonge sur le dos et j'aperçois la pancarte en coquillages qui annonce « Boulieaux ». Mon cœur bat la chamade. Ma poitrine se gonfle. Je sens comme des petits poings qui cognent de l'intérieur. Comment Jill a-t-elle pu se laisser aller comme ça ? Avant, elle faisait du sport. Base-ball, natation, GRS. Lorsque notre « condition » est apparue, elle s'est transformée en plante d'appartement. C'est peut-être à cause du dédoublement. Peut-être que, quand je me suis réveillé, elle a projeté tout son côté masculin sur ma semaine. C'est trop bête de sa part.

Au loin, un chien hurle à la mort. Pendant un moment, je suis tenté, dans un vague esprit de camaraderie, de lancer un grand hurlement de loup, mais le souffle me manque. Le vent fige les gouttes de sueur qui dégoulinent sur mon visage. Finalement, je trouve la force de me relever et de traîner les spaghettis qui me servent de jambes jusqu'à l'érable, puis sur la balançoire.

Du haut du porche, j'ai l'impression de surplomber un monde immobile et attirant. Ramie dort profondément, le visage tourné vers la fenêtre. Une mèche de cheveux cache ses yeux. J'ai envie de taper à la fenêtre, mais, ce soir, je dois être patient.

De ma poche, je sors un petit mot, que je colle à la vitre avec un bout de scotch, puis je descends et rentre chez moi.

Deuxième nuit. Je retourne devant chez Ramie, me cache dans les buissons à l'entrée de l'allée, et puis je guette. Le mot n'est plus là où je l'ai collé hier soir, Ramie l'a pris. Je meurs d'envie de grimper à l'érable et de faire irruption dans sa chambre.

Mais, ce soir, je n'agis pas n'importe comment. L'opération Assaut de fenêtre est un programme en plusieurs étapes.

J'essaie de trouver une position confortable en attendant de voir si les flics rappliquent. Pas fou. J'imagine qu'ils ne vont pas débarquer dans l'allée avec leurs gros fourgons. Je me suis placé bien avant le virage.

Sur le mot que je lui ai laissé hier, j'ai écrit : « Salut, Ramie. N'aie pas peur. Je reviendrai demain à minuit. »

Je connais bien Ramie, c'est vrai. Il y a peu de chances qu'elle ait appelé les flics. Elle a sûrement lu le mot et ouvert sa fenêtre, peut-être même a-t-elle fait un petit tour d'inspection dehors. Puis elle a dû se dire qu'elle allait appeler les flics et finalement décidé de ne pas le faire. Pourquoi ? Parce que Ramie, la « disciple du chaos », quand elle doit faire un choix, préfère en général la plus imprudente des possibilités. Mais si elle les a appelés, ils sont probablement assis dans son salon en attendant les douze coups de minuit. À minuit pile – ce qui est, tiens, juste maintenant –, l'un d'eux sortira sans doute inspecter les alentours.

Personne en vue. J'ai l'impression que ça fait des heures que je suis agenouillé là, à attendre un signe de la présence de la police. Quand j'en ai assez et que je ne peux plus résister à la tentation de grimper à cet arbre et de me glisser par cette fenêtre, je sors des buissons et rentre chez moi en courant.

Patience, chers lecteurs. Le meilleur reste à venir.

Troisième nuit. Je reprends position dans les buissons, à l'affût du moindre signe de la présence de moins en moins probable de la police. Et soudain, que vois-je ? Un morceau de papier collé à la fenêtre de Ramie. Mais je ne suis pas si bête. Ça peut très bien être un piège. D'un autre côté, ça peut aussi être une réponse de Ramie. Alors, aussi discrètement que possible, je rampe sur la pelouse. Je grimpe jusqu'à la branche, puis je m'arrête et j'écoute. Rien. Silence absolu. Je m'avance sur le porche sur la pointe des pieds, tends le bras et décroche le morceau de papier.

Il est vierge.

Je me prépare au pire. Un flic va sans doute descendre en rappel d'un hélicoptère noir, son arme pointée sur moi. Alors je sauterai du porche, me tordrai la cheville et tomberai entre les mains d'une unité spéciale qui, après m'avoir fourré dans un fourgon banalisé, m'emmènera dans un centre de recherches top secret ; là, je subirai des expériences humiliantes, et mes secrets les plus noirs seront publiés à la une du *Times* sous le titre : *Hermaphrodite cyclique pervers déjoué par sa curiosité. Son plan tombe à l'eau.*

Heureusement, rien de tout ça n'arrive.

À la place, une lumière s'allume dans mon dos. Je me retourne, le papier vierge à la main, et repère quelqu'un près de l'érable qui pointe sa lampe torche vers moi.

— Descends, dit-elle. Et pas de mouvements brusques ou... autres gestes louches.

— Ramie ?

— Tais-toi, répond-elle. Descends. Et ne fais pas le malin. Je suis armée.

La lumière aveuglante me permet seulement de deviner sa silhouette. Je ne distingue que son bras posé sur sa hanche.

— J'ai une fourche. Et je n'hésiterai pas à m'en servir, affirme-t-elle.

— Du calme. Je ne te veux aucun mal. Je veux juste...

— Chut, me coupe-t-elle.

J'attrape la branche et je descends en m'agrippant au tronc, éclairé tout du long par sa lampe. Juste avant d'arriver au sol, je commence à prendre mon temps et je me balance quelques secondes à une branche.

Elle pointe la lampe droit sur moi.

Je ferme les yeux et saute à terre. À l'impact, je ressens le choc jusque dans mon dos, mais je fais comme si de rien n'était pour qu'elle me prenne pour un vrai dur. Puis je me rappelle qu'elle ne sait toujours rien de mes intentions, alors je lève les mains en montrant bien mes paumes.

— Je ne suis pas armé. Tout à fait inoffensif.

— Qui es-tu ? demande-t-elle.

— Tu pourrais peut-être éteindre ce truc. Je n'y vois rien.

— Non, répond-elle. Qui es-tu ?

Je me rends compte que j'avais tout prévu pour m'introduire dans sa chambre, mais que je ne m'attendais pas à une vraie rencontre. Tout en me protégeant les yeux de la lumière, j'essaie d'éluder sa question.

— T'as pas appelé les flics. Merci.

— Je sais me débrouiller toute seule. Qu'est-ce que tu veux ?

Tout ce que je veux, c'est voir son visage, mais la lumière est trop forte. En regardant par terre, j'arrive presque à voir ses pieds. Elle porte des bottes noires et un pantalon sombre. Tout d'un coup, la lumière cesse de me piquer les yeux, et je comprends qu'elle a baissé la lampe pour examiner le reste de mon corps. Elle me mate. Cool.

— Qu'est-ce que tu viens faire à ma fenêtre ? demande-t-elle. Tu peux pas appeler, comme tout le monde ?

— Je ne suis pas comme tout le monde, Ramie.

— Ça, c'est clair. Et d'où est-ce que tu connais mon prénom ?

— Pourquoi ? C'est censé être un secret ?

Je fais un petit pas vers elle, utilisant mes mains comme bouclier contre la lumière.

— Arrête, m'ordonne-t-elle.

J'avance encore un tout petit peu.

— Je ne te veux aucun mal.

— Arrête ! répète-t-elle.

J'obéis.

Ramie baisse un peu sa lampe torche, mais je n'arrive toujours pas à distinguer son visage.

— Qu'est-ce que tu veux ? demande-t-elle de nouveau.

— Que tu me laisses entrer par cette fenêtre.

Elle lâche un petit rire sec.

— Tu peux rire, dis-je. Je suis quasiment sûr que tu le feras, tôt ou tard.

— Et qu'est-ce qui te fait croire ça ?

— Tu plaisantes ou quoi ? Un gars bizarre mais vaguement familier se pointe à ta fenêtre. Tu adores ce genre d'histoires. Des trucs comme ça n'arrivent jamais à Winterhead. Même pas à toi.

— D'où me connais-tu ? m'interroge-t-elle. Et tu te trompes sur toute la ligne. Pas question que je te laisse entrer par cette fenêtre.

— On verra bien.

Je me retourne et m'éloigne.

— Je reviendrai demain.

— Je peux encore appeler les flics.

C'est vrai. Sauf que je connais Ramie : elle ne le fera pas.

Quatrième nuit, la dernière avant le retour de Jill. Après avoir couru jusque chez Ramie, je m'arrête pour reprendre mon souffle et scruter sa fenêtre, qui brille d'une lumière chaleureuse et attirante. Je vais vers l'érable, monte sur la balançoire et grimpe à cette bonne vieille branche.

L'ombre de Ramie apparaît à la fenêtre.

J'avance à tâtons sur le porche, puis je me retourne doucement et m'agenouille devant la fenêtre. Elle l'entrouvre juste assez pour se faire entendre.

— Comment peux-tu être sûr que je n'ai pas appelé les flics ? me demande-t-elle.

Je glisse ma main dans l'embrasure et, alors que je commence à sentir la chaleur de sa chambre, elle rabat la fenêtre sur mes doigts.

— Aïe !

Je dégage ma main et j'examine les marques qu'elle y a laissées.

Ramie referme la fenêtre, mais elle ne tire pas les rideaux et reste plantée là.

Je pose ma main sur la vitre, à hauteur de son visage.

— Laisse-moi entrer...

Ramie hausse les épaules et fait signe qu'elle ne m'entend pas.

Je reste calme.

— Ramie, tu sais bien que tu vas finir par ouvrir.

Sa bouche sensuelle articule le mot « Quoi ? » puis « Je ne t'entends pas ».

Je baisse d'un ton. Le front collé contre la vitre froide, je murmure :

— Ramie, Ramie.

Cette fois, elle s'avance vers la fenêtre et tend l'oreille.

— C'est bien, Ramie, dis-je à voix basse. Allez, encore un pas.

Elle se poste juste en face de moi, les sourcils froncés, l'air sévère. J'essuie la buée entre nous et la fixe du regard. Ses yeux parcourent mon visage : mes yeux, mon nez, ma bouche. Puis elle entrouvre la fenêtre.

Je ne bouge pas. Je ne dis rien. Ramie soupire et ouvre la fenêtre un peu plus. Sans la quitter des yeux, je pousse la vitre des deux mains. Elle pose les siennes de l'autre côté de la fenêtre, comme pour la refermer. Mais elle ne le fait pas. Je place mes doigts dans l'embrasure, prêt à me les faire écraser.

Elle ne le fait toujours pas.

Au contraire, elle s'écarte.

Je prends ça comme une invitation, alors j'ouvre la fenêtre en grand et je me faufile dans la chambre.

Elle est juste à quelques pas de moi, elle m'observe. Elle ne tente rien pour m'arrêter. Je referme la fenêtre derrière moi.

— Ne fais pas trop de bruit, me dit-elle.

Ses cheveux noirs sont ébouriffés et encore humides. Elle sort de la douche et, même à quelques mètres d'elle, je peux sentir l'odeur du shampooing à la noix de coco.

J'étais attendu.

— Salut, je réponds.

Elle soutient mon regard une seconde, puis elle baisse les yeux. Derrière elle, des impers sont suspendus, alignés comme une rangée de soldats.

— Je… euh… je vois que t'es équipée pour la pluie.

Elle lance un coup d'œil derrière elle.

— Ah, ouais. Ma mère en faisait collection.

Elle recule et effleure l'ourlet d'un imper noir.

— Elle allait les jeter, mais je me suis dit que je pouvais en faire quelque chose. Je suis plus ou moins dans la mode.

— Cool.

Je m'avance un peu vers elle et vois ses muscles se contracter. Elle tourne le regard vers la porte entrou-verte. Ses parents dorment en bas, de l'autre côté de la maison, mais ils peuvent l'entendre si elle crie. Elle le sait bien.

— Ramie, dis-je, je n'ai pas beaucoup de temps. Je ne peux pas revenir demain.

— Pourquoi ? Où vas-tu ?

— Nulle part.

Je m'avance encore un peu et tout son corps se raidit. Je suis plus près d'elle qu'elle ne l'est de la porte. Pourtant, elle ne s'enfuit pas.

Elle reste immobile, devant ses vieux impers, et je comprends que c'est à moi de faire le prochain pas. Tout ce qu'elle a à faire, c'est réagir. Hurler, fuir ou s'évanouir. Mais elle ne bougera pas tant que je n'aurai rien tenté.

Ma main cherche la sienne. Elle hésite, puis laisse nos doigts s'entrelacer.

— Qui es-tu ? murmure-t-elle.

Étourdi par le choc de ce premier vrai contact physique, je reste un instant perdu dans mes pensées, avant de me reprendre et de marmonner :

— À quoi bon le savoir ?

Elle me regarde et hoche la tête. Des effluves de noix de coco me parviennent. Ses yeux sont à la fois avides et passifs, jusqu'à ce que, soudain, une lueur d'impatience les traverse. « Embrasse-moi, idiot », pense-t-elle.

C'est là que je réalise qu'elle a habilement orchestré tout le déroulement de cette soirée. Discrètement, bien sûr. Elle savait que je viendrais à sa fenêtre. Elle savait qu'elle me laisserait entrer. Mais, pour ça, il fallait que je la supplie d'abord. Il fallait qu'elle donne l'impression de ne pas avoir le choix.

Merde, mais pourquoi j'ai toutes ces idées dans la tête ? J'ai envie de me jeter dans ses bras, de plonger ma langue dans sa bouche. Cependant je ne bouge pas. Je suis figé. Quelque chose de vague, à moitié enfoui au fond de moi, m'en empêche.

— Tu te sens bien ? me demande-t-elle.

— Quoi ?

Elle retire délicatement sa main de la mienne, laissant derrière elle une moiteur fraîche. Puis elle s'installe à la table à côté de son bureau, m'effleurant au passage.

— Tu veux que je te montre quelques-unes de mes créas ?

— Tes quoi ?

— Mes créas, mes créations, quoi, répond-elle. C'est comme ça qu'on appelle une tenue, dans la haute couture.

Je le sais déjà, évidemment. Mais il ne faut surtout pas qu'elle s'en doute.

— Bien sûr, dis-je.

Elle prend son ordinateur portable et s'accroupit sur le lit, laissant une place géante à côté d'elle.

Étape n° 2. Voilà ce qui est en train de se passer.

Ramie fait évoluer les choses vers le niveau supérieur, en se gardant bien de dévoiler son jeu.

Mais je ne devrais pas savoir tout ça. Ce sont les pensées de Jill ! Je devrais bondir sur son lit pour me blottir contre son corps ardent et la couvrir de baisers humides. Pas vrai ? Au lieu de ça, je m'approche et m'assieds bien sagement à côté d'elle, dans une posture aussi innocente que possible.

Pendant que Ramie parcourt quelques-unes de ses créas, j'essaie de virer les pensées de Jill qui ont envahi mon esprit pour laisser place aux miennes.

— Les photos sont pas géniales, explique-t-elle. C'est ma copine Jill qui a fait le mannequin.

— Hmm hmm.

Ramie est pieds nus, et l'ourlet de son jean laisse voir des chevilles bien lisses. Elle s'est épilée, ce qui veut dire qu'elle m'attendait. Et qu'elle s'attend qu'il y ait de l'action.

— La plupart des gens pensent que la mode est un truc superficiel, réservé à des nanas obsédées par les marques, mais ils passent à côté de sa signification culturelle profonde.

— Ouais.

Je me demande combien de temps il me faudrait pour lui enlever son jean et son pull.

— Ce que je veux dire, c'est que tout le monde porte des vêtements, reprend-elle. Même les gens qui prétendent détester la mode.

— Tout à fait d'accord.

Elle me regarde.

— Vraiment ?

— Euh… enfin, ouais. D'un certain point de vue…
Ouais. T'as raison.

— En fait, t'en as rien à faire de la mode, pas vrai ?

Elle me fixe pendant quelques secondes, puis elle
scrute mon corps de bas en haut, comme pour me
jauger.

— Peut-être que tu peux m'apprendre ?

Elle fait signe que oui.

— Tu te débrouilles déjà pas mal. J'aime bien tes
chaussettes.

Elle se penche et relève mon jean pour les regarder
de plus près.

— Les couleurs flashy, c'est super tendance, en ce
moment.

Je me rends compte que, si elle le relève encore un
peu, elle verra le petit duvet qui témoigne d'une épi-
lation récente. Mais je ne veux pas la dissuader de me
toucher, alors je tente une diversion en lui caressant
la nuque.

Elle se crispe, lâche mon jean et plante son regard
sur moi.

Je le lui retourne. Elle n'attend que ça.

Elle referme son ordi avec soin.

C'est maintenant ou jamais.

Elle mordille sa lèvre inférieure, nerveusement.

L'atmosphère autour de nous devient étouffante, et de petites gouttes de sueur apparaissent sur mon front.

— Est-ce que tu vas finir par me dire ton nom ? murmure-t-elle.

Je fais oui de la tête.

— Quand ?

Je hausse les épaules.

— Ramie ?

— Oui ?

Mon instinct primaire, enfoui tout au fond de moi, m'ordonne d'agir, mais quelque chose d'autre me paralyse.

— Ramie, il faut que je te...

Elle se penche vers moi et m'embrasse.

Je me laisse envahir par la douceur de ses lèvres sensuelles et humides quand, brusquement, elle recule son visage.

— Aïe ! s'écrie-t-elle.

Je lui ai mordu la lèvre.

— Oh non, je suis vraiment désolé !

Elle esquisse un sourire et se lèche la lèvre.

— C'est pas grave, répond-elle.

Comment ai-je pu être aussi maladroit ?

D'un coup, je suis transporté dans le temps, jusqu'au terrible incident Travis Kitterling. Jill et lui se bécotaient, cachés derrière un abri près du terrain de base-ball, et elle l'avait mordu, sans le faire exprès. Il l'avait traitée de vampire, et tout le lycée s'était moqué d'elle.

Résultat, maintenant j'ai Jill et Travis Kitterling dans la tête, alors que je voudrais juste me concentrer sur Ramie et sa bouche sensuelle.

— On réessaie ? je demande.

— Ça dépend. Tu veux me faire souffrir ?

— Ça te plairait ?

Elle me regarde, et son visage devient tout pâle.

— Je rigole, dis-je.

Elle fait un petit signe de tête, mais ne sourit pas. Est-ce que j'ai tout gâché ?

En tout cas, elle ne s'éloigne pas. Au contraire, elle ne me quitte pas des yeux. Son visage reste impassible et, dans ma tête, plein d'idées contradictoires m'embrouillent l'esprit. J'arrive à peine à me souvenir de mon nom.

Je sais juste que je veux sentir ses lèvres sur les miennes.

Tout de suite.

Je décide d'y aller progressivement. Je commence par poser mes lèvres sur sa peau douce, dans le creux entre la nuque et l'épaule.

Elle me laisse faire.

Je monte jusqu'à son visage. Elle s'écarte et me regarde. Je caresse sa joue du dos de la main. Elle m'imite, et je ressens dans tout le corps comme une décharge électrique. Elle s'attarde, puis incline un peu mon visage, comme pour le voir sous un autre angle.

— Hmm, fait-elle.

— Quoi ?

— Rien.

Elle passe sa main dans mes cheveux. Je fais pareil, puis j'approche doucement mes lèvres des siennes et – sans mordre – je me laisse envoûter par sa bouche magique, tandis que le monde qui m'entoure disparaît. De temps en temps, sa langue vient caresser la mienne. Submergé par une soudaine vague de chaleur, je me blottis contre elle, et le doux coussin de ses seins se comprime contre mon torse. Ses lèvres s'entrouvrent toujours plus pour mieux se coller aux miennes. Finalement, mon corps prend le dessus. Je place mon genou entre les siens et j'écarte doucement ses jambes. Je prends ses mains dans les miennes et j'allonge ses bras au-dessus de sa tête. Nos jambes, nos torses, nos deux corps se touchent. Et nos bouches continuent à s'explorer : nos langues, nos lèvres et même nos dents se frôlent puis se séparent.

Les os de nos hanches se frottent, amenant Ramie à se cambrer. D'un mouvement brusque, j'arrive à décoller mes lèvres des siennes pour laisser ma bouche se perdre dans son cou. Elle prend ma tête entre ses bras.

— Pourquoi est-ce que j'ai l'impression de te connaître ?

Le son de sa voix coule à travers ma tête comme un liquide chaud.

— Je ne sais pas.

Je colle mon jean contre le sien. Elle halète.

M'arrachant à son cou, je lève les yeux vers son visage surpris. Elle referme les yeux et pose sa tête sur le lit.

Je glisse ma main sous son pull et caresse la peau douce et souple de son ventre. Je porte mes lèvres à sa bouche tout en promenant ma main, jusqu'à rencontrer le tissu de son soutif. La dentelle me chatouille les doigts, laissant tout juste deviner le paradis des seins de Ramie. Les mouvements délicats de sa bouche me font comprendre qu'elle désire que j'aille plus loin. Pour une raison obscure, ma main n'ose pas s'aventurer.

Ses lèvres se séparent alors des miennes, et elle se tortille pour échapper à mon emprise. Ne voulant pas la laisser partir, je me colle contre elle. Mais elle réussit à me garder à distance en relevant un peu ses jambes.

— Est-ce que je pourrai t'appeler ? me demande-t-elle.

J'essaie de l'embrasser, mais elle se dérobe.

Je la regarde en silence, réalisant petit à petit que

je n'arriverai jamais à lui cacher l'atroce vérité de ma condition. Elle est trop maligne.

— Non, dis-je.

Je jette un coup d'œil furtif vers la fenêtre, tentant d'imaginer un moyen rapide de m'échapper, mais mes plans tombent à l'eau quand je me rends compte qu'il y a une bosse de la taille d'une limousine au niveau de ma braguette.

Ramie m'embrasse sur le front.

— Pourquoi ? demande-t-elle. C'est pas pour t'ennuyer, tu sais. C'est juste...

Je passe les deux mains dans ses cheveux pour dégager son visage.

— Écoute, Ramie, tu n'as absolument rien d'ennuyeux. En fait, tu es la fille la moins ennuyeuse du monde !

Elle fronce les sourcils, et je comprends que je viens d'utiliser une expression « à la Jill ».

La lumière tiède et jaune souligne la beauté de son visage, ce qui ne fait rien pour atténuer mon excitation. Je dois filer par la fenêtre avant que l'esprit subtil de Ramie ne découvre ce qu'il y a derrière mon jeu.

— Il faut que j'y aille, dis-je.

Sa respiration s'arrête tout net.

Je me redresse et parviens à articuler :

— Désolé.

En allant à la fenêtre, j'essaie tant bien que mal de cacher mon érection en tournant le dos à Ramie.

Avant de sortir, je me retourne pour la contempler une dernière fois. Elle est assise sur son lit, incapable de cacher la peine qui se lit sur son visage.

— Je reviendrai. Je te le promets.

Elle me regarde disparaître dans la nuit fraîche, sans rien répondre.

7 mai

Jill

À mon réveil la fois d'après, j'ai l'estomac noué, comme lorsque je fais des cauchemars toute la nuit. Il y a de fortes chances, cependant, pour que ce soit Jack qui ait fait ces cauchemars. Afin d'éviter que la moindre trace de ce marécage de perversion n'envahisse mon esprit, je me dépêche de faire mes rituels du plan B.

Une fois nettoyée et purifiée de tout ce qui peut venir de Jack, je sors du lit et vérifie quel jour nous sommes. Mais, tandis que je coche les jours de la phase de Jack sur mon calendrier, les souvenirs me reviennent peu à peu.

L'Avalanche.

Le visage de Tommy, fragile, plein d'espoir, lorsqu'il m'a révélé son secret au crépuscule. Je me souviens aussi de sa réaction. Fermé, cherchant à m'éviter en cours. À la cafétéria, il est allé s'asseoir à une autre table, plutôt que de venir faire des maths avec moi.

Et moi, je suis restée plantée là, sans rien faire.

Je retire le tee-shirt qui sent la transpiration de Jack et son caleçon, puis je me traîne jusqu'à la salle de bains. Je m'attarde sous la douche, persuadée cependant que rien ne pourra laver le désespoir sans fin de ma vie.

Tommy Tateson est bi.

Tout au long du dernier cycle, j'ai essayé de chasser cette idée obsédante, mais rien n'y a fait. Ramie n'a pas non plus été d'une grande aide, malgré ses efforts pour me convaincre que ce n'était pas un problème. Elle m'a même traitée d'homophobe ! Je ne suis *pas du tout* homophobe. Je ne voulais pas que ça me pose un tel problème. J'ai imaginé plusieurs fois que je pourrais être la petite amie de Tommy et l'écouter, main dans la main, pendant qu'il me raconterait ses anciennes histoires avec des garçons. Je voulais être cool par rapport à ça. Vraiment. Mais mon ventre me fait agir différemment. Peut-être que c'est mon ventre qui est homophobe. Pourquoi mon ventre est-il homophobe ?

Après tout, et si maman avait raison ? Et si la bisexualité était un premier pas vers l'homosexualité ? Et si j'étais la fille qui allait finalement le révéler à lui-même ? Je n'ai pas besoin de ce genre de fardeau. Vraiment, j'ai ce qu'il faut, sur ce plan-là.

Il faut que je sois forte. Je dois passer à autre chose. Je dois le sortir de mon esprit.

Dans un acte symbolique de purification, je me lave les cheveux et me dis qu'il faut que je sois raisonnable et me mets à réfléchir à un plan de secours pour la soirée. Si je me focalise sur le bal de fin d'année, peut-être que j'arriverai à ne pas trop penser à Tommy Tateson.

En séchant mes cheveux, je jette un œil au miroir pour voir si Jack m'a laissé un message, et voilà ce que je trouve : « Salut, Jill. Suis désolé d'apprendre pour Tête-de-nœud. Tout le monde a ses petits secrets, hein ? Allez, remets-toi et pense à mes DVD pornos. »

C'est censé être gentil ? Jack aurait-il un peu de compassion pour moi ?

Au petit déjeuner, face au dieu du Porno et à Mère Robot, j'agis comme un zombie et réclame encore des DVD pervers. Après quoi, je file au lycée en vitesse. J'essaie de rester concentrée sur le bal de fin d'année, mais mon esprit vagabonde toujours vers Tommy Tateson, et j'en ai le ventre noué.

En salle de perm, je regarde vaguement le tableau pendant que Mme Schepisi fait l'appel. Ramie, en retard au nom de la mode, déboule dans la salle lorsque la sonnerie sonne la première heure. Elle adresse un sourire gêné à Mme Schepisi, qui la marque présente, les sourcils froncés en guise d'avertissement. Quand je me lève pour rejoindre ma classe, Ramie me retient.

— Grande nouvelle, dit-elle.

— Tommy ?

Son visage se décompose.

— Non. Désolée. Tu me rejoins à mon casier après le cours ?

J'acquiesce et je traîne les pieds vers ma salle de cours. Ce qui m'amène à passer devant la bande de Jed Barnsworthy. Tommy marche dans ma direction pour aller en cours d'espagnol, le regard rivé au sol. Je baisse aussi les yeux, tout à fait disposée à le laisser filer sans un mot ni un regard. Mais une envie me prend. Un bref moment d'égarement, j'imagine. J'accélère, je dépasse Jed et ses copains lèche-bottes et j'attrape Tommy par le bras.

— Viens par ici.

Il s'arrête et me regarde d'un air stupéfait.

Je l'entraîne vers la vitrine aux trophées, où trônent d'anciennes photos en noir et blanc de pom-pom girls au sourire niais.

— Je peux te parler ?

Il prend un air suspicieux, mais j'insiste :

— Allez !

Je lui saisis la main et le conduis vers la sortie. Nous suivons un groupe d'élèves qui entrent dans les vestiaires du gymnase, puis nous sortons sur le parking. Sur les marches, trois gothiques, la cigarette aux lèvres, grelottent de froid dans leurs longs manteaux noirs.

— Jill, tu es en train de me kidnapper ? Parce que si c'est ça, ma mère n'est pas riche, tu sais.

Je le traîne à travers le parking jusqu'au stade, puis je le pousse vers les gradins.

Il frissonne, puis entoure son corps de ses bras pour se réchauffer.

— Elle pourrait peut-être rassembler un peu plus de mille dollars, mais…

Je pose mon index sur ses lèvres.

Il rit nerveusement, puis baisse les yeux vers le sol jonché d'emballages de préservatifs et de vieux mégots.

— Je suis désolée, Tommy. Je crois que c'est par là que je dois commencer. J'ai réagi comme une idiote.

— T'inquiète. Tu n'es pas la première à réagir de cette façon.

Il me lance un bref regard.

— Tu n'as pas à t'en faire pour mon estime de moi et tout.

— En fait, je m'en faisais plutôt pour ma propre estime de moi.

Il lève les yeux vers moi.

— Je ne veux pas être celle qui te rende...

Il s'impatiente :

— Qui me rende quoi ?

— Homo ? dis-je.

Il continue de me regarder un instant, puis se met à rire froidement.

— Ce n'est pas comme ça que ça marche.

— Vraiment ?

— Je ne regarde pas si les gens sont des filles ou des garçons. Je les regarde comme des êtres humains.

Je prends une longue inspiration et essaie de comprendre ce concept.

— Mais...

— Mais quoi ? reprend-il. Tu ne crois pas que le monde a gaspillé suffisamment d'énergie à vouloir séparer les hommes et les femmes, à chercher à nous convaincre que nous venions de Mars ou de Vénus ? Dans quel but ? Nous venons tous de la même planète, au final.

Je l'observe, abasourdie.

— Nous sommes tous des humains. Pourquoi faut-il que ça pose autant de problèmes ?

Je n'ai pas de réponse à lui apporter, hormis une aversion profonde, presque physique, pour cette idée.

— Peut-être que je suis dingue, dit-il.

— Non.

Je fixe ses beaux yeux si doux.

Le truc, c'est que, bien que le fait qu'il aime les garçons me déplaise au plus haut point, lui ne me déplaît pas du tout. Dans cette posture si proche et si intime, il est toujours à tomber par terre.

C'est très troublant.

— Tu me regardes comme si j'étais dingue, Jill.

— Désolée.

Je secoue la tête et baisse les yeux. Puis je lui prends la main et l'entraîne derrière moi. Je m'assieds sur le premier gradin, il prend place à côté de moi.

— Tommy...

Je me tourne vers lui.

— J'aimerais comprendre.

— Peut-être que tu ne peux pas.

— Je peux essayer ?

Il soupire.

— Est-ce que tu sais pourquoi tu préfères les garçons aux filles, toi ? me demande-t-il.

Je détourne le regard vers la grande pelouse du stade.

— Ce n'est pas si facile que ça de savoir, hein ? dit-il.

— Oui, c'est vrai, je réponds. Je sais juste que les garçons m'attirent, et pas les filles.

— Tous les garçons ?

— Bien sûr que non ! Pour qui tu me prends ?

Il m'observe avec sérieux, mais cette fois je ne cherche pas à compter combien de temps cela dure. Je suis tétanisée.

— Tommy ?

— Ouais ?

— Raconte-moi l'une de tes...

Ma voix s'étrangle.

— L'une de mes quoi ? reprend-il.

— Raconte-moi ta première fois avec un garçon.

— Pourquoi ?

— Parce que...

— Parce que tu veux savoir si tu peux l'accepter ?

J'acquiesce.

— Très bien. Je vais te raconter ce qui s'est passé avec Michael Tinsley, déclare-t-il.

— Je veux tous les détails. Attends, tu as dit Michael *Tinsley* ?

— Tu le connais ?

Ce n'était donc pas vraiment un nom de fille de riches, comme le pensait Ramie.

— Non. Continue.

— Tu es sûre ?

Je hoche la tête. Honnêtement, je ne suis pas sûre de pouvoir accepter son histoire. Mais je n'arriverai jamais à dormir tant que je n'aurai pas essayé.

— Tu l'auras voulu. Pour commencer, Michael était plus âgé que moi.

— Quel âge ?

— Vingt-trois ans.

— Vraiment ?

— Oui, mais rassure-toi. Ce n'était pas de l'abus sur mineur ou un truc du genre.

— Comment vous êtes-vous rencontrés ?

— On s'est rencontrés au... S'il te plaît, ne rigole pas

— D'accord.

— Promis ?

— Promis.

— Bon, reprend-il, on s'est rencontrés au Super Weenie.

Je suis incapable de réprimer un fou rire.

— Tu as promis ! s'écrie-t-il.

— Je ne me moque pas, je te jure. Qu'est-ce que c'est, le Super Weenie ?

— C'est un stand de hot dogs, explique-t-il. À Long Island. Sur la route de la plage où j'ai travaillé l'été dernier. J'y allais tous les soirs pour manger des California Wonder Weenie.

— OK.

Il me regarde du coin de l'œil pour s'assurer que je ne ris pas.

— Enfin bref, Michael y travaillait. Et, un soir, j'ai un peu traîné vers les tables de pique-nique après avoir...

Il me jette un regard inquiet.

— Après avoir fini ton Weenie ? dis-je.

Je me reprends aussitôt.

— Je te jure que je ne me moque pas !

Il se tourne vers la pelouse.

— Pourquoi je fais ça ? Je dois être maso.

Il se passe la main dans les cheveux.

— Donc, continue-t-il, ce soir-là, Michael est sorti de la caravane, et nous avons un peu traîné ensemble aux tables de pique-nique tandis que le gérant fermait le stand.

Je reste silencieuse.

— Nous avons parlé longtemps de musique, de films et d'autres trucs. Puis des moustiques ont commencé à nous attaquer, alors nous sommes allés dans sa voiture. Nous avons parlé encore un peu, puis, à un moment donné, il s'est mis à me fixer. C'était bizarre. Aucun mec ne m'avait regardé comme ça, avant. J'ai mis ma main sur la poignée de la portière, prêt à partir en courant. Mais, au fond, je n'en avais pas envie. Je n'ai rien fait. Je ne sais pas combien de temps nous sommes restés là, assis à nous regarder. Ça m'a semblé une éternité. Tout à coup, j'ai ouvert la portière et je suis rentré chez moi.

Mon ventre, si prude et ignorant, se noue. Mais je ne lâche pas Tommy des yeux.

— Que s'est-il passé, ensuite ?

— Je suis revenu le soir d'après. Et nous avons fait la même chose, mais, cette fois, il a posé sa main sur ma jambe et l'y a laissée un moment.

Il scrute ma réaction sur mon visage. Malgré le goût d'acide dans ma bouche, je demeure impassible.

— On a dû rester assis là une demi-heure, poursuit-il. Mais il ne s'est rien passé. Je suis revenu encore la nuit d'après, et...

Il déglutit.

— ... et c'est ce soir-là qu'il m'a embrassé.

Il me regarde d'un air un peu gêné. Je fais tout mon possible pour ne pas penser au chaos qui règne dans mon ventre.

— Ah. Et ensuite ?

Voyant mon malaise, il acquiesce avec compréhension, puis détourne son regard vers le stade.

— C'est bon, Jill. Tu as tenu plus longtemps que je ne croyais.

— Je t'en prie.

Je pose ma main sur son bras et me rapproche de lui.

— Je veux savoir ce qui s'est passé. Vraiment.

— D'accord.

Mais son visage s'est assombri.

— La nuit d'après, il n'est pas venu. Même chose le soir suivant. Je suis venu chaque jour de la semaine. Le gérant a fini par me dire qu'il avait démissionné. Sans laisser d'adresse, ni de numéro de téléphone, rien. Il n'a même pas réclamé son dernier chèque. Je n'ai plus jamais entendu parler de lui.

Il se tourne vers moi.

— Satisfaite ?

— Il ne t'a pas appelé ?

— Il ne m'avait pas demandé mon numéro.

— Eh ben !

Tommy soutient mon regard comme pour me forcer à détourner les yeux.

Ce que je ne fais pas.

— Tu crois que tu étais aussi son premier ?

Il hoche la tête.

— Il n'aurait pas dû réagir comme ça, dis-je. Il n'aurait pas dû te quitter comme ça.

Son regard me transperce. Il secoue la tête.

— Tu es mieux sans lui, j'ajoute.

Il acquiesce.

On ne doit pas être loin de sept bonnes secondes de silence, à présent, mais je ne compte plus.

Et je ne détourne pas le regard. J'ai survécu à son histoire. Ce qui est étonnant, c'est que j'ai de la peine pour lui. J'ai envie de retrouver ce Michael Tinsley et de lui envoyer un mail d'insultes.

— C'était lâche et méchant de sa part, dis-je.

Tommy hausse les épaules.

— C'est ma faute. Je ne sais pas comment je me suis débrouillé pour craquer à ce point pour ce mec. On n'a rien fait de plus que s'embrasser dans sa voiture.

« S'embrasser dans sa voiture. » Sa voiture à *lui*, à Michael. Pas à *elle*. Tout à coup je réalise. Mais ça va aller. Je soutiens toujours le regard de Tommy quand je lui demande :

— Est-ce que c'est le seul... ?

— Il était le premier, me coupe Tommy. Mais non, ce n'est pas le seul. Pour ton information, il y a eu pour l'instant deux garçons et six filles. Et, oui, je suis toujours vierge en tant qu'homo. Mais pas en tant qu'hétéro. Autre chose ?

Il plante son regard brun sur moi. Malgré l'agitation dans mon ventre, je me lance :

— Tu trouves que je suis nulle, hein ?

— Non. Mais ça me rend dingue d'avoir à me justifier. Ce serait si simple, si j'étais juste homo. Au moins, on pourrait me coller une étiquette. Les gens ne comprennent pas le fait d'être bi. Ils pensent que je suis homo, mais que je ne l'assume pas et que je couche avec des filles pour sauver les apparences.

Ce qui est exactement ce que m'a dit ma mère. Ça me semble absurde, maintenant. Je croyais jusque-là que, parce que je ne captais pas quelque chose, c'était obligatoirement un mensonge. Comment ai-je pu être aussi bête ?

— Ce qui n'est pas vrai, poursuit-il.

— Quoi ?

— Je ne couche pas avec des filles pour les apparences. J'aime les filles.

— Toutes les filles ?

— Ouais. Chacune d'entre elles.

— Nympho.

— Puritaine.

Je tape son bras. Il sourit.

— Bon, dit-il. Comment te sens-tu ?

— Toujours debout.

— Tu es assise.

— C'est une métaphore, crétin.

Il m'observe longuement. Je crois qu'on pourrait entrer dans *Le Livre des records* pour le plus long regard du monde.

— En tout cas, reprend-il finalement, être bi est une chose, mais je suis bien plus récalcitrant à ce qu'on me voie avec quelqu'un qui se plante en algèbre.

— Récalcitrant ? je répète.

— C'est un mot, répond-il.

Il rit.

— On devrait peut-être y retourner, dis-je. On pourrait aller à la bibliothèque.

Il envoie balader un papier de chewing-gum du bout de ses tennis blanches usées.

— Les gens ont raconté pas mal de trucs pendant ton absence, tu sais.

— Ah oui ?

Daria, sans doute. Elle ne le fait jamais par méchanceté, mais elle a une sale tendance à ne pas savoir tenir sa langue.

— Les gens racontent toujours des tas de choses, ajoute-t-il. C'est pas étonnant.

Un courant d'air nous fait frissonner. Tommy continue de m'observer. Un mélange de peur et de désir naît en moi et me procure une sensation toute nouvelle. Une sensation terrifiante. Mais je me sens plus courageuse que je ne l'ai jamais été. Qu'importe ce que Tommy a à me révéler sur lui et les types qu'il a tripotés dans des voitures, je suis prête à l'entendre.

Une demi-heure plus tard, entre les deux premières heures de cours, je vais jusqu'au casier de Ramie, où je la trouve en train d'essayer un collier en cachette.

— Il faut qu'on parle robes de soirée, lui dis-je.

— Quoi ?

Elle claque la porte de son casier et m'observe.

Derrière elle, j'aperçois Daria qui court dans notre direction. Elle ralentit et laisse passer un groupe de garçons en kimono.

— Salut, Jill. Tu as séché la première heure ? me demande-t-elle.

Ramie me regarde, sidérée.

— Marchons, je réponds aussitôt. On parlera en route, sinon on va être en retard.

Je les pousse toutes les deux dans le couloir.

— Alors ? interroge Ramie.

— Oui, dis-je. J'ai séché la première heure pour parler à Tommy Tateson sur les gradins du stade.

Ramie s'écarte pour laisser passer Wayne et Gloria, alias le couple siamois.

— Tu as fait quoi ? demande Ramie, stupéfaite.

— Viens.

Je la prends par la main et continue d'avancer.

— Raconte, insiste Ramie.

Daria, qui devrait aller en gym, marche à côté de nous.

— Vous allez penser que je suis folle, leur dis-je, mais je me moque que Tommy soit bi. Ça ne change rien.

— Alors, ce n'est pas juste « un homo à l'essai » ? demande Ramie.

Je secoue la tête.

— C'est nul de penser ça.

Daria intervient :

— Mais, Jill, tu n'as pas peur ?

— De quoi ?

Daria baisse la voix :

— Du sida.

— Daria ! s'exclame Ramie en lui tapant sur l'épaule. Ne dis pas n'importe quoi ! Et puis, de toute façon, Jill, est-ce qu'il a déjà couché avec des garçons ?

— Ça ne vous regarde pas, dis-je. Mais non, il est toujours vierge en tant qu'homo.

J'ajoute en murmurant :

— Mais pas en tant qu'hétéro.

— C'est vraiment dégoûtant, déclare Daria.

Ramie lui lance un regard furieux.

— Non, ça ne l'est pas. C'est complètement normal.

Elle se tourne vers moi, avec un air soudain un peu étrange. Arrivées devant la salle où a lieu le cours de chimie de Ramie, nous attendons devant la porte, le temps que les autres élèves entrent dans la classe.

— Bon, dis-je. Retour au plan initial, d'accord ?

— Quel plan ? demande Ramie.

— Chut !

Je leur fais signe de se rapprocher de moi.

— Le bal de fin d'année. J'attends toujours qu'on m'invite. Et je dois commencer à penser à ma robe. Une robe *normale*, Ramie. Pas bizarre.

Le visage de Daria se crispe dans une expression presque douloureuse.

— Tu as toujours envie d'aller au bal avec lui ?

— Bien sûr, dis-je. Il sera trop mignon en costard.

La cloche sonne.

Ramie me tire par le bras.

— Jill, écoute…

— N'essaie pas de me convaincre de ne pas y aller avec lui sous prétexte qu'il est bi.

— Ben voyons, grosse maligne. Tu crois peut-être que je suis devenue aussi homophobe que Daria ?

— La ferme, répond Daria.

Puis elle baisse la voix :

— Je ne suis pas homophobe. Mon cousin Sasha est gay.

— Félicitations ! s'exclame Ramie. Bon, Jill, il faut que je te dise un truc.

Elle attrape ma tête, colle sa bouche contre mon oreille et murmure :

— J'ai laissé un type entrer par la fenêtre de ma chambre la nuit dernière.

— Tu as quoi ? je m'écrie en faisant un bond en arrière.

Elle s'approche à nouveau et murmure encore :

— On s'est tripotés sur mon lit.

Puis elle me lance en s'éloignant :

— Plus tard, pour les détails ! Je dois filer. Total soutien pour Tommy. Je suis fière de toi.

Elle se faufile dans sa classe.

— Alors ? Qu'est-ce qu'elle a dit ? demande Daria.

Ramie me sourit depuis sa place au troisième rang. Daria m'attrape par le bras.

— Elle ment, je réponds. Elle essaie de me tester.

— Qu'est-ce qu'elle a fait ?

— Rien.

Je fais demi-tour et commence à courir en direction de la classe de physique.

— Va en cours !

Daria tape du pied, puis court à son tour.

Il y a de l'amour dans l'air, ou un truc dans le genre. Pendant le cours, Steven Price raconte comment il a réussi à inviter Petra Klimova au bal de fin d'année.

Un exploit qui lui a permis, visiblement, d'évincer tout sentiment hostile à mon égard. On est de nouveau copains. Au moment où la cloche retentit, Ramie pousse la porte, tout excitée à l'idée de me raconter les « détails » de sa rencontre avec le type à la fenêtre.

Je place la dernière éprouvette sur l'égouttoir, j'attrape mon sac et je fonce dans le couloir.

— Tu es partie plus tôt de cours ? lui dis-je.

En hochant la tête, elle passe son bras sous le mien et m'entraîne à l'écart.

— Maintenant, raconte-moi tout.

— Comme si je t'avais déjà caché quelque chose ! Jill, quand je dis qu'il est sexy, je parle d'une bombe atomique ! Je parle de big-bang ! Je parle de...

— J'ai compris l'idée, Ramie. Qui est-ce ?

Elle hausse les épaules de façon exagérée.

— Quoi, tu ne sais pas comment il s'appelle ?

Nouveau haussement d'épaules, puis elle me prend dans ses bras et colle son nez à mon oreille.

— Je crois que je suis amoureuse !

Derrière nous, un groupe de garçons ricane. Puis l'un d'entre eux lance :

— Embrasse-la !

Ramie jette un œil vers eux, puis me prend le visage à pleines mains et m'embrasse sur la bouche.

Je la repousse et m'essuie les lèvres.

— Ramie ! Arrête ton cirque !

Les garçons applaudissent.

— Bon, alors raconte, dis-je en la tirant par sa taille de guêpe dans le couloir. Comment as-tu rencontré ce type ?

— Il s'est simplement pointé à ma fenêtre. Mais, ce qui est bizarre, c'est que j'avais le sentiment de le connaître. Ne me demande pas comment. C'est comme si nous avions une…

— Ne dis pas « connexion ».

— Si, c'est ça !

— Ramie !

J'ai une impression de déjà-vu.

— Comme avec le type de Lansdale ?

— Il ne venait pas de Lansdale.

Lansdale est un pensionnat pour garçons en difficulté. Des histoires tristes. De temps en temps, une fille de Winterhead sort avec l'un d'entre eux, et ça finit toujours mal. Demandez à Ramie.

— Bon. Qu'est-ce qui s'est passé avec lui ?

Ramie fait la moue.

— On a seulement fait des trucs avec la langue et tout ça, mais il était allongé sur moi et il avait ses mains sous mon tee-shirt.

— Et tu ne sais même pas son nom ?

— Bah, qu'est-ce que ça peut faire ? réplique-t-elle.

— Bon… Et quand as-tu prévu de le revoir ?

Elle hausse les épaules.

— Tu l'ignores ?

— Ce n'est pas une relation conventionnelle, Jill. Ne sois pas si vieux jeu !

— Alors comme ça, c'est une relation ?

Ramie hoche la tête.

— Eh ben, ça promet.

— Ouais, dit-elle. Ça, c'est clair !

En entrant dans la salle d'arts plastiques, je m'approche d'elle.

— Ramie, promets-moi quelque chose.

— Quoi ?

— Que tu m'appelleras la prochaine fois qu'il se ramène à ta fenêtre.

— Pourquoi ? Tu veux regarder ?

Je presse mon doigt contre son thorax saillant.

— Tu es un être malade et dangereux.

Elle sourit légèrement.

— Je sais. Mais c'est toi qui sors avec un bi.

Elle me lance un clin d'œil, puis se précipite dans le couloir, ses longs cheveux noirs flottant derrière elle telle une vague.

D'un côté, c'est bien de voir Ramie s'intéresser de nouveau aux garçons. De l'autre, elle a atteint un nouveau degré de folie dans le domaine. Deux semaines passent et, surprise-surprise, M. le Séducteur-des-fenêtres-sans-nom ne refait toujours pas surface. Heureusement, Ramie a mon problème super urgent de bal de fin d'année pour oublier, de temps en temps,

ses commentaires interminables sur leur nuit « langue-
oureuse ». Elle a même créé un « look book », avec
plein d'idées de robes de soirée pour moi. La plupart
sont franchement immettables, mais j'apprécie l'effort.

Le vendredi 18 mai, trente-six jours avant la soirée,
je rejoins Daria et Ramie à la cafétéria, où elles sont
assises à une table près de la fenêtre.

— Où est Supermec ? demande Daria. Tu ne lui
donnes pas de cours, aujourd'hui ?

Elle fait un peu de place entre elle et Melinda
Peters.

Je m'assieds et sors mon sandwich.

— Je crois que Tommy est absent. Je ne l'ai pas vu
de la journée.

Ramie fouille dans son sac, puis étale une grande
feuille de papier devant moi.

— Ma proposition finale, annonce-t-elle.

À gauche de la page se trouve un dessin en couleurs
d'une robe argenté, rose et noir. Sur la droite, Ramie
a collé la photo d'une robe de soirée argentée vintage,
un morceau de tulle noir ainsi qu'une page de magazine représentant une robe longue rose.

— Du vrai travail de copier-coller, dit Ramie. La
robe vintage est à ma mère, je suis sûre qu'elle t'en
fera cadeau. J'ai déjà le tulle noir. Et il nous faut la
robe longue rose, qu'on peut sûrement trouver dans
une boutique kitsch pour moins de cent dollars.

— Oh, Ramie, dis-je.

Elle lève les yeux au ciel.

— Désolée, Jill. Je suis formellement incapable de créer quelque chose de plus conservateur que ça. Si tu ne...

Je la serre dans mes bras.

— C'est magnifique !

— Fais voir.

Daria attrape la feuille.

— Waouh, Ramie ! C'est trop génial !

Ramie s'écarte de moi et me fixe.

— Tu es sérieuse ? Tu aimes vraiment ?

— J'adore ! Tu es un génie. Le tulle noir qu'on aperçoit, là, et le contraste avec le rose pâle et l'argenté, c'est... Je ne sais pas quoi dire, Ramie. C'est comme si tu avais créé la robe de mes rêves !

Ramie rayonne.

— C'est parce que je connais bien mon modèle.

Je prends la feuille des mains de Daria et regarde la robe.

— Ça se voit. Vraiment.

— Rassure-toi, dit Ramie. Je suis capable de la faire.

— Je sais bien que tu en es capable ! Bon, c'est réglé en ce qui concerne la robe de soirée, grâce au talent de Ramie. Maintenant, il me reste à régler mes affaires avec Tommy.

— C'est ça, confirme Daria. Retour au projet X.

— Non ! je m'écrie.

Je jette un œil autour de moi pour m'assurer que personne ne nous entend. Melinda Peters fait semblant de ne pas écouter. Je lui lance un regard de tueuse et, aussitôt, elle reprend sa conversation débile avec Alicia Bernstein. Je me penche au-dessus de la table pour un peu plus d'intimité, ou pour ce qui peut passer pour de l'intimité dans cet environnement à la George Orwell.

— Le projet X est rejeté, dis-je.

— Parce que c'est sexiste, ajoute Ramie.

— Oui. Et archaïque et malhonnête et trop nul. Mais il faut quand même que je réussisse à me faire inviter au bal.

— Oh, je croyais que c'était ça, le projet X, ajoute Daria.

Ramie secoue la tête.

— Quoi, tu n'as pas lu le rapport de mission ? Jill, comment peut-on travailler avec elle ?

— Bon, allez, les filles. Concentrons-nous. Je pense que ce garçon a besoin d'un coup de pouce.

— Ah oui ?

Ramie attrape un cube de tofu avec ses baguettes rouges laquées.

— Il a l'air bien branché « Jill », selon moi. Tu continues le regard rayon X, hein ?

— Oui, mais...

Je me tourne vers Alicia Bernstein qui ne cherche même pas à cacher le fait qu'elle écoute notre conversation.

— Tu veux que je te fasse un résumé ? je lui lance.

Elle fait l'innocente un instant, puis réplique :

— De toute façon, Tommy Tateson est gay.

Ramie pointe sa baguette dans la direction d'Alicia.

— Bi, ma vieille. Vérifie sur Google.

Melinda Peters hoche la tête et me regarde avec sympathie.

— En tout cas, il est trop mignon, dit-elle.

Je confirme :

— Ouais, je sais.

Je leur tourne le dos et me rapproche de Ramie et Daria.

— Le truc, c'est que Tommy pourrait penser que je lui fais mon regard rayon X juste par politesse. Donc, je me suis dit qu'il fallait qu'on s'embrasse.

Ramie hausse les sourcils.

— Comme ça, il comprendrait que mon attirance pour lui est sincère et pas politique.

— Je vois, dit Ramie. Donc, tou veux parlè le langaaage de l'amuuuur

— C'est ça, Roméo. Bon, alors comment je dois m'y prendre pour qu'il m'embrasse ?

Grand silence, hormis quelques bruits de mastication. Puis Daria lance la proposition génialissime suivante :

— Pourquoi tu ne l'embrasserais pas tout simplement, sauvagement, dans le couloir ?

Je la regarde sans rien dire.

— Quoi ? fait-elle.

— D'accord, Daria. Et après, j'enlève mon tee-shirt et je mets sa tête entre mes seins ?

— Tiens, ça me rappelle quelque chose, dit Ramie.

Elle saisit avec ses baguettes un morceau d'algue et l'observe longuement avant de le mettre dans sa bouche.

— Ramie, tu n'as quand même pas déjà enlevé ton tee-shirt et mis la tête de quelqu'un entre tes seins ?

— Ouais, ajoute Daria. Parce que le mec pourrait carrément te poursuivre pour te réclamer des dommages et intérêts.

Ramie repose ses baguettes.

— Jill, tu peux me rappeler pourquoi on est amies avec Daria, déjà ?

— Elle a une piscine.

Ramie acquiesce.

— Vous êtes trop nulles, dit Daria.

Je passe mon bras autour d'elle et l'embrasse sur la joue, ce qui, bien sûr, provoque une série de « Gouine, gouine, gouine » à une tablée de garçons débiles.

Oui, certains pensent maintenant que je suis homo, parce que je parle à Tommy Tateson, « le gay ». Au moins cinq fois par jour, quelqu'un me traite de « bi refoulée » ou de « gouine », ce qui n'a pas de sens, quand on y pense. Mais depuis quand les homophobes déficients en neurones disent-ils quelque chose de sensé ? En tout cas, je sortirai sûrement de cette histoire plus intègre et expérimentée sur le monde.

— Comme je disais, continue Ramie, M. le Séducteur-des-fenêtres-sans-nom embrasse merveilleusement bien.

Génial. Encore un moment de délire complet sur un type avec qui Ramie a passé exactement une demi-heure et que, voyons les choses en face, s'il vous plaît, elle ne reverra jamais. Mais je suis une amie sympa, alors, pour une fois, je ne lève pas les yeux au ciel. Je hoche la tête en signe de compréhension et j'attends le bon moment pour ramener la conversation sur le sujet initial.

— Jill, dit Ramie, ne me regarde pas comme ça ! Il embrasse *vraiment* bien. Même s'il m'a mordu la lèvre.

— Aïe ! fait Daria. À ta demande ?

— Euh… non.

— Moi, dis-je, j'ai accidentellement mordu Travis Kitterling en l'embrassant en cinquième. Ça arrive à tout le monde. Ça signifie juste qu'il n'a pas l'habitude.

— Hé, regardez qui voilà ! s'exclame Daria.

Tommy arrive dans la cafétéria, l'air dévasté comme

d'habitude, dans son jean baggy, sa chemise blanche déboutonnée et son sweat bleu marine.

— En fait, il n'était pas absent, constate Daria.

— Ce culte du négligé, dit Ramie. Il devrait changer un peu de look. Je commence à me lasser de ce sweat bleu.

— La ferme ! Il est parfait. Je ne veux rien entendre, je rétorque.

— Très bien, dit Ramie.

Elle ramasse son dessin de robe de soirée et le range dans son sac.

Au moment où Tommy s'avance dans notre direction, son sac à dos bleu jeté sur ses épaules, tous les murmures cessent. Il balaie la cafétéria du regard.

— La vache, déclare Ramie. C'est le plus long quart d'heure de l'histoire. Est-ce que quelqu'un va réagir, enfin ?

Tommy fait comme si de rien n'était, mais, lorsqu'il s'approche de notre table, Jed Barnsworthy, assis à deux tables de là, lui jette une frite, qui frôle son nez. Tommy s'arrête puis se tourne lentement vers Jed.

Feignant de tousser, Jed le traite de « pédale » sous les applaudissements de son détachement de lèche-bottes. J'ai envie de tuer Jed. J'ai envie d'écraser mon sandwich sur son visage plein d'acné. Mais quelqu'un me double.

Ramie se lève et crie :

— Hé, Jed, ça remonte à quand la dernière fois que

tu as eu une copine ? À moins que tu te sois décidé à former avec tes copains un club de masturbation ?

Un éclat de rire général retentit dans la cafétéria.

Jed encaisse quelques instants, le regard faussement détaché, puis dit :

— En tout cas, ne nous refile pas le sida, Tateson.

On pourrait entendre une mouche voler dans la cafétéria. Tommy dévisage Jed et ses lèche-bottes, d'un air atterré. Seuls quelques élèves tout juste arrivés osent encore bouger.

Je me lève de la table et j'avance vers Tommy dans le silence complet.

— Laisse tomber, McTeague ! crie Jed. T'es pas son genre.

À droite de Jed, ce ver de terre de Paul Markusak ajoute :

— Ouais, t'es pas bien équipée.

Jed ricane comme une hyène.

Tout en l'observant, Tommy semble passer de la stupéfaction à la curiosité, comme si la bêtise sans limites de Jed l'intriguait tout à coup.

Je prends la main de Tommy.

— Salut, dis-je. Où étais-tu ? Je ne t'ai pas vu de la journée.

— Rendez-vous chez le médecin, répond-il, sans quitter Jed des yeux.

— Ne fais pas attention à lui, j'ajoute.

C'est alors que je remarque tous les regards rivés sur nous. Jamais autant de monde ne m'a regardée en même temps.

La flamme ardente du regard laser de Tommy passe sur moi et sur Jed. En fond sonore, les mots « Bi refoulée » et « Gouine, gouine, gouine » enflent et remplacent peu à peu le silence presque surréaliste de la cafétéria. Les yeux de Tommy, embrumés et vulnérables, débordent d'émotion. Malgré son calme apparent, je vois bien qu'il n'est pas armé contre ça. Toutes leurs paroles, tous leurs gestes et tous leurs regards inquisiteurs le blessent profondément.

J'essaie de prendre son autre main, mais il la dégage aussitôt.

— Ne fais pas ça, dit-il. Ils vont…

— Je m'en fiche.

Et c'est vrai. Mon visage a beau cuire sous leurs regards, je me fiche de ce qu'ils pensent. Cette cafétéria est pleine de crétins, et la seule personne qui mérite d'être connue est en face de moi.

— Je t'assure, dis-je.

Je glisse sa main dans la mienne, et cette fois il me laisse faire.

— Tu n'es pas obligée.

— Je sais.

Je m'approche.

Il hésite une seconde, mais ne recule pas. Lorsque ses yeux accrochent mon regard, avec cet air rêveur qu'il prend souvent, je fais quelque chose que je n'aurais jamais cru possible. Je me penche vers lui et ferme les yeux.

Un instant palpitant plus tard, nos lèvres se rencontrent.

Le monde extérieur disparaît pendant quelques merveilleuses secondes, puis les huées et les sifflets reprennent.

Quand je détache mes lèvres de celles de Tommy, une frite atterrit sur mon épaule, suivie par une averse de serviettes en papier et de pailles.

La chaleur qui envahit mon visage devient insupportable. Tout le monde – je dis bien *tout le monde* – a les yeux rivés sur nous.

Mais Tommy sourit.

— Tu me surprends encore, dit-il.

Je me surprends moi-même, oui !

— C'est un truc que j'adore chez toi, ajoute-t-il.

Il prend ma main et me raccompagne à la table, où Daria s'active pour nous faire de la place.

Un sourire proche de l'hystérie illumine le visage de Ramie.

— Eh ben, voilà ce que j'appelle une entrée !

Je m'assieds et fouille dans mon sac à la recherche de mon sandwich, même si je suis bien trop nerveuse pour avaler quoi que ce soit. Tommy pose sa main sur mon genou.

— Ça va ?

Je hoche la tête faiblement et baisse les yeux sur mon sandwich.

Aussi brutalement qu'il est apparu, le vacarme cesse autour de nous.

Tommy sort son déjeuner de son sac à dos.

— Je déteste avoir à te dire ça, Jill, mais je crois que ta réputation est ruinée, maintenant.

— Ah oui ? je réponds. Je ne savais même pas que j'en avais une.

— Maintenant, si, confirme Ramie.

Tommy mord à pleines dents dans son sandwich.

— Ouais, non seulement tu es une bi refoulée et une gouine, gouine, gouine, mais tu es le genre de fille qui fait le premier pas.

Il secoue la tête d'un air faussement désapprobateur.

— Vraiment scandaleux. Qu'est-ce que dirait ta mère de tout ça ?

Daria lève les yeux, surprise.

— Et moi qui pensais que tu étais une fille bien, ajoute Tommy.

— Sûrement pas, répond Ramie. Jill a une face cachée très obscure. Elle a l'air calme et réservée, comme ça, mais il ne faut pas se fier aux apparences !

— Exactement, approuve Tommy, la bouche pleine. Tu ne seras jamais reine de la parade.

— La parade, c'était en octobre dernier, dit Daria.

— Oh, répond Tommy. Eh bien, tu ne seras jamais reine du bal, alors.

Un lourd silence s'installe.

Tommy cesse de mastiquer et me regarde.

— Quoi ? Ne me dis pas que tu concours pour devenir reine ?

— Il n'y a pas de concours pour devenir reine, précise Daria. Je crois qu'on organise juste un vote.

Tommy garde les yeux braqués sur moi. Tout ce que je trouve à faire, c'est fourrer une bonne partie de mon sandwich dans ma bouche.

Tommy se tourne vers Ramie.

— Tu ne vas pas aller au bal de fin d'année, n'est-ce pas ?

Ramie secoue la tête.

Il se tourne vers Daria. Celle-ci, en vrai génie de l'improvisation, me lance un regard paniqué. Tommy me regarde de nouveau.

Après avoir avalé un morceau de sandwich gluant, je me lance :

— Toi, tu y vas ?

— Tu plaisantes ? répond-il. Ce bal est tellement cliché ! Dépenser trois cents dollars pour un costard sur lequel d'autres personnes ont sûrement vomi, louer une limousine vulgaire et jouer à faire semblant d'être une star de ciné ? Non, merci !

Je fixe des yeux mon sandwich, mais je sens les regards de Ramie et de Daria qui me pénètrent.

Quand j'ose enfin affronter le regard de Tommy, tout ce que j'arrive à marmonner est :

— Hmm hmm.

— Et qu'est-ce qui arrive à ceux qui n'ont pas de partenaires ? continue-t-il. Comment sont-ils censés réagir ? Être exclu de cet énorme événement social... C'est méchant, tout ça. C'est cruel.

Il mord dans son sandwich.

— Il faudrait me tuer pour que j'y aille.

L'après-midi, Ramie et moi organisons une réunion d'urgence dans sa chambre. Comme elle réfléchit mieux lorsqu'elle crée, Ramie insiste pour commencer ma robe de soirée pendant que nous discutons. Je me glisse dans la robe argentée vintage de sa mère, que Ramie se met à découper aux ciseaux. Dehors, j'aperçois par la fenêtre les bourgeons vert pâle du grand pommier qui se moquent de moi avec leurs promesses d'un printemps tardif et de tout ce que ça implique.

— Comment tout ça a pu arriver ? dis-je.

Ramie finit de découper un grand V sur le devant de la robe, puis lève les yeux vers moi et hausse les épaules.

— D'abord, il est bi. Maintenant, il est anti-bal de fin d'année. C'est une nouvelle tendance ? Il y en a beaucoup d'autres, des comme vous ? Ou est-ce que j'ai seulement l'incroyable malchance de connaître les deux seuls anti-bal de fin d'année du lycée ? Tu es d'accord avec lui ? Tu penses que c'est cruel ?

Ramie se lève et observe le trou géant en forme de V qu'elle a découpé.

— Disons qu'il n'a pas tout à fait tort, répond-elle. Bien sûr, c'est la magie et les paillettes pour ceux qui en ont les moyens, mais que deviennent les exclus et les marginaux dans tout ça ? Tourne-toi.

Je lui obéis et jette un œil à mon reflet dans le miroir. La robe argentée est hideuse, mais je suis persuadée que Ramie va pouvoir la transformer. Même si ça ne va pas changer grand-chose. Il est clair que je n'irai pas au bal de fin d'année.

— Ouais, Ram, mais où est-ce que tu poses les limites ? Est-ce qu'on doit interdire le bal parce que quelques personnes sont en fauteuil roulant ? Est-ce qu'on doit fermer tous les musées sous prétexte que quelques personnes sont aveugles ?

— Bon argument.

Elle attrape sur son lit un tas de tulle noir et en couvre la robe.

— Tu sais ce que je pense de cette soirée, Jill. Mais je te soutiens, parce que je sais que ça compte, pour toi.

— Waouh, Ram, ça t'a pas fait trop mal de l'avouer ?

— De toute façon, cette robe va au bal, quoi qu'il arrive.

— Génial. Comment ?

Elle replie le tulle sur le lit et en coupe un grand morceau.

— Bien, dit-elle. Nous devons trouver un moyen de persuader Tommy que le bal de fin d'année est un événement à ne pas manquer.

Elle place le tulle dans la fente sur le devant de la robe et essaie de le coincer dans ma culotte. Je repousse sa main.

— Jill, je dois m'assurer que j'ai assez de tulle.

— D'accord, mais ne mets pas ta main dans ma culotte, espèce de perverse. Je le ferai moi-même.

Je lui prends le tulle des mains, me place face au miroir et le coince sous ma culotte. J'aperçois dans le reflet la fenêtre de la chambre et l'érable fouetté par le vent. Le désir étrange de fuir me submerge : j'ai soudain envie de me glisser par la fenêtre et de grimper dans l'érable.

— Allô ? Allô ? La Terre à Jill ! s'exclame Ramie. Qu'est-ce que tu regardes comme ça ?

— Hein ?

Je chasse mes pensées, puis j'arrange le tulle de façon qu'il soit visible sous la robe.

— Comment ça se met ?

Le visage de Ramie se décompose à la vue de la robe.

— Il faut de la structure, déclare-t-elle.

Elle ouvre sa garde-robe, prend un cintre et commence à le déformer.

— Ne me fais pas un déguisement, Ramie. Tu m'as dit que tu détestais ça.

— Contente que tu m'aies écoutée.

Elle me tend le cintre.

— Défais-le pour moi.

Elle retourne vers sa garde-robe et se met à fouiller.

J'essaie de toutes mes forces de déformer le cintre, mais je ne peux pas détacher mes yeux de l'érable. Il m'appelle. Je secoue vigoureusement la tête pour me ressaisir.

— OK, dis-je. Alors, d'abord, on avance l'argument pro-bal de fin d'année. Puis on trouve un moyen de convaincre Tommy, sans que ça passe pour un acte désespéré ou pour de la manipulation.

— Trop facile.

Ramie soulève un tutu rose brillant et me jette un œil.

— N'y pense même pas.

— T'inquiète.

Elle laisse tomber le tutu et se met face à moi.

— Alors, quel est l'argument pro-bal ?

Elle déboutonne le dos de la robe et laisse tomber le bustier. Comme je ne porte pas de soutien-gorge, je me retrouve seins nus devant elle.

— Ça va ? dit-elle. Tu es toute blanche.

Lors de nos séances d'essayage, Ramie et moi nous déshabillons souvent l'une devant l'autre. Je ne comprends donc pas pourquoi, tout à coup, ça me dérange.

— Euh… oui, oui, ça va, je réponds. J'ai juste un peu froid.

Je frissonne timidement.

— Bon, l'argument pro-bal de fin d'année : c'est l'occasion de bien s'habiller et d'être superbes.

À l'aide d'une minuscule paire de ciseaux, Ramie commence à détacher le bustier de la jupe.

— C'est ça, Jill. Ce type porte le même sweat tous les jours ! Je ne crois pas qu'il va être très sensible à cet argument. Tu devrais trouver autre chose.

Elle fait glisser la robe au sol, me laissant nue, à l'exception de ma culotte et d'un long morceau de tulle noir qui en ressort comme une jupe tahitienne. Ramie dégage mes cheveux de ma nuque et les attache en un vague chignon.

— Hé, s'exclame-t-elle. Tu as vraiment de super pommettes ! Tu devrais te faire couper les cheveux. Au carré, peut-être.

Elle défait mon chignon et essaie de simuler un carré.

— Lève le menton.

Je m'exécute.

Elle regarde mon reflet dans la glace en plissant les yeux, puis pose son index sur mon menton.

— Hmm.

— Quoi ?

Je repousse son doigt et regarde dans le miroir la cicatrice microscopique au bout de mon menton.

— Oh, ça. C'est un accident de roller.

Je fouille dans sa garde-robe à la recherche de mon haut.

— Vraiment ?

Je hoche la tête.

— J'ai voulu jouer les championnes. Je n'en suis pas une.

— Hmm, fait-elle de nouveau.

— Quoi ?

J'enfile ma chemise et je commence à la boutonner.

— Rien. C'est juste que M. Sans-nom a exactement la même. Attends, ne te rhabille pas tout de suite. Je voudrais essayer quelque chose.

Je m'arrête et j'examine de nouveau ma cicatrice.

— Il fait du roller ?

— Aucune idée, répond Ramie. Mais ne t'en fais pas. On la voit à peine.

Elle me tend un top noir délavé, avec le logo Pepsi en partie effacé. Made in l'Armée du salut, aucun doute.

Je le renifle.

— Je ne vais pas mettre ça.

— Essaie-le, juste.

Elle tente de déboutonner ma chemise, mais j'écarte sa main avec force.

— Oh là là ! dit-elle. Tu es vraiment susceptible aujourd'hui !

Je jette encore un œil à ma cicatrice.

— Ramie, comment M. Sans-nom s'est-il fait cette cicatrice ?

— Je ne lui ai pas demandé.

Elle regarde la cicatrice à son tour.

— Mais elle était exactement pareille. Même endroit, même forme. La même.

Elle se remet à déboutonner ma chemise, lentement, délicatement, comme absorbée dans ses pensées. En sentant son shampooing à la noix de coco, j'évoque une sensation étrange de déjà-vu.

— Jill, pourquoi il n'est pas revenu ?

— Hein ?

Je promène mon doigt sur la cicatrice, le regard fixé sur le miroir, mais mes yeux sont encore attirés par l'érable. Si je sautais par la fenêtre, je pourrais atterrir sur le toit du porche et me laisser tomber. Je pourrais fuir dignement. Pourquoi ai-je envie de fuir dignement ?

Ramie ouvre complètement ma chemise, ses yeux dans les miens.

— Tu penses que ce n'était qu'une histoire d'un soir ?

Le parfum de la noix de coco m'enveloppe, et la chambre se met à vaciller.

— Houla !

Ramie saisit mon bras.

— Jill, tu te sens bien ?

Je m'effondre sur le lit. Ramie s'assied près de moi, et le parfum de ses cheveux me donne tout à coup mal au cœur.

— Ramie, je crois que quelque chose est en train de se passer. Je crois...

Je lève le visage vers elle.

Elle semble effrayée, avec ses grands yeux bruns écarquillés et sa bouche grande ouverte.

— Qu'est-ce qu'il y a ? demande-t-elle. Tu as tes règles, ou un truc dans le genre ?

J'observe sa bouche, ses lèvres si charnues et si douces.

— Ramie, quand est-il venu, la dernière fois ?

— Qui ?

— M. Sans-nom.

— Euh...

Elle lève les yeux au plafond.

— Il y a deux semaines. C'était le jour avant que tu reviennes au lycée. Le jour avant ta discussion à cœur ouvert avec Tommy, au stade. Enfin, la nuit précédente.

— Et tu ne l'avais jamais vu avant ?

— Je te l'ai dit. Il m'a laissé un mot à la fenêtre, et la nuit d'après...

— Oh non. Oh non, oh non, je répète en me levant.

— Quoi ? Qu'est-ce qu'il y a ?

Je retire le tulle de ma culotte et j'enfile mon jean.

— Jill, que se passe-t-il ? J'appelle ta mère ?

Je ne prends même pas la peine de boutonner ma chemise. Je récupère mon manteau, j'attrape mon sac et je dévale l'escalier.

Je fonce vers la porte d'entrée et manque de trébucher en me ruant dans ma voiture. Je démarre. Ramie est sortie, déroutée. Derrière elle, l'érable bruisse doucement dans le vent.

Je saccage l'allée de graviers en faisant marche arrière. De retour chez moi, je trouve la maison silencieuse et vide. Je grimpe vers ma chambre en criant :

— Maman ! Maman !

Mais elle n'est pas encore rentrée. Il n'est que quinze heures quarante. Elle ne sera pas là avant deux heures. Je ferme la porte et reste plantée au milieu de ma chambre. Je passe tout en revue, à la recherche d'une explication. Mais je ne sais pas quoi chercher.

Papa toque à ma porte.

— Ça va, ma chérie ?

— Oui, oui, papa.

Il ouvre finalement la porte, sans entrer.

— Tu es sûre ? Quelque chose s'est passé au lycée ?

— Non.

C'est bien une question à la maman, ça.

Il reste dans le couloir comme si c'était un terrain neutre, comme s'il avait besoin de ma permission pour entrer.

— Papa, c'est bon, je te dis.

— Bon. Tu n'as qu'à crier si tu as besoin de quelque chose.

C'est ça, papa. C'est vrai que tu es d'une si grande aide…

Il patiente quelques secondes, puis redescend dans sa caverne zen.

Et maintenant ? Comment savoir si Jack a vraiment fait ce que je redoute ? Il ne va sûrement pas me laisser d'indices. Ni un mot à ce sujet.

Tout à coup, je comprends ce que je dois faire.

Je m'allonge sur le lit et j'essaie de méditer. Quand la tache noire envahit mon front, au lieu de projeter dessus ma propre image, je projette celle de Jack. Mais je ne sais même plus à quoi il ressemble. Je tente de me souvenir de lui, au début, avant que le plan B ne l'efface de ma mémoire, mais l'image est trouble.

Je teste un nouveau mantra : « Je suis Jack McTeague. » Je répète ces mots, en rythme avec ma respiration. Puis je rassemble les pièces de l'histoire de Ramie à propos de M. Sans-nom et m'efforce de les projeter comme un film sur la tache noire. Je me représente Jack et Ramie en train de s'embrasser, étendus sur un lit.

1. Berk.

2. Imaginer et se souvenir sont deux choses très différentes.

Je me concentre de toutes mes forces, mais rien – pas un seul souvenir de la phase de Jack – ne me revient.

Je persiste. Quelque part dans le tréfonds de ma mémoire se cache la vérité. Quelque part se terre Jack. Je sombre de plus en plus profondément, mais la tache noire ne me donne aucun renseignement.

J'entends soudain quelqu'un frapper à la porte et j'émerge. Je m'assieds, aveuglée par la lumière.

Maman est dans le couloir.

— Papa m'a dit que tu voulais me voir. Tout va bien ?

— Hein ?

— Jill ?

Elle entre et s'assied à côté de moi.

— Tu étais en train de méditer ?

— Oui.

— Pourquoi ? Qu'est-ce qui ne va pas ?

— Promets-moi de ne pas hurler.

— Jill.

Elle panique déjà, façon maman, c'est-à-dire en s'interdisant toute inflexion de voix pour devenir une machine de calme absolu.

— Bon, d'abord je ne suis sûre de rien et, de toute façon, tu as promis de ne pas paniquer, alors...

— Jill.

— Je crois que Jack a réussi à s'échapper.

Les narines de maman frémissent.

— Je méditais pour trouver un chemin jusqu'à l'espace de Jack, pour m'en assurer, mais je n'y suis pas arrivée. Je crois que j'ai bâti un mur entre lui et moi avec le plan B.

— Qu'est-ce qui te fait penser que Jack a pu s'échapper ? demande-t-elle d'un ton qu'elle s'efforce de rendre le plus neutre possible.

— Tu paniques.

— Je ne panique pas. Maintenant, dis-moi pourquoi tu penses que Jack s'est échappé.

— Eh bien, Ramie…

— Ramie ?

— Maman !

— Ramie Boulieaux ?

— Bien sûr, Ramie Boulieaux ! Je n'en connais pas d'autre ! Et arrête de flipper !

Sa tête fait de petits mouvements tandis qu'elle essaie de se calmer.

— Eh bien quoi, Ramie ?

— Ramie m'a raconté que quelqu'un était entré dans sa chambre par sa fenêtre.

— Quelqu'un est entré par sa fenêtre ?

Maintenant, c'est moi qui panique.

27 mai

Jack

C'est rare, mais parfois la frontière qui me sépare d'habitude nettement de Jill devient floue. On fait ce qu'on peut, mais c'est pas toujours facile d'être à deux dans un même corps, vous savez. Et, comme la nature aime se montrer imprévisible, il arrive qu'elle nous joue de sales tours et nous impose une proximité un peu étrange.

Prenez le 27 mai, par exemple.

Au beau milieu de la nuit, j'ouvre les yeux. Il fait noir. Les chiffres rouges du réveil clignotent : 3:22. Je voudrais me tourner sur le côté gauche, mais je suis bloqué dans Noctambourg – vous savez, cet état inquiétant où on croit être réveillé sans que votre corps soit au courant. Je me sens raide comme un bâton, mais j'essaie quand même de glisser ma main jusqu'à mon entrejambe pour le contrôle mensuel de mes parties intimes. Et quand j'y arrive enfin, qu'est-ce que je trouve ?

Un petit bout de chair pathétique d'à peine deux centimètres !

Non seulement je suis bloqué dans cette ville frontière surréaliste entre le sommeil et l'éveil, mais, plus surréaliste encore, je me retrouve aussi quelque part entre Jill et Jack !

Heureusement, je ne suis pas assez conscient pour paniquer. Parce que, croyez-moi, il y a de quoi paniquer. La dernière fois que je me suis réveillé au milieu de la transformation, la douleur était si intense que j'ai cru que j'allais mourir.

Pourtant, cette fois-ci, je n'ai pas mal. Cette fois-ci, je ne suis qu'euphorie et légèreté. Je remercie le ciel pour les petites grâces de ce genre. Du moment que le petit Viking retrouve sa taille normale et menaçante au bout du compte, ça me va.

Je desserre mon poing pour lui faire un peu de place. Puis je me détends. J'aime bien Noctambourg. C'est l'occasion de me regarder rêver, et ça, c'est plutôt cool.

Je m'abandonne complètement à cet état, et des visages commencent à se succéder dans mon esprit. Mme Wendt, la responsable de la cafèt'. Jed Barnsworthy. Tommy Tateson.

Tommy Tateson ?

Et merde. Je suis dans un rêve de Jill. Tommy Tateson est en train de me rouler une pelle dans la cafétéria du lycée !

C'est le moment de reprendre le contrôle des opérations. Voilà l'un des grands avantages de Noctambourg : on peut contrôler ses rêves. Enfin je sais, pour moi, ça marche, mais pas pour vous.

Alors, pendant que Tommy Tête-de-nœud me fourre sa langue dans la bouche, j'exige, en tant que réalisateur, qu'on récrive le scénario.

Premier ordre ? Qu'on me remplace l'amoureux transi. Exit Tommy Tateson. Faites entrer Ramie Boulieaux. Dans le rêve de Jill, Ramie nous regardait nous embrasser, assise à une table avec Daria. Alors je lui ordonne de se lever, de s'approcher et de dégager Tommy Tateson. Puis je la fais m'attraper par les poignets et coller un bon gros baiser sur ma bouche béante. Pendant que nos lèvres s'affairent, tous les élèves du lycée applaudissent. Il pleut des confettis et des serpentins, et un orchestre, apparu dans la cour, se lance dans *Burning Love* d'Elvis Presley.

Ramie, ignorant toute cette agitation, explore avec sa langue le fond de ma bouche – non, j'ai dit le fond, Ram. Voilà.

Ça, c'est un rêve qui a du style, à la Jack.

Je commence à glisser ma main le long du dos de

Ramie, vers ses fesses exquises, quand soudain le sol se met à trembler.

Un silence sinistre s'installe dans la cafétéria. Une fissure apparaît sur le sol entre Ramie et moi. Elle s'agrandit petit à petit, nous obligeant à nous séparer après un dernier bisou mouillé. Dehors, l'orchestre a cessé de jouer, surpris par l'explosion fracassante des vitres qui donnent sur la cour. Tous les élèves de Winterhead High s'enfuient désormais de la cafèt' en hurlant.

(Quand je vous disais que j'arrive à contrôler les événements, je ne voulais pas dire à cent pour cent. Les choses, ici, ont une fâcheuse tendance à partir en vrille.)

Mais ne vous inquiétez pas pour ça. C'est moi, le réalisateur de ce film. J'attrape la main de Ramie, et nous sautons dans la crevasse.

Ah, quel plaisir d'être libéré de l'apesanteur !

Ramie, les cheveux au vent, tombe juste sur moi. Mais, au moment où nos corps se rencontrent, je sens une douleur vive à l'intérieur de mon abdomen.

Ça, ce n'est pas moi. C'est la nature qui reprend ses droits.

Je presse mon mini-manche dans ma main, me préparant au choc. Les muscles de mon bassin se contractent et frémissent. De son côté, Ramie devient peu à peu transparente puis disparaît.

Désormais seul, je tombe dans cet abysse sans fond pendant que mon corps achève la douloureuse transition de Jill à Jack. Mes genoux craquent. Ma bouche s'ouvre et se referme plusieurs fois, mais les cris de douleur qui en sortent sont insonores.

J'essaie de faire réapparaître Ramie. Pendant une seconde, j'aperçois son fantôme dans la faible lumière qui éclaire le précipice. Mais elle disparaît une fois de plus.

La douleur s'intensifie et me transperce.

Je ne peux pas fuir, ni même hurler. Pour détourner mon attention et ne pas paniquer totalement, je compte mes respirations. Mais, dans cette ruelle sombre et infernale de Noctambourg, je ne respire même pas.

Je ne sais pas depuis combien de temps tout ça dure, lorsque, à mi-parcours, Ramie revient, les cheveux en bataille. Dans sa chute, elle m'entoure de ses longs bras et, quand nos bouches se touchent, la douleur, qui me traversait comme une épée tranchante, s'atténue. Les muscles crispés de mon bassin se décontractent, et une agréable chaleur se répand dans mon torse puis dans mes membres.

Quelle extase !

Je vous assure, je la ressens jusqu'à la pointe des cheveux. Mais ce n'est pas la vague dévorante et terrible à laquelle je suis habitué. Cette fois-ci, c'est une sensation fragile, comme si le moindre petit mouvement pouvait la briser.

Mon cerveau, juste assez éveillé pour comprendre ce qui se passe, enregistre rapidement cette impression. Je ne suis pas encore complètement transformé. Les hormones de Jill doivent être en train de faire leur fête d'adieu avant de décamper. Le temps que cette pensée me quitte, l'extase a disparu, et Ramie avec elle. Je prie pour qu'elle me revienne, pour que les hormones de Jill s'agitent en moi une dernière fois. Mais il n'y a plus que l'abîme et mon corps aérien en pleine chute.

Vaincu, je décide de me détendre et de me laisser porter vers l'assoupissement. La faible lumière du précipice commence à s'évanouir, et je ne suis plus qu'à quelques secondes d'un sommeil profond quand il se passe quelque chose.

Un petit frémissement naît tout au fond de moi. Puis une pause. Et enfin, par miracle, une vague chaude de pure extase gonfle en moi, grandissant de plus en plus, jusqu'à ce que je n'en puisse plus. Et pourtant, elle continue de grandir, me dominant de toute sa hauteur, jusqu'à ce que...

BOUM !

Le grand vide !

Coup de torchon sur mon esprit.

Ébahi et épuisé, je fixe les petits chiffres rouges qui passent de 3:37 à 3:38.

Dès que j'arrive à avoir assez de force pour bouger, j'étends le bras vers mon bas-ventre. *Il* est de retour ! Et à sa taille normale de quinze centimètres.

Mesdames et messieurs, moi, Jack McTeague, je viens de retrouver mon corps de mec grâce à un orgasme de fille nirvanique !

— La vache, dis-je tout haut. Elles en ont de la chance, les garces !

Le réveil passe de 3:38 à 3:39, et le rideau du sommeil me tombe dessus.

Sacrée nuit, hein ? Elle aurait sa place dans *Le Livre des records*, non ? Mais ne vous emballez pas si vite. Attendez un peu que je vous raconte ma matinée.

Je m'extirpe de ma grosse couette blanche et m'étire de tout mon long en savourant le souvenir de ma rencontre en rêve avec Ramie, dans cet océan ardent de plaisir entre filles.

Mon regard se pose sur la fenêtre. Il y a quelque chose qui cloche. Au lieu des rayons de soleil qui pénètrent habituellement à travers les rideaux, j'aperçois des motifs quadrillés.

Balançant la couette, je me précipite et j'ouvre les rideaux.

Des barreaux !

J'essaie d'ouvrir la fenêtre d'un coup sec. Ça bloque. Et je vois bien pourquoi, maintenant. Des cadenas. Je tente de les forcer. Pas moyen, ils ne bougent pas.

Je bondis jusqu'à l'armoire de Jill, j'arrache mon jean de son cintre, je l'enfile et trébuche jusqu'à la porte.

— Hé !

J'attrape la poignée.

Rien : la porte reste bloquée. Je n'arrive même pas à tourner la poignée.

Et il n'y a pas que ça : la poignée a changé ! L'ancienne était argentée. Celle-ci est dorée. En reculant de quelques pas, je réalise que même la porte n'est plus la même.

Je me rue dessus et l'attaque à coups de poings. « Mais qu'est-ce que c'est que ce bordel ? »

Je continue à cogner jusqu'à ce que mes poings me fassent trop mal.

— Maman ! Papa !

Je reste là à regarder la porte, comme si c'était elle qui allait me répondre, puis je lui flanque un dernier coup.

— Mais qu'est-ce qui se passe, ici ?

Je m'effondre sur le bord de mon lit. Après quelques secondes, j'entends des voix chuchoter dans le couloir. Quelqu'un glisse un bout de papier sous ma porte. Je me jette dessus.

Désolés, Jack, mais tu t'es mis dans ce pétrin tout seul. Tu trouveras un mini-frigo dans ta salle de bains. Il est largement assez rempli pour tenir cinq jours. Si

tu as besoin de quoi que ce soit d'autre, glisse un mot
sous la porte. Maman et papa.

C'est imprimé sur le papier à en-tête personnel de
maman. Je l'imagine tout à fait, en bon robot, s'asseoir
devant son ordi portable, ouvrir son modèle à en-tête
Helen McTeague et m'écrire ce mot.

Je l'écrabouille dans mon poing et le jette sur la
porte. Il fait un *pouf* pitoyable puis tombe par terre.

Comment ça a pu arriver ? Et pourquoi ? Comment
ont-ils découvert que...

Ça me revient d'un seul coup.

La cicatrice.

Je regarde la porte tout en prêtant l'oreille aux murmures dans le couloir. Ils s'intensifient, puis faiblis-
sent et s'arrêtent brusquement. J'entends des pas dans
l'escalier. Je vais à la fenêtre, torse nu.

Dehors, maman descend les marches du perron. Je
tambourine contre la fenêtre et n'obtiens qu'un bruit
sourd. Elle s'arrête, sa mallette à la main, mais ne se
retourne pas.

Je hurle :

— Laisse-moi sortir !

Elle se ressaisit et reprend tranquillement son chemin vers sa stupide voiture.

Je tape aussi fort que je peux sur la fenêtre, mais
ce doit être une vitre blindée. Elle est sûrement

insonorisée aussi. Qui m'entendrait, de toute façon ? Notre maison est isolée, au bout d'une impasse.

Pendant un court instant, maman m'observe, derrière son volant, puis elle fait marche arrière et s'en va.

Je cours à la porte et cogne dessus de toutes mes forces.

— Papa ! Papa !

Quelques secondes plus tard, un crayon se glisse sous la porte comme un petit ver de terre. Je défroisse le mot de maman, griffonne dessus les mots : « Laisse-moi sortir ! » et le glisse à mon tour sous la porte. Il me revient un instant plus tard. Sous mon message, papa a écrit : « Je suis désolé, Jack. Vraiment désolé. Papa. P-S : Bon anniversaire, mon grand. »

Je me relève et jette un œil au stupide calendrier de Jill. En effet, on est bien le 28 mai. C'est notre dix-huitième anniversaire. Pour fêter ça, je gribouille toutes les obscénités qui me passent par la tête sous le petit mot de papa. Mais, finalement, je le garde pour moi. À quoi bon ? Tout à l'heure, il me glissera peut-être un morceau de gâteau sous la porte, comme ça je pourrai me chanter *Bon anniversaire* et ensuite me brûler vif. Je m'affale par terre et pose les yeux sur l'écriture de papa.

Papa. Quelle blague ! De nos jours, c'est tout juste s'il est encore papa. Tout juste s'il est encore humain.

Ce n'est pas forcément une bonne idée, mais il

m'arrive d'explorer les souvenirs d'enfance de Jill, à l'époque où papa était vraiment un type sympa. Quand Jill était encore une petite fille normale, il avait l'habitude de rentrer du boulot dans son costume bleu, d'enfiler ses chaussures de sport, et d'aller jouer au basket avec elle sur son panier Barbie rose. C'est même lui qui lui a appris le double pas. Souvent, il racontait des blagues à table pour la faire rire, sous le regard mécontent de maman.

Quelque part en cours de route, ce type-là est mort pour laisser sa place à M. Yogi le Bon à rien. Je me demande ce qui l'a définitivement anéanti. Son travail ? Maman ? Moi ? Peut-être la combinaison des trois. Peut-être que maman et le travail l'avaient déjà bien amoché et que moi, je l'ai juste achevé.

En fait, quand j'y pense, s'il n'y avait pas maman et son obsession de tout contrôler, je suis sûr que papa m'aiderait.

Au départ, il était contre le plan B. Il a fini par accepter parce que maman a lourdement insisté. Il faut reconnaître qu'elle a été débile en proposant d'intégrer tout le trip méditatif de papa. Comme ça, le plan B est devenu un peu son bébé à lui aussi. Quel loser.

Affalé par terre avec le mot de maman et les excuses pathétiques de papa dans la main, j'ai tellement pitié de moi-même que j'ai envie de me tirer une balle. Dommage qu'ils ne m'aient pas laissé de flingue. Ça leur aurait fait les pieds. J'imagine le visage de maman découvrant mon cadavre. Ça vaudrait presque le coup. Qu'est-ce que tu penses de ton plan B, maintenant, hein, Helen ? J'espère que t'es contente.

Je me lève et tourne en rond devant mon lit, puis je vais dans la salle de bains et j'ouvre le mini-frigo qu'ils ont installé pour moi. Alors, voyons ce qu'ils m'ont préparé de bon. Deux litres de lait bio, une bouteille de jus d'orange (avec pulpe), un bon morceau de rosbif, deux cents grammes de fromage, des yaourts, quelques carottes et une tomate. Sur la commode, à côté de l'armée de produits de beauté inutiles de Jill, je trouve un pain complet, une boîte de céréales, deux paquets de chips et un pot de beurre de cacahouètes. Quoi ! *Avec* morceaux ! Elle sait pourtant bien que je préfère sans, la garce.

Voilà ce que je suis devenu, à leurs yeux. Une liste de courses.

Sous le lavabo, entre une boîte de tampons et une bassine rose remplie à ras bord de produits d'hygiène encore plus superflus, ils m'ont laissé un bol, une assiette, une fourchette, un couteau et une cuillère. Et – oh, comme c'est gentil – une salière et une poivrière pour que je puisse assaisonner ma bouffe de prison comme il faut.

Tout ça me donne envie de gerber.

Ça me donne plutôt envie de tuer d'abord quelqu'un et ensuite de gerber.

Non. Plus exactement, de tuer quelqu'un, de gerber et ensuite de mourir.

Je m'affaisse sur le banc en osier casé sous l'étagère à serviettes et j'observe l'eau qui tombe goutte à goutte du robinet. Shampooings, démêlants, produits hydratants, exfoliants, gels – tous déclinés dans divers parfums et couleurs, bien sûr – envahissent le moindre petit espace. Franchement, c'est pas une vie qu'elle a, cette fille. Son plus gros problème, chaque jour, c'est de choisir quelle odeur de fruit elle va porter. D'ailleurs, pourquoi les filles veulent tout le temps sentir le fruit ? Les mecs sont censés trouver ça sexy ?

Ramie, elle sent quoi, déjà ? Ah ouais, la noix de coco. Enfin, ça, c'est juste ses cheveux. Sa peau, elle sent... hum, qu'est-ce que c'est, exactement ? La vanille ? Non. C'est quelque chose de plus animal, de plus...

Je voudrais mourir ! Je ne peux pas vivre comme ça ! Je sais bien que j'ai accepté d'être enfermé dans cette chambre pendant trois ans, mais voilà, les choses ont changé. Maintenant, j'ai goûté à la liberté. J'ai goûté aux lèvres de Ramie. Je ne pourrai jamais faire marche arrière, jamais me résigner à une vie par procuration, à me repasser en boucle les souvenirs de Jill. J'ai besoin d'être à l'air libre. J'ai besoin de l'érable de Ramie. J'ai besoin de Ramie !

Mon regard tombe sur des accessoires de beauté mis pêle-mêle dans une tasse à café. Une pince à épiler, des pinceaux de maquillage, une lime, une petite paire de ciseaux à ongles.

Des ciseaux à ongles.

Je me jette dessus et les essaie. Ils sont top. Dans le miroir, je vois mon visage triste s'illuminer. Mes yeux brillent d'une nouvelle flamme, celle de la résolution. Ça peut faire beaucoup de dégâts, des ciseaux à ongles.

Beaucoup de dégâts.

Jill

— Aaaaaaahhhhhhh !

Bruit de clé dans la serrure. Le clic clac du nouveau verrou. Puis la porte de la chambre s'ouvre en grand, et papa entre précipitamment.

— Oh, mon Dieu ! s'écrie-t-il.

Maman sort aussitôt de la douche et accourt enveloppée d'une serviette, encore trempée.

— Qu'est-ce qui se passe…

Elle se fige en me voyant, ses cheveux luisant de shampooing.

— Qu'est-ce qui est arrivé à tes…

Elle s'approche lentement, ses bras mouillés tendus vers moi.

— Tu es blessée ?

— Je… Je…

Je n'arrive pas à détacher mes yeux du miroir.

— Jill, ma chérie ?

— Je n'ai pas encore effectué le plan B, maman. Je me souviens de… Oh non !

C'est lui ! Jack. Les ciseaux à ongles !

Je plaque mes mains sur mon visage. J'écarte un peu les doigts et je jette un œil à mon reflet. Cette chose horrible me dévisage en retour avec mes propres yeux.

— Tout va bien, dit maman.

— Non, tout ne va pas bien !

Papa s'acharne sur l'ongle de son pouce.

— Qu'est-ce qu'on fait ? demande-t-il. Helen, qu'est-ce qu'on fait ?

Maman se retourne vers lui telle une vipère.

— La ferme !

Puis elle me regarde avec une expression de calme forcé.

— Si, ça va aller. Laisse-moi juste jeter un œil.

Elle s'agenouille au pied du lit, en maintenant bien sa serviette. Elle examine ma nuque et mes bras, puis retire la couette de ma poitrine nue. Papa regarde ailleurs et commence à faire les cent pas dans le couloir. Maman examine mes jambes de bas en haut.

— Tu as mal quelque part, chérie ?

Elle se relève, sa serviette bien serrée contre elle, et me lance un regard censé paraître détaché. Mais en vain.

— Ça a l'air d'aller, dit-elle.

— Mais non, ça ne va pas, maman ! Regarde-moi !

— Calme, calme. Jill, écoute-moi.

Je détache mes yeux de la créature ignoble qui m'observe dans le miroir.

— Jill, je veux que tu fasses le plan B, maintenant. D'accord ?

— Mais…

Maman pose ses mains sur mes épaules.

— Tu peux le faire, ma chérie. Regarde dans le miroir.

Je risque un œil de nouveau. Cette fois, c'est bien mon visage. Mon visage de fille, mes yeux de fille, mon nez et ma bouche de fille. Sauf qu'il manque quelque chose.

Presque tous mes cheveux.

Des mèches rebelles pointent sur le côté droit de mon crâne.

Sur le côté gauche, je suis presque rasée. J'aperçois aussi une série de croûtes que Jack a provoquées en coupant mes cheveux trop près du crâne.

La panique me gagne, mais je ne quitte pas mon reflet du regard. Je ne fais plus attention à mes parents. Je reste concentrée sur mes yeux. Voilà ce qui est important. Pas cette tête couverte de croûtes.

Une fois que j'ai capturé mon image, je m'allonge et ferme les yeux.

— Je suis une fille, dis-je.

La tache noire apparaît, bien en vue, au milieu de mon front. J'adore cette tache. Parfois, je me dis que c'est la seule chose sur laquelle je puisse compter, dans ma vie. Je répète le mantra tandis qu'elle s'étend. Puis je projette dessus les cinq jours de Jack.

Son visage, ses mains, les ciseaux à ongles.

« Je suis une fille. »

L'image nette de ses cheveux tombant dans le lavabo.

« Je suis une fille. »

Les gouttes de sueur sur son visage déterminé, ses aisselles puant la transpiration quand il fait les cent pas dans la chambre.

« Je suis une fille. »

Sa faim, son excitation, son attirance pour Ramie.

« Je suis une fille. »

Sa colère, son envie, son désir.

« Je suis une fille. »

Tout ça défile comme sur un écran de cinéma, puis disparaît dans le noir. Je laisse la tache noire m'apaiser un instant, avant de projeter mon propre visage dessus. Il apparaît par saccades, terrifiant mais peu à peu féminin.

Une fois qu'il a retrouvé toute sa féminité, j'ouvre les yeux et je regarde au plafond. Jack est parti. Entièrement. Même ses rêves.

Pas de pain perdu, ce matin. À la place, maman me coupe les cheveux sur le côté droit pour égaliser. Puis elle sort l'annuaire et l'ouvre à la page des perruques.

À cet instant, papa remonte du sous-sol une immonde casquette de camionneur, sur laquelle est marqué « Papa Number One », à la main.

— J'ai trouvé ça, dit-il. En attendant que tu aies une perruque qui te convienne.

Maman et moi échangeons un regard.

— Mauvaise idée ? demande-t-il.

— Richard, répond maman, va donc chercher le sweat rose à capuche de Jill, qui est suspendu dans son armoire.

— Mais, maman, je ne mets jamais ce sweat ! Je ressemble à un gangster, avec !

— C'est temporaire. Richard ?

Papa me lance son regard « Ma pauvre petite chérie » et se rue à l'étage.

Maman parcourt du doigt la liste des magasins de perruques, puis déchire la page.

— Où allons-nous ?

— À Burlington, répond-elle.

— Pas le centre commercial, dis-je. On pourrait croiser quelqu'un.

— D'abord, ce n'est pas un centre commercial. Et nous sommes vendredi matin. On ne va croiser personne.

Papa revient avec mon sweat rose et me le tend. Je recouvre mon crâne avec la capuche en polaire. Je regarde de quoi j'ai l'air dans la vitre du micro-ondes.

— Je devrais me maquiller un peu.

Maman me scrute puis hoche la tête. Je cours à l'étage, j'attrape ma trousse de maquillage et je l'emporte dans la voiture.

Papa ne nous accompagne pas. Je n'arrive pas à me souvenir de la dernière fois qu'il a quitté la maison. Je crois qu'il devient agoraphobe, mais ce n'est pas le moment de penser à ce genre de truc. Maman et moi descendons Main Street dans la direction opposée au lycée. Son regard d'acier braqué sur la route, maman fouille dans son sac à la recherche d'un chewing-gum. Elle prend toujours un chewing-gum quand elle est nerveuse.

Je baisse le pare-soleil et j'observe mon horrible tête dans le miroir.

— J'ai l'air d'une malade mentale. Comment je vais pouvoir convaincre Tommy de venir au bal de fin d'année avec une tête pareille ?

Maman mastique son chewing-gum.

— Tu ne vas pas rester comme ça, ma chérie. Tu vas porter une perruque, et tout ira bien.

Ouais, c'est ça, tout ira bien. Tout va toujours bien. À mon avis, maman pense qu'en répétant ce mensonge il deviendra un jour réalité.

Je ne suis pas si naïve.

J'examine l'une des croûtes sur le côté droit de ma tête.

— Maman, tu crois que Jack a fait exprès de me faire ces marques, ou alors il a juste voulu couper trop près du crâne ?

— Il ne faut pas trop chercher à analyser ce que fait Jack. L'important, c'est qu'on garde le contrôle.

Je relève le pare-soleil.

— Ouais, maman, mais là, on ne l'a plus du tout, le contrôle. Qu'est-ce qu'on peut faire pour l'empêcher de faire autre chose... d'encore pire ?

Maman mâchouille son chewing-gum à une vitesse impressionnante.

— Des calmants, dit-elle.

— Quoi ?

Elle plisse les yeux.

— Maman, tu es sérieuse ?

Et elle mâchouille, et elle mâchouille.

— Ce ne serait pas un peu dangereux ?

Elle me regarde une seconde, puis se concentre de nouveau sur la route.

— Je m'en occupe, ma chérie.

Ce qui signifie qu'elle va les essayer sur elle d'abord, comme elle l'a fait pour le truc à base d'œstrogènes.

— Non, maman. Pas question.

Et elle mâchouille toujours.

D'ailleurs – mais ça, je le garde pour moi –, c'est horrible, comme idée. Mettre Jack sous calmants revient à l'euthanasier. Et il ne mérite pas ça, n'est-ce pas ?

N'est-ce pas ?

— Maman, promets-moi de ne pas tester de calmants.

Maman pose sa main sur mon genou.

— Ne t'inquiète pas, chérie. Je les mélangerai d'abord au thé au jasmin de ton père.

— Maman !

— Je plaisante.

Un panneau indique la Route 114. Avec une extrême prudence, elle met son clignotant et se rabat sur la file de droite, le malheureux bout de chewing-gum transformé en viande hachée entre ses dents.

La vendeuse dans la première boutique de perruques doit avoir au moins cent ans, et c'est une vraie fan des années cinquante. Presque toutes les perruques, y compris la sienne, sont brunes et gonflantes. Maman et moi en essayons quelques-unes avant de réaliser qu'il est impossible que je porte l'une d'entre elles sans avoir l'air totalement ridicule.

La boutique suivante propose des perruques de déguisement rose fuchsia, bleues et vert fluo. Dans un coin, seule une longue perruque raide et brune paraît à peu près normale. Maman l'enlève de la tête du mannequin et me la met. Elle me guide par les épaules vers un miroir sale en forme de cœur, suspendu de travers à un portant métallique. Je peux difficilement m'en écarter pour me regarder. De la musique techno vraiment trop forte nous assourdit.

— Je crois que ce n'est pas la bonne couleur, dis-je.

Maman soupire bruyamment, puis se dirige vers la vendeuse gothique, aux lèvres peintes en noir, affalée sur sa caisse.

— Est-ce qu'on peut la teindre ?

— Quoi ? fait la vendeuse.

Maman élève la voix et répète sa question.

La fille secoue la tête.

J'enlève la perruque et je la repose sur la tête du mannequin. De travers. Comme il se doit. Je suis prête à jurer que tout le magasin sent la marijuana.

Maman me tient la porte au moment de sortir et lance à la fille un « Merci » qui signifie tout le contraire.

De retour au parking, je m'assieds à l'avant. Direction la Route 1. À chaque voiture qui passe, je m'enfonce un peu plus dans ma capuche. La feuille arrachée de l'annuaire sur les genoux, maman commence à appeler tous les magasins de perruques du Nord avec une liste de questions précises.

Pendant ce temps, j'allonge mes jambes sur le tableau de bord et j'essaie de comprendre ce que Jack a voulu faire en m'infligeant cette « coupe de

215

cheveux ». Bon, de toute évidence, il a réagi ainsi parce qu'on l'a enfermé dans la chambre. Mais est-ce qu'il pensait sincèrement qu'on allait répondre à ça en le laissant aller librement ? Est-ce que c'était une tentative désespérée et naïve ? Je pensais qu'il était d'accord avec notre arrangement. Il ne s'en était jamais plaint avant. Et maintenant, il drague ma meilleure amie et me coupe les cheveux ! Qu'est-ce que ça signifie ?

Je n'aurais peut-être pas dû l'effacer si vite après mon réveil. J'aurais peut-être dû laisser ma mémoire vagabonder un peu dans la phase de Jack. Apprends à connaître ton ennemi, et tout ça. Quand est-ce que Jack est devenu mon ennemi ?

— 32 Franklin Street ? demande maman au téléphone. À la sortie de Boylston Street ?

Coinçant le téléphone entre son oreille et son épaule, elle claque des doigts et m'indique la boîte à gants.

J'en sors le plan.

— D'accord, dit-elle. Et vous êtes sûr que vous avez une perruque en cheveux naturels, châtains avec des reflets auburn ? Raide ? Très bien. Je serai là dans vingt minutes.

Elle raccroche et me regarde.

— Ça ne va pas être donné, cette histoire.

Elle plie la feuille de l'annuaire et la glisse dans son sac à main.

— Et on doit aller à Boston.

Elle dit « Boston » comme elle dirait « Enfer ».

Elle démarre la voiture.

— Mais qu'importe ce que ça coûte, poursuit-elle. On la revendra sur eBay quand tes cheveux auront repoussé.

— Ouais.

Nous attendons une éternité à la sortie jusqu'à ce qu'un espace entre deux voitures nous permette de nous faufiler. Je remets lentement ma capuche et tente de faire disparaître mon visage dessous.

Théoriquement, le centre commercial que nous venons de quitter n'est qu'à quinze minutes du Petit Théâtre – la boutique de perruques –, à Boston. Mais ça reste Boston. Alors nous mettons deux heures pour nous y rendre. Maman déteste – je dis bien *déteste* – conduire à Boston, et je la comprends. Celui qui a dessiné le plan de la ville devait être sous hallucinogènes. C'est bizarre qu'il y ait assez de gens intelligents ici pour remplir Harvard. Oh, et ne cherchez pas à demander votre chemin à quelqu'un. Indiquer intentionnellement de vagues et mauvaises directions aux touristes est un vrai passe-temps, ici. Après avoir fait le tour quatre fois du Government Center à la recherche de Franklin Street, maman s'engouffre dans le parking le plus proche, et nous décidons de faire le reste du chemin à pied.

Au moment où nous émergeons du parking obscur et glacial au milieu de la place ensoleillée et noire de monde du Government Center, j'ai envie de me rouler en boule et de mourir. Je sais que personne ne peut voir ma tête ravagée de croûtes sous ma capuche, mais je me sens si minable... Maman demande notre chemin à un flic. Sur le papier, ça donne trois flèches à gauche, une à droite, un cercle, un carré et un gribouillis. Finalement, nous trouvons l'entrée de la boutique à l'angle d'un vieil entrepôt en brique. Maman me prend par la main, et nous entrons dans un vestibule sombre, où des étagères croulent sous les gants, les chapeaux et un milliard d'autres accessoires. Nous toquons à la porte, et un trentenaire gay apparaît aussitôt derrière un comptoir où sont exposées pas loin de six cents paires de gants en cuir noir.

— Bonjour ! Ceux-là ne sont pas à louer ou à vendre, explique-t-il. C'est ma collection privée.

Maman fait son sourire de robot, comme si ça allait la protéger de l'homosexualité exubérante de ce type. Elle n'est pas homophobe non plus. C'est juste que chaque fois qu'elle rencontre quelqu'un qui n'est pas dans la norme, elle fait un tel effort pour ne pas relever ni juger que cela saute aux yeux. Et moi ? Je sors avec un garçon bisexuel, alors je ne suis même pas embarrassée.

— Que puis-je faire pour vous ? demande-t-il.

— J'ai appelé à propos d'une perruque... dit

maman. Cheveux naturels châtains avec des reflets auburn ?

— Ah.

Il tape dans ses mains et regarde autour de lui, à la recherche de la perruque en question.

— Au fait, je m'appelle Charles.

Il pose délicatement sa toute petite main sur l'épaule de maman.

— Asseyez-vous. Je reviens tout de suite.

Il s'agite comme un présentateur de télé et sort deux chaises pliantes de sous un étalage de sucres d'orge géants. Puis il se précipite dans un couloir rempli de part et d'autre de robes de soirée, de cravaches, de bottes de cow-boys, de casquettes de base-ball et de toutes les sortes de jupons dont vous pourriez avoir besoin. En admettant que vous ayez besoin un jour de ce genre de truc. Un éternuement suffirait à faire crouler la pièce sous une avalanche de costumes.

Maman soupire, puis s'assied.

— Je crois que nous allons trouver ici ce que nous cherchons.

Quelques minutes plus tard, Charles revient avec, dans la main gauche, ce qui pourrait ressembler à un rat mouillé.

— C'est parti, dit-il.

Il nous montre la chose à frange au bout de son poing.

— Essaie ça, mon chou.

Il penche la tête vers moi en souriant. Il doit croire que je suis en chimio.

— Voilà.

Il parcourt la frange épaisse et brune de ses doigts minces.

— La frange, ajoute-t-il, c'est indispensable, à moins que tu ne redoutes la mise en place.

Il examine mon visage d'un côté puis de l'autre.

— Ton nez est mignon, tu peux porter une frange. Allez, on essaie.

Je retire ma capuche.

Tentant vaillamment de contenir sa curiosité, il retire un bonnet en coton noir de sa ceinture de coiffeur.

— Et si tu mettais ça d'abord ?

Je tire ce truc dans tous les sens, mais il reprend toujours sa forme initiale. Maman attrape une extrémité, et nous l'écartons par-dessus ma tête.

— Très bien, dit-il. Mais tu devras apprendre à le faire toute seule. Maintenant, tes oreilles.

Je baisse un peu le bonnet, juste au-dessus de mes sourcils, et le maintiens en place.

— Parfait.

Il l'ajuste sur mon front, puis place la perruque par-dessus.

La couleur est proche de la mienne, en moins terne. C'est une coupe assez courte avec une frange.

Maman jette un œil et hoche la tête en signe d'approbation.

— Pas mal du tout, déclare-t-elle.

— C'est pas trop moche, hein ? je lui demande. Je n'ai pas envie de faire vieille fille.

— Vieille fille ?

Charles retire un gros peigne de sa ceinture.

— Attends. Tu as vu le film *Chicago* ? C'est pratiquement la coupe de Velma.

Avec précaution, il démêle quelques mèches.

Je regarde mon reflet dans le miroir et je dois admettre que ça me donne un certain chic vintage.

— Tu aimes, chérie ? demande maman.

Il y a une pointe de douceur dans sa voix. Elle est soulagée. Nous avons remporté cette manche. Nous avons battu Jack, mon nouvel ennemi.

— Oui.

Du coin de l'œil, j'observe Charles, qui cherche le moindre nœud à démêler avec son peigne chirurgical.

— Merci, lui dis-je.

— Oh, je t'en prie, répond-il avec un clin d'œil. Les perruques reflètent ce que nous sommes.

Sur le trajet du retour, je me regarde dans le pare-soleil, le siège reculé au maximum pour pouvoir contempler l'ensemble de ma tête.

— Je suis surexcitée, maman.

Maman me lance un regard en coin, avant de rejoindre la Route 114.

— C'est classique, dit-elle. C'est un style qui ne se démode pas.

Je me regarde de profil.

— Et la frange ? Ça ne grossit pas mon nez, hein ?

— Tu n'as pas un gros nez, chérie. Et puis ça met ta bouche en valeur.

Je m'approche du miroir. C'est vrai. J'ai une grande bouche. En fait, je n'y avais jamais fait très attention jusque-là. Maintenant, je trouve ça plutôt cool.

Je me regarde en faisant un grand sourire. Je n'ai jamais eu l'air aussi peu moi.

— J'aime bien, dis-je à maman.

— Quand nous serons rentrées, je voudrais que tu testes un peu la perruque. Pour être sûre qu'elle tient bien.

Je m'observe sous tous les angles.

— Est-ce qu'on dirait de vrais cheveux ?

— Ce *sont* de vrais cheveux.

— Mais est-ce qu'ils ont l'*air* vrais ?

Elle tourne sur Trask Road et se gare un instant. Puis elle me dévisage avec un regard de scientifique.

— Ils ont l'air vrais.

Nous descendons Trask Road en direction de notre maison et alors, qui voit-on assise avec papa au pied du perron, sirotant je ne sais quoi dans un verre-pot de confiture ?

Ramie.

— Maman, ne t'arrête pas ! Ne t'arrête pas !

— Quoi ?

Mais c'est trop tard. Ramie et papa nous ont vues. Maman s'engouffre dans l'allée et coupe le moteur.

— Ça va aller, assure-t-elle. Nous sommes allées au centre commercial, et tu t'es fait faire une nouvelle coupe avec une coloration. C'est pour ça que tu as l'air différente. Ne t'inquiète pas. On va s'en sortir.

Mais ce n'est pas la perruque qui me pose problème. C'est Ramie.

— Chérie, qu'est-ce qui ne va pas ?

Je vois sur son visage qu'elle commence à comprendre.

— Oh, tu te souviens ? Tu te souviens de ce qu'ils ont...

— Non, je l'interromps. Je ne me souviens pas. C'est juste que...

Ramie se lève, le verre à la main, sa robe ample flottant au niveau de ses cuisses.

— Je me sens mal, maman.

— Ça va aller, ma puce. File à l'intérieur sans t'arrêter. Je vais lui expliquer que tu ne te sens pas bien, et elle va rentrer chez elle. Fin de l'histoire.

— Je crois que je vais vomir.

— Bien.

Maman attrape son sac et met la main sur la poignée de la portière.

— Comme ça, tu ne seras pas obligée de faire semblant.

Papa se lève à son tour, un grand sourire aux lèvres, comme si Ramie était venue lui annoncer une bonne nouvelle. Qu'est-ce qu'il peut être bête, parfois.

Maman ouvre la portière.

— Pas un mot, d'accord ? Tu rentres, et je m'occupe du reste.

Nous sortons de la voiture et claquons nos portières presque simultanément. Maman remonte l'allée devant, tandis que je me cache derrière elle. Ramie se tortille pour tenter de m'apercevoir.

— Salut, ma belle ! crie-t-elle.

Je sens mon ventre se nouer. Maman me prend par le poignet et me pousse vers le perron, en essayant de m'écarter de Ramie.

Papa continue de sourire bêtement.

— Ça te va très bien, dit-il.

Maman marque un arrêt et s'interpose entre Ramie et moi, devant l'entrée. Je focalise mon regard sur la porte et n'aperçois que les chevilles anguleuses de Ramie. Je tâtonne à la recherche de la poignée et me faufile à l'intérieur de la maison. De là, j'entends maman dire :

— Jill ne se sent pas bien, Ramie. Elle a besoin de s'allonger un peu. Richard, tu viens ?

Je me colle à la porte vitrée. Ramie lance un regard perplexe au formidable corps-bouclier de maman. La seconde où nos yeux se croisent me fait l'effet d'une nuée de frelons me piquant tous en même temps. Je tourne rapidement le dos à la porte et me précipite à l'étage.

Une fois dans ma chambre, je n'ose pas marcher vers la fenêtre, car je sais que Ramie peut me voir d'en bas. Je me mets donc à genoux, rampe vers la fenêtre et regarde à travers les barreaux. Maman fait rentrer papa à la maison tandis que Ramie descend les marches du perron. Elle relève son vieux VTT des buissons où elle a l'habitude de le poser, puis regarde en direction de ma fenêtre. Je recule et me cache. Un courant d'air soulève ses cheveux alors qu'elle remarque, surprise sans doute, les barreaux à ma fenêtre. Elle fait demi-tour, enfourche son vélo et s'élance, sa robe flottante révélant un string noir.

Mon ventre se noue une nouvelle fois.

Après que papa a regagné sa caverne zen, maman vient dans ma chambre et se poste devant la porte.

— Bouge la tête, dit-elle.

— Quoi ?

Elle me donne l'exemple en agitant la tête d'un côté et de l'autre.

Je m'exécute.

— Ça tient bien ? demande-t-elle.

— Je crois.

Je tire sur les bords du bonnet.

— Mais je ne sais pas si ça va aller en cours de gym.

— Je vais te faire un mot d'excuse. Tu peux oublier la gym jusqu'à la fin de l'année.

— Vraiment ?

Elle acquiesce. Puis elle semble hésiter un moment.

— Quoi ?

— Est-ce que j'ai vraiment besoin de le dire ? répond-elle.

— Dire quoi ?

Elle entre et s'approche de mon bureau d'un air sérieux, les bras croisés sur la poitrine.

— Écoute, commence-t-elle, Ramie et toi êtes amies depuis longtemps, mais je pense qu'il est temps maintenant que tu prennes un peu de distance...

— Maman.

Je me frotte les yeux.

— S'il te plaît. Ne parlons pas de Ramie.

Elle se tait mais continue de me scruter, espérant bien me convaincre de bannir Ramie de ma vie. Dans l'immédiat, je ne suis pas en état de défendre Ramie, et surtout je n'ai pas envie de parler d'elle. Même le mot « Ramie » me donne bizarrement la nausée.

— Je vais m'allonger un peu. J'ai besoin de faire une sieste.

— Bien sûr, répond maman.

Mais elle n'a pas fini.

— Quoi ?

Un petit sourire apparaît sur ses lèvres.

— Papa a raison, chérie. Ça te va très bien.

— Vraiment ?

Elle fait oui de la tête et quitte la pièce.

À peine couchée, j'entends mon téléphone sonner. C'est Ramie. Elle va continuer d'appeler jusqu'à ce que je décroche, c'est sûr. Alors j'éteins mon portable. Puis je jette un œil à mon calendrier, sur lequel le mot « Bal ! » apparaît en rouge au-dessus du mois en cours.

Au lycée, lundi matin, au lieu d'aller directement en cours, je me cache dans les toilettes. La dernière chose dont j'aie besoin ce matin est d'affronter Ramie et son détecteur de mensonges. La seule fois où je lui ai menti, c'est pour l'histoire des « transfusions sanguines ». Nous nous sommes juré au collège de tout nous raconter. Pacte qu'elle a aussitôt inauguré en déballant un catalogue entier de trucs pervers, évidemment, tandis que moi, je lui racontais comment j'avais laissé Christopher Defoe me toucher les seins en CM2. Depuis ce jour, nous sommes meilleures amies. Pourtant, maintenant, la seule pensée de Ramie me donne la chair de poule, comme si j'avais fait quelque chose de terrible et d'impardonnable. Et, bien que je n'aie pas le moindre souvenir de ses séances cochonnes avec Jack, les descriptions qu'elle m'a faites ont été suffisamment explicites pour me donner des haut-le-cœur. En plus, je crois que mon corps s'en souvient, lui, contrairement à mon cerveau. Vraiment bizarre…

Enfin bon, je me cache dans les toilettes des filles en attendant que la cloche du premier cours retentisse. Alors je me faufile et salue Mme Schepisi.

— Je vais devoir te marquer en retard, Jill, dit-elle.

Une fois remise de cette menace, je regagne le couloir et marche rapidement vers la salle où a lieu le cours d'histoire.

— Jill ! hurle Ramie. Attends !

Le couloir est envahi par les élèves, donc je peux sans crainte feindre de ne pas l'entendre. Je m'en veux, mais on peut bien me lâcher un peu aujourd'hui, avec tout ce que j'ai à faire, non ?

À trois mètres de Jed Barnsworthy, Tommy fait son apparition, surpris par ma nouvelle « coupe de cheveux ». Il s'arrête pour m'attendre. J'inspire profondément en essayant de jouer les filles nonchalantes. Je le rejoins, il effleure mon bras du bout des doigts.

— Salut, beauté, dit-il.

Il regarde ma perruque sous tous les angles.

— J'aime bien. Ça me donne envie de t'embrasser dans le cou.

Il m'attire vers lui.

— Prenez-vous un hôtel ! lance Jed Barnsworthy.

L'abruti appuyé contre le mur à ses côtés ricane et ajoute :

— Ouais, un hôtel pour gays, espèces d'homos !

Tommy ne lui prête pas attention. Moi non plus. Ça devient plus facile, à force.

Je caresse ma nuque.

— Quoi ? Tu détestes, c'est ça ?

Tommy secoue la tête lentement, puis avance vers moi et me murmure à l'oreille :

— Ça te dit de sécher les cours ?

Je recule.

— Tu es sérieux ?

— Allez, reprend-il. Qu'est-ce qu'ils vont faire ? Nous renvoyer ? On pourrait aller à la plage et bosser les maths. C'est la seule matière qui m'inquiète. Et toi ? Tu es première, non ?

Je hausse les épaules.

Derrière moi, Jed et sa bande gloussent comme des poules. Puis, soudain, Jed surgit devant moi. Tommy me pousse sur le côté, mais trop tard. Jed me frappe brutalement à la tête.

— Sympa, ta nouvelle coiffure ! dit-il.

Je ressens comme plein de petits coups d'épingle dans le crâne, et quelque chose masque tout à coup mon œil droit. C'est l'expression de terreur de Tommy qui me confirme que le pire s'est produit. J'essaie de remettre en place ma perruque quand Sammy Burston, l'un des lèche-bottes de Jed, se précipite sur moi. D'un geste rapide et brutal, il m'arrache la perruque.

— Aïe ! je m'écrie.

L'air conditionné s'engouffre sous le bonnet.

— Oh, la vache ! s'exclame Sammy.

Il lance en l'air la perruque, qui atterrit sur la tête d'une élève. La fille hurle et se débarrasse de mes faux cheveux comme s'il s'agissait d'une araignée. Frénétiquement, je tente de cacher d'une main ma tête couverte de croûtes et de saisir de l'autre la perruque, mais Sammy l'attrape le premier.

— Hé, Barnsworthy ! crie-t-il.

— S'il te plaît, dis-je en gémissant.

Je voudrais disparaître sous terre.

La perruque derrière le dos, Sammy rigole de ses dents jaunes.

— Barnsworthy, regarde un peu !

Il brandit la perruque au-dessus de lui, tandis que je multiplie les tentatives désespérées et infructueuses pour la récupérer.

Les murmures et les cris d'étonnement des autres élèves me parviennent. Jed attend, raide, la bouche ouverte. Au lieu des ricanements attendus, quelque chose d'autre se produit, quelque chose de bien pire.

Tommy, retrouvant finalement ses esprits, s'interpose entre Sammy et moi et dit :

— Donne-moi ça, pauv'con.

Sammy dresse le menton.

— T'approche pas, sale pédale.

Il cherche Jed des yeux. Mais Jed a les yeux fixés sur mon front. Il ne ricane plus. Son sourire méprisant, ses sarcasmes, ses perpétuels gloussements narquois ont totalement disparu. À la place apparaît l'ombre du Jed que j'ai connu, le Jed triste, timide et grassouillet du quartier, celui qui m'avait fait promettre de ne rien dire à propos de son déguisement de Barbie. J'ai envie de le tuer.

Tommy tente de saisir la perruque, mais Sammy la met hors de sa portée.

C'est alors qu'arrive Ramie. Se frayant un chemin à travers la foule des curieux, elle passe devant Tommy et donne un coup de genou dans l'entrejambe de Sammy. Sursaut général.

Sammy couine douloureusement, plié en deux, et lâche la perruque. Ramie la ramasse, me saisit par le poignet et me tire jusqu'aux toilettes des filles les plus proches. Des « Oh là là ! » et des « Vous avez vu sa tête ? » nous suivent comme des mouches jusqu'à ce que la lourde porte des toilettes nous en délivre.

— Quel pauvre type, dit Ramie. Il faudrait que quelqu'un lui donne une bonne fessée, un jour.

Elle m'entraîne vers les lavabos. Derrière nous, une nuée de filles tente de rentrer en gloussant. Ramie me tend la perruque, fonce vers la porte et la claque.

J'essaie de la remettre, les mains tremblantes. Le dos à la porte, Ramie contient les ricanements.

— Jill ? demande-t-elle. Attends.

Elle ouvre la porte et hurle :

— Dégagez ou vous êtes mortes ! avant de la claquer une nouvelle fois.

La perruque me glisse des doigts.

— Jill ?

— Non.

Elle s'approche de moi.

— Qu'est-il arrivé à tes cheveux ?

— Ramie. C'est trop compliqué. Je dois me concentrer, là.

Elle s'écarte, tandis que je me bats pour remettre la perruque par-dessus le bonnet. Puis elle revient vers moi.

— Qu'est-ce qui se passe, Jill ?

Je ferme les yeux et prends une grande inspiration, espérant bêtement que cela la fera disparaître. Lorsque je les rouvre, elle est plantée devant moi avec ses longs cheveux débiles et ses épaules osseuses moulées dans un tee-shirt Fée Clochette presque transparent. Elle se hisse sur les lavabos.

— Jill, pourquoi ne m'as-tu rien dit ?

Sans lui prêter attention, je maintiens la perruque sur le devant de ma tête et essaie d'en couvrir le reste de mon crâne.

— Approche, dit Ramie.

Elle pose ses mains sur la perruque pour m'aider, mais je recule.

— Pourquoi tu réagis comme ça ? demande-t-elle.

Elle a l'air si perdu, si effrayé.

— Est-ce que...

Elle baisse les yeux. Lorsqu'elle les relève, ils sont embués de larmes.

— Est-ce que tu suis une chimio ?

Je soutiens son regard une seconde, puis je me tourne vers le miroir et j'enfonce la perruque sur mon crâne.

— Jill ?

Chimio ? Est-ce que je saute sur l'occasion ? Est-ce que c'est le mensonge qu'il me faut pour éviter l'enquête acharnée de Ramie ?

— Je dois filer, dis-je.

Je mets mon sac à dos sur mes épaules.

— Je suis en retard.

Ouvrant la porte à la volée, je m'élance dans le couloir, heureusement désert.

Mais je ne vais pas en cours. À la place, je sors discrètement par le porche et me dirige vers le parking inondé de lumière, les yeux rivés au sol. La mascarade de la perruque est finie. Maintenant, je dois choisir d'utiliser ou pas l'histoire de la chimio. Trop déprimant ? Est-ce que je vais devoir perdre du poids et porter du maquillage pâle pour être crédible ? Est-ce que ce serait mal vu ? Je crois en effet que ce n'est pas bien de faire croire qu'on a un cancer, lorsqu'on a juste un pénis qui nous pousse entre les jambes une fois par mois.

Quand j'ai enfin rejoint ma voiture, j'aperçois Tommy qui se faufile entre les pare-chocs.

— J'étais sûr que tu allais t'enfuir, dit-il.

Je me montre distante.

— Tommy...

— Je ne vais rien faire, répond-il. Si tu veux partir, pars.

Je laisse tomber mon sac trop pesant à terre.

— Tommy, ce n'est pas à cause d'une chimio.

— Vraiment ?

Au loin, près des poubelles, les gothiques rigolent et écrasent leurs cigarettes.

— Vraiment.

Il ne me croit pas.

— Il faut que je parte d'ici.

— Tu t'es engagée dans la Marine, alors ? demande-t-il.

Peut-on vraiment se moquer de quelqu'un en restant incroyablement gentil ?

Oui.

— Tu veux toujours aller à la plage ? dis-je.

Il fait signe que oui.

Ça ne prend que quinze minutes depuis le lycée pour aller jusqu'à Karn Beach, mais le silence qui règne dans la voiture me donne l'impression que cela dure une éternité. Je n'arrive pas à trouver un moyen de réfuter la théorie de la chimio sans dévoiler la vérité, plus terrible encore.

L'immense parking de Karn Beach, bondé pendant les grandes vacances, est vide, exception faite de deux voitures garées aux extrémités. Je me range à côté de l'entrée d'une passerelle qui mène dans les dunes. En silence, nous descendons de voiture, et je récupère une couverture laissée dans le coffre depuis l'été dernier. Il y a une trace de ketchup sur l'un des côtés, mais je ne me rappelle pas lequel.

Tommy observe la passerelle, partiellement obstruée à l'entrée par un arbre qui la surplombe.

— Il n'y a pas un psychopathe censé vivre par ici ?

— Si.

Je ferme le coffre.

— Sans oublier une colonie de nudistes, le violeur de la plage et Ben Laden aussi, je crois. Tu as peur ?

Il rit, puis me suit sous l'arbre.

La passerelle craque sous nos pas, et l'arbre nous offre un peu d'ombre sous la chaleur étouffante du soleil. Au bout, derrière les dunes immenses, on aperçoit l'océan.

J'enlève mes sandales dorées et marche pieds nus sur le sable.

Tommy retire de son côté ses Adidas blanches et me rejoint.

— Par où ?

— Par là.

Je lui indique ma dune préférée. Une fois au sommet, je sors la couverture et m'assieds à une extrémité. Tommy place une chaussure à chaque coin de la couverture, puis s'assied à côté de moi.

— Bon, dit-il.

Je tends le bras et pose son sac à dos sur la couverture. Je l'ouvre et prends le livre d'algèbre.

— Je déteste les maths, poursuit-il. Et si on disait juste que je ne suis pas fait pour les chiffres ?

— Ce n'est pas une question de chiffres.

Je me mets en tailleur et j'ouvre le livre.

— C'est une question de nature, je précise.

— De nature ?

— Oui.

Il se met en face de moi, dans la même position.

— Très bien. J'écoute.

La brise soulève les pointes de ma perruque, et je vérifie sans arrêt qu'elle est bien fixée.

— D'accord. Bon, ce qui est écrit dans ce livre prouve que tout...

Je fais un geste en direction des dunes.

— ... que tout ce qu'il y a autour de nous est tel qu'il doit être.

Un bref sourire illumine un instant son visage. Je continue :

— Cela permet d'expliquer l'ordre du monde et la relation entre les êtres d'une manière abstraite.

Son sourire a définitivement disparu.

Je referme le livre.

— Vas-y, dis-je. Pose-moi ta question.

— Donc tu ne suis pas de chimio ? me demande-t-il.

Je baisse les yeux sur la couverture du livre et ses dessins géométriques ringards.

— Non.

Il suit du doigt une ligne bleue sur la couverture.

— Mais alors, comment ça se fait ?

Je réalise alors à quel point c'était imprudent de compter uniquement sur la fiabilité de la perruque. J'aurais dû songer à un plan de secours.

Tommy, les coudes sur les genoux, se penche vers moi en attendant nerveusement ma réponse.

Tétanisée, je me laisse tomber sur le dos.

— Je crois que c'est mon destin.

Tommy, le visage à contre-jour, semble ne pas comprendre.

— Quel destin ?

— De toujours devoir me justifier, dis-je.

Je me redresse et prends mes lunettes de soleil dans mon sac.

Tommy s'allonge sur le côté, la tête dans la main.

— Justifier quoi ? demande-t-il.

J'ai envie de m'approcher de lui, de me fondre dans son ombre, mais je suis terrorisée.

— Tu sais… Mon état, je bredouille.

— Ton problème de sang ? Les transfusions ?

Je me tourne vers lui, mes lunettes de soleil au bout du nez. Derrière elles, je me sens en sécurité. J'envisage même une seconde de déballer toute la vérité.

— Oui, c'est ça. Ça craint. Parfois, à l'hôpital…

Je regarde au loin.

— Ils font des erreurs.

Tommy se rassied.

— Des erreurs ?

Je sens son regard peser sur moi.

— Oui.

Moi, je n'ose pas le regarder. Pas tant que je continue à lui mentir comme ça.

— Tu veux me dire qu'ils t'ont coupé les cheveux par erreur ?

C'est à ce moment-là que je réalise l'énormité de mon mensonge. Mais, maintenant, je ne peux plus reculer.

— C'est dur à croire, je sais.

Il s'approche de moi, enlève mes lunettes et les pose sur la couverture.

— Jill, tu peux tout me raconter ou ne rien me dire. Mais, s'il te plaît, ne me mens pas.

Sa délicatesse me surprend et me coupe le souffle. Je ne veux pas pleurer. Je ne veux pas perdre le contrôle ni lui avouer la vérité. Il a envie de savoir. Mais, s'il savait, il le regretterait. C'est sûr.

— Je suis désolée, dis-je.

Tommy me prend dans ses bras, contre son torse.

— Pas de problème. Tu me raconteras quand tu seras prête. J'attendrai.

— D'accord.

Le mot s'échappe de ma bouche en même temps que mes larmes s'écrasent sur son cou. Je me recule pour essuyer sa peau mouillée, en essayant de ne pas renifler.

— Je suis vraiment désolée.

Il m'attire de nouveau contre son épaule et répond :

— Vas-y. Pleure autant que tu veux. Je suis là.

J'articule dans un sanglot :

— Merci.

Il pose sa main derrière ma tête et je retiens ma respiration, gênée. Puis il caresse doucement ma perruque.

— Ça va aller, dit-il.

Je l'entoure de mes bras et me serre aussi fort que je peux contre son torse. Une fois mes larmes séchées, il murmure mon prénom d'une voix aussi douce que la brise :

— Jill.

Ce n'est pas une question. Juste un mot, un son. Ses lèvres se posent sur mon cou. Après quelques baisers timides, elles se promènent sur ma joue, mon front. Il recule et plonge ses yeux dans les miens. Mon corps se liquéfie.

Doucement, nos lèvres se rejoignent. Le soleil joue avec l'ombre de son visage. Il s'approche de moi le plus près possible, la chaleur montant en nous, ainsi serrés l'un contre l'autre. Je suis prise de vertige. Puis je réalise qu'il essaie de me renverser sur la couverture, l'air de rien, ses lèvres toujours collées aux miennes. Il tient mon dos et m'allonge. Puis, délicatement, il se couche sur moi. Nos jambes s'emboîtent, et il m'embrasse follement. Nos langues se rencontrent. Quelque chose me presse l'intérieur du genou droit. C'est lui. Tandis que ses mains caressent mes épaules et mon visage, il glisse ses jambes entre les miennes.

— Jill, murmure-t-il.

Je suis incapable de dire quoi que ce soit. Mes lèvres parviennent à retrouver les siennes et je l'embrasse fougueusement. De plus en plus fort. Je sens ses mains sur mon ventre. Je fléchis légèrement les genoux. Son visage descend le long de ma gorge, et une onde de plaisir traverse aussitôt mon corps.

Sa main poursuit son chemin, de mon épaule aux boutons de ma chemise. Notre baiser s'amplifie. J'entoure son torse de mes jambes, tandis qu'il déboutonne le premier bouton de ma chemise, puis le deuxième et le troisième. Au dernier bouton, il retire ses lèvres des miennes et ouvre carrément ma chemise. Ses yeux brillent un instant. Puis son visage descend le long de mon buste, au-dessus de mon soutien-gorge et au-dessous, ses lèvres caressant ma peau nue. Plus bas, dans le creux de mes côtes, elles trouvent mon ventre. Je ne sais pas où regarder. Ses mains me parcourent entièrement. Après quelques caresses, il dégrafe mon soutien-gorge, lève les yeux vers moi et le retire. Un souffle d'excitation s'échappe de ses lèvres, puis il se relève et m'embrasse dans le cou.

Je saisis l'arrière de sa tête, les yeux fermés, tandis que le soleil fait apparaître des points de couleur sous mes paupières.

Je soupire :

— Tommy, oh, Tommy...

Je sens sa bouche humide descendre peu à peu le long de ma nuque. Ses gestes sont plus rapides, à présent ; ses mains ne s'arrêtent jamais, frôlant et caressant mes bras, mes jambes, mon ventre. Mes cuisses s'accrochent plus fermement autour de sa taille, et mes mains vont et viennent dans son dos. Lorsque son visage s'enfouit dans la chair tendre de mon ventre, je cambre le dos.

Tommy suce ma peau, la mord. Puis son visage frôle la ceinture de mon jean.

Je sursaute.

Il me lance un regard plein d'espoir. Son sourire retrouvé illumine son visage, tandis que ses doigts se dirigent vers le bouton de mon jean.

Un frisson me parcourt.

Je ne sens plus rien d'autre.

Les yeux dans les miens, Tommy descend avec une incroyable lenteur la fermeture Éclair de mon pantalon. Le soleil me brûle les yeux, mais je ne peux pas m'empêcher de le regarder. Comme pour me défier, il se recule un peu et poursuit son mouvement.

Le bruit de la fermeture Éclair me semble exagéré, hors de toute mesure. Tout, en dehors de mon entrejambe et de la main de Tommy, disparaît au moment où apparaît enfin le coton de ma culotte rose.

— Attends.

Ma main bloque soudain la sienne.

La glissière reste immobile. Il attend mon signal.

Quelque chose ne va pas.

Son visage. Ses cheveux.

Mes seins nus, le creux délicat de mon ventre. Ça ne va pas. Où sont mes poils sous le nombril ? Où est passée la grosseur sous mon jean, à l'endroit où se trouve le visage de Tommy ?

Et pourquoi est-ce le visage de Tommy ? Pourquoi n'est-ce pas celui de...

— Oh non, m'entends-je dire à voix haute.

Je le repousse et j'attrape ma chemise. Je ne prends même pas la peine de remettre mon soutien-gorge, qui pend bêtement à mes épaules.

Tommy se met à genoux.

— C'est pas grave, on n'est pas obligés de...

Je reboutonne ma chemise aussi vite que mes doigts me le permettent.

— Je suis désolée. Ça va un peu vite pour moi.

J'évite son regard et je me débats avec ma fermeture Éclair. Je dois m'agenouiller pour la fermer.

— Désolé, Jill. Je...

— Quoi ?

Je ferme le bouton de mon jean et regarde autour de moi. Nous sommes seuls.

— Tu te sens bien ? demande-t-il.

La brise s'engouffre doucement dans ses cheveux.

— Vraiment, c'est pas grave, si tu trouves que ça va trop vite. C'est pas un problème.

Si, justement, il y a un problème. Mon corps brûle d'une faim dévorante qui n'est pas normale. Je veux partir en courant. Je veux m'enfouir sous les dunes et disparaître. Le visage de Tommy – sa barbe naissante, sa mâchoire ferme – est contrarié. Tout se casse la figure.

En silence, nous secouons la couverture et regagnons le parking.

J'ai traumatisé Tommy. Il n'a pas la moindre idée de ce qui se passe. Je sais que c'est à moi de dire quelque chose, mais j'ai tellement peur de ce que je ressens en ce moment que je n'arrive pas à prononcer un mot.

Je le ramène au lycée dans un silence absolu, mortel. Je l'observe rentrer sous le porche et je rentre à la maison, où je me précipite dans ma chambre.

Jack !

Il pollue mon esprit. Toutes les choses écœurantes qu'il fait, pense ou rêve ont quitté sa phase pour venir corrompre la mienne !

Mais ça n'arrivera pas. C'est déjà assez qu'il parvienne à pervertir mes relations avec Ramie. Il ne réussira pas à écarter Tommy Tateson de ma vie.

Je scotche un message sur ma porte pour demander à maman de me laisser méditer tranquille. Je fais ça pendant quatre heures et demie. Je me fiche de combien de temps je dois rester allongée comme ça, à convoquer la tache noire. Je suis déterminée à enterrer ce petit pervers sous une tombe anonyme.

Le lendemain, la théorie de la chimio s'est répandue dans tout le lycée. Il est même question de m'élire reine du bal pour me rendre hommage avant que je meure. Le pire, c'est que je ne peux plus revenir sur cette théorie parce que je ne sais pas quoi dire.

En cours d'arts plastiques, je suis en train de nettoyer un pinceau lorsque Ramie débarque au moment de la sonnerie.

— Laisse tomber ça. Ça te tente, le Viêtnam ? demande-t-elle.

Le Viêtnam est un grand parcours d'obstacles dans la forêt, derrière les gradins du terrain de foot. Trois semaines par an, M. Gibbons s'en sert pour torturer les nouveaux afin qu'ils prennent confiance. En lui ou en eux, je ne sais pas très bien.

Je secoue le pinceau et le pose sur l'égouttoir, tandis que le reste de la classe rassemble ses affaires et quitte la salle.

— Viens, dit Ramie.

— Je ne sais pas, Ram.

Malgré la séance de méditation, je n'ai pas réussi à évincer les résidus des sales sentiments poisseux de Jack. Sans se décourager, elle se colle à moi et enfonce son doigt rachitique dans mon ventre.

— Tu viens avec moi, princesse. J'ai un flingue et je n'hésiterai pas à m'en servir.

— Très drôle.

— Tu me crois pas ?

Je me dégage, retenant ma respiration pour éviter de sentir l'odeur de noix de coco de ses cheveux.

— J'ai une heure de perm, dis-je. Je vais à la bibliothèque.

J'attrape mon sac, sous le regard apitoyé de Mme Warren, qui, comme tout le monde à Winterhead High, pense que je vais mourir d'un instant à l'autre.

Ramie pose ses fesses sur la table et saisit mes poignets avec ses griffes.

— Jill, s'il te plaît.

Mme Warren s'avance vers nous.

— Allez, les filles. Vous allez être en retard.

Ramie saute de la table et se cramponne à moi, alors que je m'apprête à sortir. Une fois dans le couloir, elle me traîne dans la salle de musique.

— Ramie !

— La ferme.

La salle, qui est vide à cet instant, possède une porte de sortie pour se faire la belle, ce qu'aucun des sages petits musiciens du lycée ne fait, bien sûr.

— Viens, dit-elle.

Elle ouvre la porte et me tire dehors. Je ne cherche plus à résister car, lorsque Ramie atteint ce degré de conviction, il n'y a plus rien à faire. Elle me prend par la main, et nous traversons en courant le terrain de foot, sous les gradins, en direction de la forêt. À l'orée du bois, la course d'obstacles tant redoutée de M. Gibbons s'étend, menaçante, entre quelques arbres.

— Berk.

Je remarque des planches de bois clouées à plus de six mètres de hauteur.

— La fois où j'ai grimpé à mi-hauteur sur ce machin, j'ai paniqué, dis-je à Ramie. M. Gibbons tenait la corde de rappel ou un truc du genre, et a dit qu'il la lâcherait si je me dégonflais. Je devais monter tout en haut sonner cette saleté de cloche et sauter. Ce type est carrément dingue.

Ramie s'accroupit devant un tronc d'arbre abattu.

— Tu sais, réplique-t-elle, ça ne s'appelle pas le Viêtnam pour rien. Je ne connais pas toute l'histoire. Mais il a fait la guerre et en est revenu métamorphosé, paraît-il. C'est un vrai sadique, mais, quand même, tu ne devrais pas être trop dure avec lui.

Je m'assieds sur une souche.

— Sans doute, dis-je.

— Bon, reprend-elle. De toute évidence, tu m'évites pour ne pas avoir à parler de tes cheveux.

— Ramie...

— T'inquiète, je ne vais pas te redemander pourquoi.

— Vraiment ?

Elle fait signe que oui.

— Par contre, je voudrais savoir pourquoi il y a des barreaux à ta fenêtre. Qu'est-ce que c'est que cette histoire ?

— Oh...

J'essaie vite d'inventer quelque chose.

— Tu sais... Les parents sont toujours paranos. Les crimes et tout ça...

— Il y en a seulement à ta fenêtre, dit-elle.

Je joue avec un caillou du bout du pied.

— Oui, ben, ils ont commencé avec ma fenêtre. Ils vont en mettre partout.

— Pourquoi ?

Je hausse les épaules et j'envisage d'impliquer rapidement mon cinglé de père dans mon histoire. En même temps, je pourrais aussi m'en prendre au gardien de prison qui me sert de mère. Mais je n'ai pas assez réfléchi à ces deux options et je ne suis pas douée pour le mensonge improvisé.

— Je ne sais pas, les parents font parfois des trucs bizarres, non ?

Elle m'observe et hoche la tête lentement. Puis elle lève les yeux au ciel.

— Bon, j'ai réfléchi.

— Une minute. Laisse-moi sortir mon matériel de survie.

Elle rit.

— À propos du bal.

— Ouais ?

Je cueille une tige et commence à la tortiller.

— Et alors ?

— Je me disais qu'on pourrait peut-être y aller ensemble.

— Quoi ?

— Tommy ne viendra pas, n'est-ce pas ?

— Je n'ai pas encore abandonné tout espoir, Ram.

— Oui, mais, tu sais, c'est sa première et dernière année à Winterhead. Ça n'a aucun sens pour lui, le bal. Pour nous, par contre…

— Depuis quand le bal de fin d'année a-t-il un sens pour toi ? Je croyais que c'était stupide et sexiste.

— Non, Jill, les pom-pom girls, c'est stupide et sexiste. Le bal de fin d'année, c'est juste stupide. Du moins je le pensais. Peut-être que j'avais tort.

— Jamais j'aurais cru que ça pourrait être possible.

— Exceptionnel, dit-elle, mais pas impossible. Réfléchis.

Elle sautille, le visage illuminé, et se penche vers moi.

— On va pouvoir sortir le grand jeu. La totale ! Tenter les trucs les plus fous !

Des visions de Ramie m'emballant dans de la grosse toile et du plastique dansent devant mes yeux.

Elle met ses mains sur mes genoux.

— On ne sait jamais. Ça pourrait même rendre Tommy jaloux.

Elle me lance un clin d'œil, puis retourne s'asseoir sur la souche d'arbre.

— Des nouvelles de M. Sans-nom ? dis-je.

Son visage se décompose.

Je n'en reviens pas. Pourquoi je cherche à ramener Jack sur le tapis à un moment pareil ? Pourquoi je fais toujours ça ?

Ramie s'appuie sur ses genoux et contemple la boue sur ses chaussures.

— Tu avais raison, à propos de lui.

— Ah oui ?

Elle se lève et fait les cent pas.

— Ouais, je crois que je peux rayer « Passer une nuit avec un voyeur » de ma liste des trucs à faire dans la vie.

— Ramie, je suis vraiment désolée que ça se soit

passé comme ça. Tu mérites mieux. Ce type est un crétin.

Elle hausse les épaules et donne un coup de pied dans la souche. Je me demande si Jack réalise à quel point ses prouesses lui ont fait du mal. Il aurait dû se douter que nous allions l'empêcher de continuer. Il a été stupide, et c'est Ramie qui en fait les frais. Quel sale égoïste !

Un scarabée apparaît derrière une grosse tige d'herbe entre mes pieds. Je lève ma sandale dorée, mais je décide au dernier moment de l'épargner. Pendant ce temps, Ramie escalade les échelons de l'arbre de six mètres.

— Euh… Ramie !

Je bondis et me place sous elle, la tête levée vers ses chevilles.

— Qu'est-ce que tu fais ?

— Je grimpe.

— Eh bien, arrête. C'est plus dur de descendre d'un arbre que d'y grimper. C'est comme ça que M. Gibbons s'y prend pour te forcer à sauter.

Elle continue, sa silhouette s'éloignant peu à peu.

— Ramie, arrête !

Je gravis le premier échelon et commence à monter. Mais, à un mètre de hauteur, je prends conscience, tout d'abord, que j'ai bien trop peur pour continuer, et ensuite que je ne pourrai pas de toute façon porter Ramie sur mes épaules pour redescendre. Je cherche du pied le premier échelon et lentement, péniblement, je regagne le sol.

Ramie poursuit son ascension.

— Hé, on peut voir la maison de Daria, d'ici !

— Ramie, descends de là !

— Et pourquoi ?

Je m'éloigne du tronc. Sa longue silhouette paraît si petite parmi les feuilles baignées de soleil.

— Qu'est-ce qui ne tourne pas rond chez toi ? dis-je. Tu te rends compte à quel point c'est dangereux ?

S'agrippant à l'arbre de ses deux bras, elle grimpe encore.

— Ramie !

— Waouh ! s'écrie-t-elle. C'est vraiment haut !

— Ramie, tu vas tomber ! C'est ça que tu veux ? Tu cherches à attirer l'attention ?

— Ahh !

Sa botte noire rencontre un nouvel échelon, mais, lorsqu'elle prend appui dessus, son pied dérape.

— Ramie !

Elle glisse de trois échelons, puis parvient à se rattraper au tronc. Je me tourne, en attendant un boum. Mais, lorsque je risque un œil, elle grimpe de nouveau.

— Ramie, arrête ça, maintenant !

Elle pose les pieds de chaque côté d'une large planche de bois et lâche le tronc d'arbre.

— Alors, dit-elle. Madame Mystère.

Elle s'écarte un peu du tronc.

— Qu'est-ce que tu fais ?

Elle avance encore.

— Tu crois que je fais *ça* pour attirer l'attention ?

— Quoi ?

— Tu crois que ça me *plaît* que mes amis s'inquiètent pour moi ?

— Ramie, s'il te plaît, ne fais pas ça. Je vais tout te raconter. Je te le promets.

Elle se raccroche à l'arbre, soulève un pied de la planche et laisse pendre sa jambe dans le vide.

— Ramie !

La grosse boucle en argent de sa ceinture luit au soleil.

— Je m'excuse, dis-je. Je suis vraiment désolée. S'il te plaît, accroche-toi et laisse-moi aller chercher M. Gibbons.

— C'est trop tard pour ça, répond-elle.

Alors, le temps s'arrête, et elle saute de l'arbre.

Je me précipite pour la rattraper, mais soudain son corps fait quelque chose d'étrange. Il se met à glisser au-dessus de ma tête. Abasourdie, je la regarde flotter au-dessus de la clairière.

Ce n'était pas une boucle de ceinture. Ramie ne portait pas de ceinture.

— Geronimo ! s'écrie-t-elle, portée par les cordes de rappel désormais visibles qui la déposent sur une montagne de sable à l'autre bout de la clairière.

Balançant ses jambes en avant, elle atterrit lourdement.

Je cours vers elle, trébuchant sur la souche d'arbre.

— Ramie !

Elle se retourne et se dégage des cordes.

— Je pourrais te tuer ! je m'écrie.

— Ça craint, hein ?

— Tu as grimpé là-haut sans harnais de sécurité !

Elle hausse les épaules, affalée dans le sable.

— Tu aurais pu tomber.

— Je sais.

Elle s'assied et je tombe à genoux devant elle.

— Pourquoi ? dis-je.

Ses yeux s'emplissent de larmes.

— Pourquoi ?

— Je t'aime, répond-elle. Je suis censée être ta meilleure amie, et tu me caches quelque chose de grave qui t'arrive.

Elle s'essuie le nez d'un revers de la main.

— Si tu crois m'épargner comme ça, crois-moi, tu te trompes. Je vis un enfer à force de m'inquiéter pour toi. Je ne sais pas si tu es malade ou si c'est ta mère qui te séquestre chez toi pour te lobotomiser.

Elle sèche ses yeux.

— Pourquoi tu ne me dis pas ce qui se passe ?

Je m'approche d'elle.

— Ramie, je...

Elle se redresse, son visage à quelques centimètres du mien.

— Parle-moi, Jill. Je t'en prie.

Au loin, le sifflet de M. Gibbons retentit deux fois.

— Dis-moi, insiste-t-elle.

Ses yeux brûlent de savoir. Brûlent de peur. Elle prend ma main et entrelace nos doigts.

— Dis-moi.

Je sens l'odeur de noix de coco de ses cheveux.

— Je t'en prie...

Ses lèvres laissent entrevoir ses dents blanches.

— Je...

— Ça va aller, m'encourage-t-elle. Peu importe ce que c'est, on va surmonter ça ensemble.

Chaque mot fait s'entrouvrir ses lèvres rouges.

— Je...

— Dis-le, Jill, c'est tout.

— Mais je...

— Tu sais que je t'aime, quoi qu'il arrive.

— Oh, Ramie !

Je me glisse vers elle et presse mes lèvres contre les siennes.

Un bref instant, nous sommes unies, la chaleur de ses lèvres envahissant les miennes.

Puis Ramie s'écarte. Les yeux grands ouverts, elle se raidit.

— Oh.

Son visage s'adoucit, elle caresse mon bras.

— Jill, je ne savais pas. Je veux dire...

Je me relève. La forêt devient trouble et je vacille. J'écarte les pieds pour me maintenir debout. J'entends au loin la voix de Ramie, mais je ne distingue pas ce qu'elle dit. Je lui tourne le dos et pars à travers la clairière.

Je crois qu'elle me suit, mais je n'arrive à rien sentir d'autre que la boue accumulée sur mes pieds. Soudain, quelque chose apparaît dans mon champ de vision.

Tommy Tateson.

Il attend au bout de la clairière, bouche bée.

Je passe devant lui sans un mot, sans même le regarder. Je passe sous les gradins, puis je traverse le terrain de foot, où M. Gibbons distribue des carquois et des arcs à ses élèves.

Je crois qu'il m'appelle, mais je ne m'arrête pas. Je remarque juste que son attention se détourne vers quelque chose derrière moi, probablement Ramie et/ou Tommy. Je me concentre sur l'action de mettre un pied devant l'autre, en direction de la salle de répétition. C'est alors que je me souviens que j'ai laissé mon sac dans la clairière.

Des pas précipités derrière moi se rapprochent, puis s'arrêtent.

— Jill ?

C'est Tommy.

— Tu n'as pas besoin de courir, ajoute Ramie.

Je leur tourne le dos.

— Ramie, est-ce que, par hasard, tu aurais pris mon sac avec toi ?

— Oui, je l'ai, répond-elle.

Je tends le bras derrière moi sans me retourner, j'attrape mon sac et je me précipite vers le parking.

Tous les deux me crient de revenir, mais, heureusement, ils ne me suivent plus.

Sur la route, mon portable n'arrête pas de sonner. À un feu rouge, j'écoute la série de messages qu'ils m'ont laissés. Le premier est de Ramie, qui m'assure que ça ne lui pose absolument aucun problème, que j'aie des sentiments pour elle. Elle ne veut pas que je me sente aussi mal à propos de tout ça. Le deuxième est de Tommy, qui s'excuse de m'avoir espionnée dans la clairière. Il s'inquiète, comme Ramie. Je ne devrais pas me sentir coupable d'avoir embrassé Ramie, surtout. Il n'y a rien de mal à ça. Si c'est pour ça que je me suis coupé les cheveux, ça ne lui pose pas de problème non plus. Il a une cousine qui se mutile. Elle a suivi une thérapie et maintenant elle va mieux. Le troisième message est de Ramie, qui me dit que je ne suis pas seule, même si je suis convaincue du contraire.

Mais Ramie n'a aucune idée de ce que c'est d'être seule.

À la maison, je grimpe à l'étage et claque la porte sur le monde extérieur.

Quand maman rentre, je lui raconte tout et elle convient avec moi que je ne dois plus jamais, sous aucun prétexte, retourner au lycée. Plus jamais. Il faut qu'elle trouve un moyen pour que je puisse passer mes examens à domicile.

Le jour suivant, elle passe quelques coups de fil du bureau, et l'affaire est réglée. J'en ai fini avec Winterhead High. Je passe le reste de ma phase à la maison, sans répondre à mon portable et en me cachant lorsque Tommy ou Ramie – parfois, les deux en même temps – viennent tenter de persuader mon père de les laisser entrer. Papa est étonnamment doué pour partager leur inquiétude sans jamais les laisser pénétrer à l'intérieur. Je lui ai dit que je me suiciderais s'il cédait.

Le jour où les techniciens viennent installer le nouveau système de sécurité spécial Jack, je déménage mes affaires dans le salon. C'est pas facile de s'occuper sans l'école. Nous n'avons plus Internet, je passe donc mes journées à regarder la télé, qui se révèle incroyablement déprimante. Je dois endurer les visites trop fréquentes de papa, qui croit que sa nouvelle mission dans la vie est de quitter sa caverne zen pour avoir une discussion à cœur ouvert avec moi.

Un jour, alors que je regarde une prise d'otages sur CNN, il débarque, torse nu et puant la transpiration, avec deux tasses de thé au jasmin.

— Salut, miss.

Il me tend la tasse que je n'avais pas réclamée, s'assied à l'autre bout du canapé en cuir et me regarde avec bienveillance.

— Toujours à l'intérieur ?

— Hein ?

Il colle son dos ruisselant contre le cuir beige et avale une gorgée de thé.

Je déteste le thé au jasmin, mais ce n'est même pas la peine de le lui rappeler.

— Par curiosité, Jilly, combien de temps comptes-tu continuer comme ça ?

Une publicité pour une marque de lessive retentit à la télé. Je coupe le son.

— Continuer quoi ?

— À te cacher. Écoute, chérie, crois-moi, je sais de quoi je parle, je sais que ce n'est pas facile.

— Papa, s'il te plaît. Je n'ai pas le choix. Je ne peux pas retourner à Winterhead High. Jack a détruit ma vie.

— Comment est-ce possible, chérie ? En te coupant les cheveux ?

J'avale une gorgée du thé amer. Papa ne croit pas qu'il est bon d'ajouter du sucre. Papa ne croit en rien d'autre que le tofu, le quinoa et le thé au jasmin.

— Non, papa. C'est bien pire que ça. Il a... Je ne sais même pas comment l'expliquer.

— J'ai tout mon temps. Essaie toujours.

Ben voyons. L'opinion d'un malade mental est toujours utile, c'est bien connu.

— Écoute, papa, je sais que tu veux m'aider, mais…

— Mais tu ne veux pas de mon aide. Tu préfères rester prostrée là et disparaître. Je comprends.

— Mais oui, c'est ça. Tu comprends.

— Pardon ?

— Tu ne peux absolument pas comprendre, papa ! Jack ne s'est pas seulement échappé de ma chambre. Il s'est échappé de sa phase. Je ne sais pas comment il s'y est pris, mais il a envahi mon esprit. Le plan B ne marche plus.

Je pose la tasse sur la table en verre et remets le son de la télé. Nous nous tournons tous les deux vers l'ennuyeuse prise d'otages à l'écran.

— Synthèse, dit papa.

— Quoi ?

Il se lève et regarde à travers la baie vitrée. Son regard est perdu vers la forêt, derrière notre jardin.

— Juste une idée à mûrir, chérie.

Il prend son thé et regagne sa caverne zen, l'odeur d'oignon à sa suite.

À la télé, une tache noire apparaît à l'une des fenêtres de l'immeuble.

Synthèse. Bien sûr, papa. Je cours chercher ça sur Google.

Maman et papa ne sont pas d'accord sur le système de sécurité. À propos d'une chose : ça coûte une fortune. Et puis papa pense que renforcer le verrouillage de la prison de Jack ne fera qu'empirer la situation. J'ai décidé de ne pas me prononcer sur le sujet. J'ai délégué la décision à maman. Je passe mon temps à essayer de bannir Jack dans la caverne zen de mon esprit. Ce n'est pas que je me rappelle ce qu'il a fait. Ses souvenirs sont bien enfouis. Ce sont les désirs horribles et les envies déviantes que je ne parviens pas à supprimer.

Le seul repos que je trouve à présent me vient de la tache noire. Mais, aussitôt que j'ouvre les yeux, des sensations me reviennent. En plus, je n'arrête pas de penser à Ramie et à la clairière, à la micro-seconde durant laquelle nos lèvres se sont rencontrées, à Ramie qui se dérobe. J'y pense, je me sens mal, j'essaie d'oublier ces souvenirs. Mais mon esprit continue de vagabonder vers eux. C'est Jack. Je le sais. Il tente de fixer mes souvenirs pour les revoir encore et encore. C'est un voleur de souvenirs. Et maintenant, il me manipule pour que je n'oublie pas ceux qu'il veut conserver. Il désire plus Ramie que Tommy. C'est ça ! Il m'a *fait* embrasser Ramie. Il n'y a pas d'autre explication.

20 JUIN

Jack

Au début, je ne suis même pas sûr d'être vraiment réveillé. Je crois bien avoir ouvert les yeux, mais il fait tellement noir que je n'y vois rien du tout. Je me tourne et tâtonne à la recherche du réveil sur ma table de nuit, mais je ne trouve ni l'un ni l'autre.

— Qu'est-ce que…

Ma voix résonne. Je me redresse et m'assieds sur le bord du lit. Mes pieds touchent terre plus vite que d'habitude, m'obligeant à plier les genoux de façon inattendue. J'attends que mes yeux s'habituent au noir, mais on dirait que c'est le vide autour de moi.

Je me lève et tends les bras devant moi, puis je traverse la pièce à la manière de Frankenstein, jusqu'à l'interrupteur. Mes mains balaient la surface rêche du mur, mais je ne retrouve pas le bouton.

Cet endroit pue la peinture fraîche.

Je glisse la main de haut en bas sur le mur près de la porte, mais sa surface est lisse. L'odeur de peinture devient insupportable. Je saisis la poignée de la porte et tire. Évidemment, c'est fermé. Juste sous la poignée, il y a une espèce de morceau de métal rectangulaire. Quand je passe les doigts dessus, il fait un petit bip. Puis une lumière verte se met à clignoter sur un genre de tableau de contrôle, ce qui me permet d'apercevoir un digicode au-dessous. Je m'agenouille et l'examine. C'est un système de sécurité. Je me relève et recule pour laisser mes yeux s'adapter à cette nouvelle source de lumière. Elle est faible mais la chambre m'apparaît un peu plus clairement. La seule chose que j'arrive à discerner pour l'instant, c'est la forme floue de mon lit. À ma droite, un rectangle sombre se démarque du mur – sûrement l'entrée de la salle de bains. En passant la porte, je suis rassuré de sentir sous mes pieds un carrelage froid qui tranche avec la moquette. Sur le mur, là où devrait être l'interrupteur, ma main découvre quelque chose de nouveau. J'essaie d'appuyer dessus, mais, en fait, c'est un de ces interrupteurs à glissière. Je l'actionne et, immédiatement, je suis aveuglé par la lumière écrasante d'un néon.

Une fois que mes yeux arrivent à supporter la lumière, je remarque que cette pièce a exactement les mêmes dimensions que ma salle de bains, mais c'est comme si on l'avait complètement vidée. Le rideau de douche, les étagères, la commode, le frigo : tout a disparu.

Je retourne dans la chambre.

C'est la même forme, les mêmes proportions que la mienne, mais tout ce que je reconnais à la faible lumière de la salle de bains, c'est mon lit. D'ailleurs, non. Après une inspection plus poussée, je me rends compte que c'est un nouveau lit. Même pas de sommier. Juste un épais matelas posé par terre. À la place de l'armoire, il n'y a plus qu'une pile de tee-shirts et de caleçons et, devant, les derniers vêtements portés par Jill : un tee-shirt rayé noir et blanc, un jogging orange et un string rose.

Mon regard se pose sur l'espace où se trouvait avant le coffre en bois, puis, en levant les yeux, je tombe sur des plaques métalliques qui ont remplacé les fenêtres.

Je ne me contiens plus et me rue sur la porte en hurlant :

— Laissez-moi sortir !

Mes poings s'écrasent sur le métal blindé. Essoufflé, je tombe à genoux devant le digicode et décide d'étudier la question. Je ferme les yeux, fais apparaître la tache noire et m'introduis dans ce terrier rempli des souvenirs de Jill, à la recherche du code. Aucune trace. Ils ne sont quand même pas bêtes à ce point.

J'entends des pas feutrés approcher, puis une fente s'ouvre en bas de la porte. On y glisse un plateau qui atterrit sur le tapis. Dessus, un sandwich et une brique de jus de fruits. Je me baisse en vitesse et regarde à travers la fente. J'ai le temps de reconnaître le pantalon beige de ma mère avant que le clapet se referme. Je bondis sur mes pieds, écrasant le sandwich au passage, et me mets à marteler la porte.

— Laisse-moi sortir !

Après ça, je tends l'oreille mais je n'entends rien, même pas le son de ses pas qui s'éloignent. D'un coup de pied, j'envoie valser le plateau puis je m'adosse à la porte. Une trace de beurre de cacahouètes s'est invitée sur mon pied.

Avec morceaux.

Je fais voler la brique de jus de fruits à travers la pièce. Ils me prennent pour un gamin de trois ans ou quoi ? Pourquoi pas me nourrir au biberon pendant qu'ils y sont ?

Et puis une pensée me vient. Ils ne feront passer que des choses plates par cette fente. Ils n'ont pas l'intention d'ouvrir cette porte. Jamais. Même pour me nourrir. J'appuie ma tête contre la porte, vaincu.

C'est là que je remarque quelque chose au milieu du plafond, une espèce de miroir qui me renvoie mon propre reflet. Je me lève pour le regarder de plus près.

Je l'étudie, mais ne vois rien d'autre que sa surface lisse et l'image trouble de mon corps nu. Des sueurs froides commencent à me couler dans le cou.

C'est une caméra.

Ils m'observent.

Je retourne en titubant dans la salle de bains et m'enferme dedans.

Sur le lavabo, il y a juste une pile de gobelets en plastique, une brosse à dents miniature et un tube de dentifrice. Le strict nécessaire. Une serviette pend sur le rebord.

Je relève le couvercle des toilettes et me prépare à jouer la fontaine, me promettant que je resterai dans la salle de bains pour toute la durée de cette phase. Mon tuyau d'arrosage à la main, je lève les yeux au plafond pour me rassurer sur le degré d'intimité de cette pièce. Juste au-dessus de moi, il y a un autre miroir, plus petit, celui-là.

Mon corps entier se glace. Je ne peux plus pisser. Je reste figé. Pas d'échappatoire. Leurs yeux indiscrets peuvent me suivre partout. Ils ont viré l'armoire. Et je ne peux pas m'abriter sous le lit. Je ne peux même pas me cacher derrière le rideau de la douche. Ils enregistrent tout ce que je fais. Même pisser.

Je rabats le couvercle et m'assieds sur le siège des toilettes, la tête entre les mains. Mes épaules sont secouées de tremblements, mais je ne veux pas qu'ils me voient pleurer. Le froid du carrelage me fait frissonner. La seule chose qu'ils m'aient laissée, c'est le bruit régulier des gouttes d'eau qui coulent du robinet.

Aucun espoir. Aucun futur. Aucune issue.

Juste le besoin douloureux d'uriner.

Alors je me lève et je me vidange, longuement.

— Salut, p'pa, salut, m'man, dis-je en fixant la surface réfléchissante de leur caméra. Je compte me masturber ici même tout à l'heure. Disons aux alentours de dix heures, si cela vous convient.

Pendant que je vide ma vessie, une foule d'options se bousculent dans mon esprit. Elles ont toutes le mérite d'être divertissantes, mais aucune ne se révèle vraiment utile. Je pourrais par exemple pisser sur le tapis. Ou alors me gratter jusqu'au sang et tagger des obscénités en lettres rouges sur les murs blancs fraîchement repeints. Je pourrais aussi me taillader le visage avec les poils de ma brosse à dents ou le bout pointu du tube de dentifrice. Ou bien me taper la tête contre le mur jusqu'à la commotion cérébrale.

Je me traîne jusqu'au lavabo pour m'asperger le visage d'eau. Je suis sur le point de me brosser les dents, mais j'abandonne l'idée. Que Jill se réveille avec les dents jaunes, ça lui fera les pieds, à cette sale traîtresse. Appuyé sur le lavabo, je lève les yeux vers la caméra au-dessus de moi, en me demandant lequel des deux me surveille en ce moment. J'espère que c'est maman. J'espère qu'elle rougit de me voir tout nu, les yeux braqués sur elle. Je ne m'habillerai pas. Je continuerai à me balader comme ça toute la journée.

Mais ça ne peut pas être maman. Elle a un boulot, elle. Il faut bien que quelqu'un paie pour cette expérience high-tech de sadisme. C'est papa qui va me surveiller la plupart du temps. C'est lui le garde anti-suicide.

Le coin pointu du lavabo me rentre dans les fesses, mais je ne bouge pas de ma place. Je reste là à fixer mon reflet déformé dans la caméra.

Je suis sûr que je peux faire plier papa. Tout ce qu'il me faudrait, c'est un moyen de m'ouvrir les veines. Ensuite, quand il volerait à ma rescousse, je n'aurais qu'à jouer sur la surprise et l'attaquer lorsqu'il s'y attendrait le moins.

Mais ils ont dû penser à tout ça, non ? Ils doivent avoir prévu une boîte de tranquillisants près de la porte. Je ferme les yeux et m'infiltre dans le royaume des pensées de Jill. Effectivement, maman a proposé des tranquillisants, mais Jill a protesté, alors elle a promis d'abandonner l'idée. Mais bon, maman est plutôt maligne. Elle a très bien pu mentir à Jill pour éviter que l'info ne filtre jusqu'à moi. Ça ne sert à rien de jouer au plus fin avec maman. Si je tente ma chance et que je rate mon évasion, elle me mettra sous calmants et dans une camisole de force pour toute la durée de ma phase. Ça, même Jill s'en est doutée.

Je sors de la salle de bains et me penche sur le digicode une nouvelle fois. Je m'installe par terre – la moquette gratte ma peau nue. J'attends une révélation. Mais, pour mettre au point un plan, pour ne serait-ce que rêver de m'échapper, il faudrait que je puisse partir de quelque chose. Et qu'est-ce que j'ai ?

Rien. Je n'ai plus rien à espérer. L'avenir peut bien réserver de beaux jours à Jill, lui offrir un peu de liberté, qui sait ? Mais, pour moi, tout est fini.

Je m'adosse contre la porte et commence à me cogner la tête.

Ils ont gagné. Ma vie se limite à ces quatre murs, désormais. Je ne verrai plus jamais le soleil. Je ne verrai plus jamais Ramie.

J'essaie d'accepter ma nouvelle condition, mais ça ne change rien à la brutale réalité. Ça n'enlève rien à son atrocité. Au contraire, ça aurait plutôt tendance à l'alimenter, à l'amplifier jusqu'à ce que mon petit cerveau de moineau ne puisse plus la contenir.

Je traîne mes jambes jusqu'au lit et me réfugie sous la couette, le seul endroit à l'abri des caméras.

Je ne trouve pas le sommeil.

Trois fois par jour, un plateau surgit par la fente. Trois fois par jour, j'ai droit à mon sandwich et ma brique de jus de fruits. Ils ont peur de ce que je pourrais faire avec des couverts, et puis ils ne veulent pas de vaisselle sale supplémentaire. Ils ne veulent à aucun prix devoir ouvrir cette porte. Je suis hermétiquement enfermé. La seule voie de sortie possible, c'est par la tuyauterie.

Parfois, je dors. Parfois, non. Je ne sais pas si je suis les cycles du soleil et de la lune. J'ai une vague idée de l'heure qu'il est grâce à l'apparition des plateaux. Parfois, je rêve d'un jour où papa et maman seront morts, où il n'y aura plus personne pour garder cette prison. Est-ce que je serai libre, ce jour-là ? Est-ce que j'aurai la force de vivre assez longtemps ? Est-ce que j'en ai vraiment envie ?

Je n'arrive même plus à me masturber. Pas à cause des caméras. Avec le temps, la rage se transforme en rancune primaire. De temps en temps, je me console en me disant qu'ils sont obligés de passer leurs journées à me regarder traînasser, dormir, me gratter les bourses et me soulager. C'est pas grand-chose comme victoire, mais c'est déjà ça.

Quand je pense à Ramie, le feu du désir se réveille en moi pour ensuite disparaître, étouffé par le désespoir. Ce désespoir me paralyse. Je ne peux pas en faire une arme ni l'utiliser pour les manipuler et sortir de cette prison. Qu'est-ce que je pourrais faire, de toute façon ? Pleurer toutes les larmes de mon corps ? Les supplier, à genoux devant la caméra ? Il est trop tard pour tout ça. Mes geôliers ne se sentent plus aucun devoir envers moi. Je ne suis plus leur fils. Et, en vérité, je ne l'ai jamais été.

À l'extérieur de cette prison, la terre continue de tourner. Le lycée de Winterhead se prépare pour le bal de fin d'année. Tommy Tateson se demande ce qui est arrivé à sa petite amie qui paraissait si normale. Ramie est en train de m'oublier, essayant de se convaincre que je n'étais qu'un sale voyeur. Et ainsi de suite, jusqu'à ce que je disparaisse entièrement de sa mémoire.

Ne croyez pas que je me sois fait une raison. Non, pas du tout. Mais, au bout d'un moment, je suis fatigué de m'apitoyer sur moi-même et j'essaie de jouer la carte de l'acceptation, genre zen, juste pour rompre un peu la monotonie.

Ne sachant pas trop comment agirait quelqu'un qui a vraiment atteint cet état de tranquillité de l'âme, je décide de commencer petit. Je prends une douche et me brosse les dents. Ne riez pas. C'est bien plus que tout ce que j'ai fait depuis le début de cette phase. Au moins, ça me change un peu du loser fainéant à l'haleine fétide que j'étais jusque-là.

Ensuite, je m'allonge et commence à m'infiltrer dans les derniers jours de Jill. Et, croyez-moi, c'est pas la joie. Allez savoir pourquoi, papa a émergé de son trou pour lire son *Yoga Magazine* devant la télé, pendant que maman et Jill regardaient des redifs de *Sex and the City*. Jill n'arrêtait pas de lancer des regards en dessous à papa, espérant qu'il se lève, parce que c'est déjà assez dur comme ça de regarder ces quatre pouffiasses new-yorkaises discuter de leurs orgasmes devant sa mère. Devant son père, ça devient carrément dégoûtant. Mais papa est resté assis dans son fauteuil en cuir, dans la position du lotus, et a continué à lire son magazine. De temps à autre, en tournant une page, il levait la tête et souriait à Jill.

Je ne comprends pas pourquoi il a abandonné son sous-sol pour se planter devant une série qui ne l'intéresse absolument pas. Alors je regarde de nouveau la scène.

Papa ne disait absolument rien. Il est resté là, à lire son magazine en silence, pendant les deux épisodes. Puis, tout d'un coup, il s'est enfin retiré dans son antre. À ce moment-là, maman a haussé les épaules, fait tinter les glaçons dans son Coca Light et bu une petite gorgée.

Stop, rembobine.

Je reviens sur un instant précis. À l'écran, Charlotte prend un air dégoûté en écoutant Samantha autour d'un brunch dans leur resto préféré. Papa tourne une page avec grand bruit, ce qui attire l'attention de Jill. Leurs regards se croisent, puis papa baisse un instant les yeux avant de les braquer de nouveau sur Jill.

N'ayant aucune idée du sens caché derrière ce signal des yeux, Jill reporte son attention sur la télé.

Mais il y a quelque chose qui cloche.

Je visionne la scène encore une fois. Je reviens au moment juste après que papa a baissé les yeux. Un mouvement si soudain, ça ne lui ressemble pas. Il ne fait jamais de mouvement soudain. En général, on dirait qu'il se déplace sous l'eau avec des gestes lents et méthodiques.

Jill suit son regard jusqu'au tapis, puis relève les yeux vers lui, survolant rapidement la couverture du magazine. Une lueur malicieuse traverse les yeux de papa avant qu'il reprenne sa lecture.

Mais, pourtant, rien en vue, ni sur le tapis ni sur la table basse, à part une bougie à la cannelle et un verre d'eau vide.

Stop, rembobine.

Quoi d'autre, sur cette table basse ? Un dessous de verre décoré de canards bleu et vert, une lime à ongles et le trognon d'une pomme enroulé dans une serviette de papier.

Rien de spécial, quoi.

Papa voulait faire comprendre quelque chose à Jill, sans que maman s'en rende compte.

Stop, rembobine.

Peut-être que j'ai raté quelque chose par terre. Non, rien là non plus. La moquette est impeccable, d'un beige immaculé. Maman ne laisse pas le moindre grain de poussière traîner.

Je repasse le souvenir de Jill, lorsque son regard survole la couverture de *Yoga Magazine*, sur laquelle pose une blonde maigrichonne en position du guerrier, sur une plage de galets, avec l'écume qui s'échoue derrière elle. Dans le ciel bleu, de grosses lettres jaunes annoncent un article : *Le Yoga et le sexe*. En bas à droite, je devine l'étiquette avec notre adresse, trop petite pour que j'arrive à la lire. Juste au-dessus, il y a quelques chiffres que papa a griffonnés de son écriture irrégulière – sûrement un numéro de téléphone.

De nouveau, le visage de papa.

Attends une minute.

Un numéro de téléphone a dix chiffres, normalement.

Stop, rembobine.

Revenons à la couverture du magazine, aux chiffres au-dessus de l'étiquette. Ils sont écrits en rouge dans le ciel bleu comme l'océan. Sept, neuf, trois.

Mon pouls commence à s'emballer.

Il y avait plus de chiffres que ça. Je respire un grand coup et j'essaie d'y voir plus clair.

Deux.

Sept, neuf, trois, quelque chose, deux.

Un chiffre me manque. Un chiffre qui ressemble à une lettre.

La lettre S.

Cinq !

C'est ça : sept, neuf, trois, cinq, deux !

Mon père a marqué sept, neuf, trois, cinq, deux sur la couverture de *Yoga Magazine* et a tenté d'attirer l'attention de Jill dessus. Pourquoi ?

D'un coup, mes yeux s'écarquillent, et je me redresse dans le lit. Puis je balance la couette et me précipite vers la porte.

Je veux essayer le code, mais je m'en empêche au dernier moment. Quelle heure est-il ? Est-ce que quelqu'un m'observe ? J'éteins la lumière pour me plonger dans l'obscurité. Je colle mon oreille à la porte. Pas un bruit. En même temps, je n'ai rien entendu depuis mon réveil. Est-ce qu'il vaut mieux agir maintenant ou attendre ? J'ai perdu la notion du temps. Je ne sais pas du tout combien d'heures il me reste avant la fin de ma phase.

Et puis peut-être que je me trompe. Peut-être que c'est un piège. Peut-être même que c'étaient juste les numéros de loto de papa. Pourquoi ferait-il ça ? Pourquoi donnerait-il le code à Jill ?

Et puis merde. Je tape les chiffres un par un et j'attends. Un bip aigu brise le silence, suivi d'un déclic. Je pose ma main moite sur la poignée et tourne.

Ça marche !

Je tire, et la porte s'ouvre doucement sur le couloir sombre.

C'est la nuit. Et je suis toujours tout nu. J'enfile des sous-vêtements, un tee-shirt et le jogging orange de Jill. Il est largement trop court et trop serré. J'ai l'impression de ressembler à un clown, mais c'est ça ou Capitaine Caleçon, alors bon. Pieds nus, je sors dans le couloir et referme la porte le plus doucement possible. Je traverse le couloir et descends l'escalier sur la pointe des pieds. Chaque grincement me glace le sang. En arrivant en bas, je reste quelques instants à regarder la porte fermée de maman. Une partie de moi souhaite se glisser dans la chambre et étouffer cette garce sous son oreiller. L'autre, la partie raisonnable, veut juste se barrer d'ici au plus vite, avant que quelqu'un réalise que je suis en train de m'échapper.

L'horloge de la cuisine indique qu'il est 2 h 32. Ça me laisse quatre bonnes heures avant que maman se réveille et comprenne que j'ai mis les voiles.

Je me faufile dans le vestibule. Mes pieds collent aux carreaux froids. La porte qui donne sur la caverne zen de papa, au sous-sol, est fermée. J'aimerais descendre et le remercier de m'avoir libéré. J'aimerais lui demander pourquoi il a fait ça. Et pourquoi d'une manière si détournée et cryptée. Mais le temps presse. Je tourne le loquet de la porte d'entrée, l'ouvre et me glisse dehors.

Et pour vous, mesdames et messieurs, l'Abominable Jack des Neiges est de retour !

Pieds nus dans mon costume de clown, je cours jusqu'à la cabane au fond du jardin et je libère le VTT de Jill coincé entre deux cadavres de tondeuses à gazon. Les dents en métal des pédales me rentrent dans les pieds, mais je m'en fiche. Laissant la porte de la cabane ouverte derrière moi, j'enfourche le vélo et je file vers Main Street.

Je fonce à travers la ville endormie de Winterhead. La route disparaît sous mes roues. Sans ralentir, je tourne dans Cherry Street et, après un sprint sous les chênes, j'arrive devant chez Ramie.

Je roule sans hésiter sur les graviers de l'allée, jusqu'au porche. Là, je me débarrasse du vélo en le cachant dans des buissons, à l'angle de la maison. Je grimpe à l'arbre, me hisse sur le porche et me prépare à frapper à la fenêtre. Mais je me retiens.

Qu'est-ce que je vais bien pouvoir lui raconter ? Elle me prend pour un sale voyeur. Et c'est vrai, c'est ce que je suis. En plus, je ne lui ai pas donné de nouvelles depuis deux mois. Pas un coup de fil, rien. Et maintenant, me voici devant sa fenêtre dans le jogging de Jill. Est-ce qu'elle va le reconnaître ? Quel mensonge pourrait bien arrondir des angles si obtus ?

Je colle mon front contre la vitre. Ramie dort, blottie sur le côté, face à moi, la bouche ouverte.

La fraîcheur de la nuit me fait grelotter, et je commence à avoir la chair de poule. Peut-être qu'il est temps de tout lui expliquer. Mensonges, intrigues, embrouilles. Tout ça pour que Jill garde l'illusion de vivre une vie normale.

La poitrine de Ramie se soulève au rythme de sa respiration. On lui ment depuis trop longtemps. Par peur que le monde nous rejette et nous considère comme des monstres, nous avons menti à notre meilleure amie, précisément la seule personne qui pourrait nous accepter tels qu'on est. Le moment est venu de lui dire la vérité. Toute la vérité.

Hum. Je crois bien que c'est ce qu'on appelle une révélation.

Je donne quelques petits coups sur la fenêtre.

Ramie ouvre les yeux et sursaute. Elle paraît effrayée, désorientée, mais, petit à petit, elle me reconnaît, et son visage se détend.

Je lui fais un signe de la main, bêtement, et puis je forme le mot « Salut » avec ma bouche.

Elle s'assied et tire la couette sur ses épaules nues, révélant le reste de son corps. Elle porte un vieux short vert et un débardeur blanc. Habituellement, on peut deviner ses seins au-dessous. Mais pas maintenant, il fait trop noir. Ses pieds nus pendent du lit. Elle me regarde, sceptique. Je tente un sourire d'excuse, puis je pose ma main contre la fenêtre.

Elle tourne la tête pour jeter un coup d'œil à la porte, puis elle se lève et s'approche, sa couette traînant derrière elle comme une robe de mariée. Elle reste derrière la fenêtre fermée.

J'articule :

— Je suis désolé.

Elle fronce les sourcils, ce qui fait plisser son front, juste au-dessus du nez. Ramie n'est pas de ces filles que la colère sublime. Quand elle est furieuse, elle en a vraiment l'expression. Une fois, Jill l'a accusée de flirter avec Emerson Bilmont, son coup de cœur secret. Eh bien, ce jour-là, Ramie a explosé de façon si violente que l'ONU aurait très bien pu la classer comme arme de destruction massive. Maintenant, c'est différent. Elle essaie d'avoir l'air fâché, mais dans ses yeux, je vois clairement ce qu'il en est. Elle a envie de moi. Elle va ouvrir cette fenêtre. Elle veut juste me faire souffrir avant. Et ça marche, je souffre. Pendant que je suis là, appuyé à sa fenêtre, et qu'elle me dévore de ses yeux sombres, le tic-tac de l'horloge du destin me torture. Sans compter que je ne suis pas loin de transpercer le caleçon et le jogging de Jill.

Ramie m'observe et remarque ma tenue inhabituelle.

Je hausse les épaules et souris nerveusement.

Ramie soupire de façon ostensible, pour bien me montrer à quel point ça l'énerve de devoir me laisser entrer. Puis elle pose ses longs doigts sur la poignée et ouvre la fenêtre. Elle s'écarte et me laisse entrer.

Raide, près du lit, elle laisse la fenêtre ouverte, comme pour me faire comprendre que je suis ici en sursis.

— Tes cheveux, dit-elle.

Cette voix, comme je suis heureux de l'entendre !

— Tu les as coupés ? poursuit-elle.

Je hausse les épaules.

— J'en avais marre.

Son regard se pose à nouveau sur le jogging orange.

— Qu'est-ce que tu portes, là ?

Elle me fixe des yeux.

— Est-ce que c'est le...

Je l'interromps :

— C'est à ma sœur.

La couette glisse, et elle la remet en place d'un mouvement d'épaules.

Je m'avance vers elle, elle détourne la tête.

— Je n'ai pas beaucoup de temps, dis-je. Je ne veux plus jamais y retourner.

— Où ça ?

— Chez moi.

Son scepticisme se transforme en inquiétude.

— Pourquoi ?

Je m'assieds sur le bord de son lit, encore chaud.

— Ramie, il faut que je te dise quelque chose.

— D'abord, dis-moi ton nom.

— Je m'appelle Jack.

— Jack comment ?

J'observe sa silhouette qui se détache sur la fenêtre. J'ai tant attendu de la revoir, ailleurs que dans mes souvenirs.

— Tu viens t'asseoir à côté de moi ? je lui propose.

Elle hoche la tête.

— Écoute, Ramie, je sais que Jill t'a sûrement raconté que j'étais un sale type mais...

— D'où est-ce que tu connais Jill ?

Je regarde par terre, essayant de trouver le courage de continuer.

— Ramie, je ne suis pas un sale type. Je suis...

— Quoi ?

Elle s'avance, et sa couette me frôle les genoux.

— Tu es quoi ?

Sa couette s'entrouvre au niveau de son ventre, laissant apparaître les os de ses hanches à travers son short vert.

— Et puis, d'où est-ce que tu connais Jill ?

Je passe mes mains dans l'ouverture, puis fais glisser doucement la couette de ses épaules. Son souffle soulève sa poitrine. Je laisse tomber la couette jusqu'en bas de son dos, j'étends les jambes et je l'attire vers moi.

— Tu ne devines pas ? dis-je.

Nos jambes s'emboîtent comme des Lego. Elle se penche vers moi, ses yeux parcourant mon visage, ma tête, mon cou. Elle touche les mèches inégales de mes cheveux, puis caresse ma joue de ses mains fines. Lorsque son doigt rencontre la cicatrice de mon menton, elle cesse de respirer.

— Je ne peux plus y retourner. Je...

Elle tombe dans mes bras. Ses lèvres douces trouvent les miennes. La couette tombe à terre, et j'entoure sa taille de mes bras. Je la soulève et m'enfonce un peu plus dans le lit. Je sens la peau chaude de son ventre contre moi, à travers son débardeur léger. Je m'allonge peu à peu jusqu'à ce que nous soyons étendus l'un contre l'autre. Elle retire ses lèvres des miennes et s'attarde sur ma joue avant de descendre dans mon cou.

— Jack, murmure-t-elle.

C'est alors que je me dis que la vérité, avec ses détails scientifiques sordides, peut bien attendre. Ses lèvres se promènent sur mon épaule, délicatement. Une vérité bien plus essentielle demande à être révélée ce soir. Celle du corps. La vérité de la peau chaude de Ramie. Son odeur. Ses jambes qui me serrent contre elle, la révélation de son short qui glisse entre mes mains sur sa peau tendre, le long de ses hanches. La vérité blanche et douce de ses seins qui apparaissent lorsque je retire son débardeur. Le son de sa respiration qui se fait plus intense quand elle enlève mon caleçon.

Une vérité que de simples mots ne sauraient exprimer. Une vérité qui demande à être entendue, pas une, ni deux, mais trois fois avant d'être parfaitement comprise. Et une fois révélée, elle plane, chaude et humide, dans la chambre sombre et close de Ramie, pendant que ses messagers s'entrelacent.

Et l'autre vérité face à celle-là ? Un minuscule détail. Un rien du tout. Bonne nuit, mesdames et messieurs. Bonne nuit.

S'il y a un matin dans ma vie que j'aimerais voir durer toujours, c'est celui-là. Ah, me réveiller dans la jungle des cheveux de Ramie, ses longs bras entourant mon torse, sa cuisse brûlante contre la mienne et les caresses frissonnantes de ses...

Quelqu'un frappe à la porte.

— Ramie ? Réveille-toi, chérie !

C'est la mère de Ramie.

— La mère de Jill est là, ajoute-t-elle.

Dans la seconde qui suit, la poignée tourne, et je trouve tout juste le temps de m'écarter du corps chaud de Ramie. Elle gémit doucement mais ne se réveille pas. Lorsque la porte s'ouvre, révélant la silhouette de sa mère, je touche le sol. Aplati sur le plancher, je scrute la scène de sous le lit de Ramie. Sa mère rentre dans la chambre.

J'entends Ramie remuer sous ses draps.

Les jambes de Mme Boulieaux se rapprochent du lit mais restent heureusement de l'autre côté, à quelques pas de moi. Il lui suffirait de jeter un coup d'œil par-dessus le lit pour m'apercevoir dans mon plus simple appareil.

— Réveille-toi, chérie.

Les draps se rabattent, signe que Ramie tente de se cacher sous la couette. Mon caleçon et mon jogging orange sont en boule au pied du lit.

— Mme McTeague est en bas, poursuit Mme Boulieaux. Elle dit que Jill a disparu.

— Quoi ? s'écrie Ramie.

Le matelas s'affaisse sous le poids de Mme Boulieaux.

— Chérie, où est ton pyjama ? Tu as dormi toute nue, cette nuit ?

— Hein ? Euh... ouais. J'avais chaud.

Mme Boulieaux se lève, et je vois ses pieds se diriger vers la porte.

— Habille-toi vite et descends. Mme McTeague t'attend. Elle a l'air inquiet.

Mme Boulieaux sort en fermant la porte derrière elle. Les jambes de Ramie touchent le sol de l'autre côté du lit.

— Jack, chuchote-t-elle.

— Je suis par terre.

Elle s'accroupit et se penche pour regarder sous le lit.

— Elle ne m'a pas vu, dis-je. J'ai bougé à temps, je crois.

Elle m'observe à travers l'espace sale et poussiéreux de sous son lit, ses seins pressés contre ses jambes repliées. J'ai envie de ramper parmi les moutons de poussière et de lui faire l'amour encore une fois.

Ramie serre les jambes et croise les bras sur ses seins, par instinct de protection.

— Je dois... euh... Jill... je dois...

— Descendre. J'ai entendu. Je vais filer par la fenêtre.

Je me lève et j'attrape mon caleçon, douloureusement conscient qu'elle détourne le regard. Je m'habille en vitesse. Blottie derrière sa couette, Ramie remet son short. Nos yeux se croisent tandis qu'elle tente de récupérer son débardeur. Son bras frémit, mais elle résiste à l'envie de se couvrir la poitrine. Je me retourne pour lui laisser un peu d'intimité. Par la fenêtre, j'aperçois la voiture beige de maman garée dans l'allée.

Ramie retrouve son débardeur sous un oreiller et le glisse sur la peau vanillée de son buste, tandis que je détourne une nouvelle fois le regard. Mes yeux repèrent quelque chose de rose et de noir qui pend à une étagère près des impers.

— C'est une robe pour le bal de fin d'année ?

À côté se trouve un costume blanc.

— Tu vas y aller ?

Soudain, la voix de Mme Boulieaux retentit.

— Ramie !

Puis des pas montent l'escalier.

Je m'approche de la fenêtre.

— C'est pour qui, le costard ?

— Ramie ! crie encore Mme Boulieaux, tandis que ses pas se rapprochent.

J'ouvre la fenêtre et je m'élance dans le froid. Depuis la mince rambarde, je vois la mère de Ramie entrer dans la chambre et tirer sa fille hors du lit. Ramie regarde derrière elle, puis suit sa mère.

Je descends de l'érable et traverse la pelouse pieds nus. J'ose à peine imaginer les visions d'horreur que maman essaie de mettre dans le crâne de Ramie. Elle est sûrement en train de lui raconter qu'une créature mutante, appelée Jack, a avalé Jill ou qu'une expérience militaire top secret a dégénéré, et qu'un tueur de jeunes filles lubrique et maniaque rôde dans le quartier.

Je récupère mon vélo dans les buissons et file en direction de Cherry Street.

Je ne sais pas quel jour nous sommes, ni combien de temps il me reste. Et je ne sais même pas où aller. Pédalant aussi vite que possible, je fonce vers Main Street.

Je passe devant la grande maison jaune des Brownstein quand, soudain, mes jambes me lâchent. Je me range sur le bord de la route et je descends de selle.

J'y crois pas ! J'ai fait l'amour avec Ramie hier soir !

Je m'appuie sur le vélo pour ne pas m'écrouler quand cette pensée me percute de toute sa force.

Ramie.

Moi.

Nus.

Un 4 × 4 blanc descend Cherry Street et ralentit à ma hauteur. Un type d'âge moyen en survêtement baisse la fenêtre et se penche vers moi.

— Tout va bien ? demande-t-il.

— Hein ?

— Tu es blessé ? Tu es tombé de vélo ?

— Oh.

Je redresse le vélo, mais mes genoux ne sont toujours pas très stables.

— Non, ça va.

« Je viens de déflorer ta voisine », voilà ce que j'aimerais lui répondre.

— Sûr ?

— Ouais.

J'enfourche mon vélo.

— Mais merci quand même.

Il me regarde m'éloigner en zigzaguant. Puis il me dépasse en me faisant un petit signe. Nous arrivons en même temps à l'intersection de Main Street et nous nous jetons des regards gênés en attendant que le feu passe au vert.

Je vous ai dit que j'ai fait l'amour avec Ramie Boulieaux la nuit dernière. Vous l'avez répété à vos amis ? Mais qu'est-ce que vous attendez ? Allez-y !

Le feu change de couleur, et nous traversons tous les deux Main Street en direction du centre-ville. Pourquoi ? Aucune idée. Je ne sais pas du tout où je vais. J'arrive à peine à voir devant moi. Le trottoir est à ma droite, et des voitures me dépassent sur la gauche. Je fais tout pour rester dans l'espace étroit situé entre le bord du trottoir et la ligne blanche. Des souvenirs à la fois doux et torrides me traversent l'esprit comme des bancs de poissons déchaînés.

Derrière moi, un conducteur klaxonne, énervé. Je m'aperçois que je me suis déporté vers le milieu de la route. Je reprends ma place de l'autre côté de la ligne blanche. Puis je mets pied à terre et monte sur le trottoir. De toute façon, il n'y a pas de piétons. La voiture de derrière, une BMW argentée, accélère avec un crissement de pneus impressionnant.

Je reprends ma route vers le centre de Winterhead, évitant les branches qui dépassent des jardins, plongé dans les souvenirs du corps nu de Ramie.

Le type contre lequel votre mère vous a mise en garde, c'est moi. Vous savez, le voyeur aux pieds nus qui débarque dans les chambres des filles par la fenêtre.

Et leur fait l'amour !

C'est moi.

Mais ce foutu costard blanc, il est pour qui ? Est-ce que Ramie voit quelqu'un d'autre ? Quelqu'un que même Jill ne connaît pas ?

Avant de m'en rendre compte, je suis au centre-ville de Winterhead. J'aperçois une station-service, une boutique d'artisanat, quelques restaurants et un super-marché. Je ne sais toujours pas quoi faire, hormis fuir ma mère, alors j'opte pour la station-service. Je vais derrière le bâtiment, là où les voitures qui passent ne peuvent pas me voir. Je descends de vélo et reprends mon souffle. La nudité lumineuse de Ramie refuse de quitter mon esprit. Au coin, je vois une cabine télé-phonique. Il n'y a pas de monnaie dans les poches du jogging, alors je décide de faire quelque chose de particulièrement peu galant et je l'appelle en PCV sur son portable.

Mon cœur s'arrête de battre quand elle accepte l'appel et me demande :

— Où es-tu ?

— Ramie ?

— Où es-tu ?

— Qu'est-ce qu'elle t'a dit ?

J'entends Mme Boulieaux crier derrière elle :

— C'est qui ?

— C'est Daria.

— Est-ce que ma... est-ce que la mère de Jill est encore là ?

— Jack, je vais te poser une question, et tu dois me promettre que...

Des bruits de pas retentissent dans le combiné, et j'entends la voix de ma mère demander :

— C'est Daria ?

Ramie me lance :

— Rappelle-moi si tu as des nouvelles, d'accord ? On se voit ce soir, de toute façon ?

— Ce soir ? dis-je. Où ?

Ma mère insiste :

— Je peux lui parler ?

— Daria ? fait Ramie. Daria ?

Et puis, sans raccrocher, elle dit à ma mère :

— Elle a raccroché. Elle était en voiture. Mais elle n'a pas vu Jill non plus.

— Ramie, poursuit ma mère, je ne peux pas te dire à quel point il est important que nous retrouvions Jack.

— Oui, oui, réplique Ramie.

— Si tu as des nouvelles de lui, tu dois me prévenir tout de suite.

— Oui, bien sûr.

— Tu pourrais peut-être me laisser ton portable ? Comme ça, si Jack appelle, je pourrai lui parler.

Silence. Puis la mère de Ramie intervient :

— C'est *moi* qui vais garder le portable de Ramie.

J'entends les doigts de Ramie parcourir le portable et raccrocher.

Je garde le combiné dans la main, espérant qu'elle va me rappeler, mais je sais bien qu'elle ne le fera pas. Une femme traîne un petit garçon d'environ trois ans hors du magasin de la station-service.

Ce soir. Ramie veut que je la rejoigne ce soir. Je ne sais même pas quel jour nous sommes. Je ne sais même pas si je serai encore là ce soir.

Je pose mon vélo et j'entre dans le magasin accompagné d'un son de cloche.

— Salut, dis-je.

Le type à la caisse lève les yeux vers moi. Il prend un air dédaigneux lorsqu'il aperçoit mon jogging orange trop court.

— Désolé. C'est jour de lessive.

Ses yeux descendent sur mes pieds nus.

— Ouais, je sais, pas de chaussures, pas de service, mais...

Il m'observe sans cacher son mépris. Je crois qu'il s'appelle Brent et qu'il a laissé tomber le lycée il y a deux ans.

— Est-ce que tu sais quel jour on est ? je demande.

Il me lance un sourire hypocrite, boit une gorgée de son Sprite et répond « Samedi » comme si j'étais vraiment débile de ne pas le savoir.

— Samedi, je répète.

Mais « samedi », ça ne veut rien dire pour moi, car je ne sais pas quel jour je me suis réveillé.

— Tu comptes acheter quelque chose ? demande-t-il.

— Samedi combien ?

Avec un soupir exagéré, il fait appel à chacun des muscles de son cou pour réaliser l'effort incroyable consistant à rester devant une caisse, puis il lance :

— 23.

— Le 23 juin ?

— Non, décembre. T'essaierais pas de m'acheter de la bière, par hasard ? Parce que, aujourd'hui, je demande à voir les cartes d'identité.

— D'accord, dis-je. Donc on est le 23 juin ?

Il ne répond pas.

— Bon, OK. Merci.

J'abandonne Brent et je retourne derrière le bâtiment pour faire mes calculs. 23 juin. Voilà une information utile. Mais est-ce que je me souviens du dernier jour de Jill ? Non. Je n'ai jamais fait gaffe aux dates, parce que je ne suis pas un maniaque du calendrier, contrairement à elle. Et il n'y a pas que ça : avant les événements incroyables de la nuit passée, je n'avais absolument aucun repère dans ma prison.

Attendez une minute. 23 juin ? Je ne suis peut-être pas un maniaque du calendrier, mais je me souviens de *cette* date. Évidemment que Brent vérifie les cartes. Aujourd'hui sera marqué par une augmentation brutale et inattendue du nombre de mineurs cherchant à se procurer l'alcool défendu.

Nous sommes samedi 23 juin, les amis !

Ce soir, c'est le bal de fin d'année !

Moi, Jack McTeague, alias l'amant de Ramie Boulieaux, je roule à toute vitesse en direction de la maison des Wilbur, où je m'apprête à commettre un cambriolage. J'aimerais bien vous dire que j'ai choisi les Wilbur parce que ce sont de jeunes cadres dynamiques arrivistes qui traitent leurs baby-sitters comme des esclaves. Mais ce serait un mensonge. M. et Mme Wilbur, bien que pleins aux as, sont les gens les plus gentils du monde, et leurs jumeaux, les enfants les plus adorables que Jill ait gardés. Non, en fait, je convoite la maison des Wilbur pour les costumes. M. Wilbur, si ma mémoire est bonne, est un type qui s'habille foutrement bien. Lui et sa femme ont l'habitude de sortir le samedi soir, sur leur trente et un, pour dîner « en ville ». « En ville » signifie à Boston, et Boston signifie qu'ils s'absentent pour au moins trois heures, ce qui laissait à Jill pas mal de temps après avoir couché les jumeaux pour se faufiler dans leur garde-robe et essayer les vêtements de Mme Wilbur.

Au fait, au cas où vous ne l'auriez pas compris, je vais au bal de fin d'année. Faites un effort. L'horloge tourne. Je n'ai pas le temps de vous donner la becquée ! Ramie veut que je la retrouve « ce soir », vous vous souvenez ? Ce soir, c'est le soir du bal. Il me faut un costume. Alors ça y est ? Vous pigez ?

Donc, je vais chez les Wilbur et laisse mon vélo dans les buissons qui séparent leur allée de la maison des Pirelli.

Est-ce que je vous ai déjà dit que j'ai fait l'amour avec Ramie Boulieaux, la nuit dernière ? Dans son lit ? Et qu'on était nus pendant tout ce temps ?

Je vous l'ai déjà dit ?

Bien. Je voulais être sûr que vous suiviez.

Enfin bref. La maison des Wilbur. Les buissons. Je suis accroupi dans cette jungle miniature, vêtu du jogging orange de Jill qui me tombe si bas sous la raie des fesses que j'en ai les roubignoles congelées. Comme il ne masque même pas les contours de mon engin, je décide de l'abandonner. Un jour, l'un des jumeaux s'aventurera dans ces buissons à la recherche de son ballon, en ressortira avec un jogging orange et alors, il y aura une belle scène de ménage !

Je surveille la fenêtre de la chambre principale à l'étage, à laquelle Mme Wilbur apparaît et disparaît chaque fois un peu plus habillée. Devant le garage sont garés une Porsche, une Volvo et un Land Rover. La porte arrière du Land Rover est ouverte, et j'entends crier gaiement à l'intérieur de la maison.

Je sors des buissons puis je traverse la pelouse rapidement, à moitié courbé, vers la haie qui longe la maison. Évitant soigneusement le parterre de graviers, je rase la haie finement taillée. Au-dessus de moi, j'entends les pas des jumeaux, tandis que M. et Mme Wilbur se disputent à propos de « la bonne glacière, pas la verte ».

Contournant l'hortensia géant et ses bourgeons bleus, je me dirige vers la porte d'entrée, accolée au garage. À l'intérieur, la télé muette joue *Le Roi Lion* pour un public absent. Poussant la porte vitrée déjà entrouverte, je mets un pied à l'intérieur. À l'étage, les jumeaux sont momentanément calmes.

— Tu peux prendre le costume d'Ariel ou celui de Belle, dit Mme Wilbur. Mais pas les deux.

Je jette un œil dans la cuisine. Une lumière jaune filtre sous la porte qui mène au sous-sol. Il y a une chambre d'amis de l'autre côté du couloir. Je traverse sur la pointe des pieds le carrelage glacial de la cuisine, apercevant au passage mon reflet à moitié nu dans la vitre du four.

La voix de M. Wilbur retentit depuis le sous-sol.

— Elle est sale ! On prend la verte !

Il s'arrête et marmonne :

— On prend la verte. Je n'ai pas le temps de…

Au moment où M. Wilbur commence à remonter avec une petite glacière verte, je me précipite vers la chambre d'amis et saisis la poignée de la porte.

Fermée !

Les pas de M. Wilbur résonnent dans l'escalier. Je suis pris au piège dans le couloir, entre l'entrée du sous-sol et la chambre d'amis.

J'ouvre une porte à ma droite. C'est un cagibi, plein à craquer. Il y a une autre pièce à l'autre bout du couloir. Je l'ouvre et me glisse à l'intérieur, mais je n'ai pas le temps de refermer la porte que M. Wilbur est déjà en haut de l'escalier. Seule une porte nous sépare. Il lui suffit de faire demi-tour pour tomber sur moi en sous-vêtements dans ce qui est, si je ne m'abuse, la petite salle de bains familiale !

À quelques pas de moi, il essaie de calmer les jérémiades des jumeaux, puis soupire et va poser la glacière sur la table de la cuisine.

Prisonnier, je rentre dans la baignoire, dont le rideau de douche pratiquement transparent pourrait vaguement me cacher, mais pas me faire disparaître.

Au bruit, je comprends que M. Wilbur remplit la glacière de la nourriture qu'il trouve dans le frigo. Quelques secondes plus tard, Mme Wilbur et les jumeaux descendent l'escalier.

— Il faut qu'on parte, dit-elle. Ils vont me rendre dingue.

— Papa, papa ! crie l'un des jumeaux.

Puis j'entends M. Wilbur grogner lorsque l'autre lui grimpe dessus.

Aucun des Wilbur ne se décide pour une dernière visite au petit coin, et, après quelques minutes de pleurs et de menaces, toute la famille est dehors. Il y a un peu d'agitation au moment où ils installent les enfants dans le Land Rover, puis le doux bruit de la voiture quittant Grapevine Road me parvient.

Je sors de la baignoire et cours à l'étage, dans la chambre des parents. Le tapis épais absorbe mes pas lorsque je passe devant leur lit, en direction de leur garde-robe, où une multitude de costumes hors de prix m'attendent, de même qu'une montagne de robes, de jupes, de chemises et de chaussures à faire pâlir de jalousie Jill et Ramie.

Au fait, je vous ai parlé de fellation ? Parce que oui, il y a aussi eu une fellation, la nuit dernière.

Donc j'essaie des chemises blanches, des chemises bleues et des tee-shirts argentés. Je teste des chaussures noires et marron, des cravates bleues et des jaunes. Brooks Brothers, Armani, Fendi, D&G. Ça vous donne une idée. Mais rassurez-vous : je ne suis pas une « nana obsédée par les marques ». En fait, je me fiche complètement des noms inscrits sur les habits que je porte. Je veux juste avoir l'air classe pour ma copine.

Pour être honnête, je n'arrive pas à écarter la possibilité qu'elle me tende un piège. Il se pourrait que ma mère m'attende avec un pistolet chargé de tranquillisants à mon arrivée au Karn Beach Yacht Club, ce soir.

Mais je ne crois pas. C'est peut-être la désillusion de l'amour. Ou la fellation. Je vous ai dit pour la fellation, hein ? Quoi qu'il en soit, je pense que Ramie est de mon côté. Il y avait quelque chose dans sa voix... Quelque chose dans la façon qu'elle a eue de mentir à ma mère. En tout cas, que j'aille au bal ou directement en prison, je dois le faire avec style.

Les Wilbur ne sont toujours pas rentrés de leur balade. Les jumeaux ont peut-être pris d'assaut le Land Rover et braqué leurs parents pour les forcer à aller à Disney World.

À huit heures, après avoir dévalisé leur frigo, j'enfile le costume noir D&G de M. Wilbur, ses chaussures noires vernies et une chemise blanche, sans cravate, puis j'enfourche mon VTT.

J'arrive rapidement à Argilla Road, un grand boulevard sombre qui rallie Main Street et le Karn Beach

Yacht Club. Je me fais doubler toutes les minutes par une voiture de jeunes se rendant au bal, profitant de l'occasion pour balancer des canettes de bière. J'ignore si je cours à ma perte. Tout ce que je sais, c'est que Ramie sera là, et cette fois, je vais tout lui raconter.

Une fois arrivé, je fais lentement le tour du parking du Karn Beach Yacht Club. Pas de voiture de flics. Du moins, pas de voiture de flics visible. Et, plus important, la voiture beige de maman n'est pas dans les parages. Des limousines de location sont garées près de l'entrée et gardées nonchalamment par des hommes en costard noir, qui fument des cigarettes.

Il n'y a pas d'emplacement réservé aux vélos, alors je pose le mien contre la rambarde qui mène à la marina. Les « boum-boum » de la musique s'échappent de l'arrière du bâtiment.

Une limo s'avance. Quatre jeunes en descendent, en tenue de soirée, et se fraient un chemin jusqu'à l'entrée principale, sous une bâche rayée vert et blanc.

J'opte pour une approche discrète et j'avance vers la musique en longeant une file de poubelles remplies à ras bord. Je jette un œil à l'intérieur. Des lumières multicolores rebondissent sur une boule à facettes et renvoient sur la piste de danse un motif de confettis tournoyants. Un petit groupe de filles en robes pastel se trémousse déjà. Je me dirige vers l'arrière du bâtiment.

À l'angle, nouvelle file de poubelles. J'entends derrière une porte entrouverte un vieux transistor diffuser des morceaux de metal d'une époque lointaine. Je m'appuie contre l'encadrement de la porte. Une pile de cartons me masque la cuisine. Je perçois seulement le choc des assiettes et des verres, ainsi qu'une forte odeur de transpiration.

Je tourne autour des cartons. Le personnel, en pantalon noir, chemise blanche et veste noire, ne semble pas me remarquer. Un homme d'une quarantaine d'années sort d'un micro-ondes un large plateau rempli de mini-pizzas. Sur une table en inox se trouvent trois énormes récipients en plastique, dans lesquels une fille couverte d'acné verse du jus d'ananas à côté d'une femme hispanique plus âgée, qui coupe des oranges.

— Hé, je peux vous aider ?

À ma gauche, un homme, environ la cinquantaine, également vêtu en pingouin, m'observe d'un air suspicieux.

— Ouais, dis-je. Je suis venu chercher ma petite sœur.

Il hausse les sourcils et incline la tête en arrière, ce qui est le geste international pour « Te fous pas de moi, sale gosse ».

— J'ai reçu un appel d'une copine à elle, dis-je.

Puis je baisse la voix et murmure :

— Elle est soûle.

La femme hispanique émet un gloussement puis soupire avec ironie. Un autre serveur, la vingtaine, déboule de la porte battante avec un énorme plateau de coupes en plastique vides.

— Quelle bande de petits cons ! s'exclame-t-il. On a un autre bol de punch par terre.

Le type à ma gauche, qui, j'imagine, est responsable de tout l'aspect classe de la soirée, soupire bruyamment.

— Fabiana, dit-il. Vous et Britney, c'est votre tour.

La femme hispanique cesse de couper ses oranges et échange un regard avec la fille au jus d'ananas. Puis toutes les deux se rendent dans la salle de réception.

Le responsable me dévisage.

— Allez-y.

Je passe parmi les tables et les lave-vaisselle à capacité industrielle en direction de la porte battante qui mène à la salle de réception, que j'observe à travers les fenêtres. Autour des colonnes grecques recouvertes de papier crépon bleu et blanc, quelques ringards sans cavalières jettent des regards lancinants aux filles, qui dansent devant mais pas *pour* eux. À l'autre bout de la salle, un DJ tient un casque géant contre son oreille en changeant de disque. Lui aussi porte un simple costume noir. Ils sont tous allés dans la même boutique ou quoi ?

— Hé, mec, y a des gens qui travaillent, ici !

Je me retourne face à un jeune de mon âge qui porte un bol de punch. Je m'écarte de son chemin.

Après qu'il a passé la porte battante, je le suis.

À mon grand soulagement, aucun filet géant ne me tombe dessus et aucun parachutiste ne descend en rappel le long des fenêtres pour me capturer. Je retourne observer la scène.

Il doit y avoir au moins deux cents élèves et peut-être quinze chaperons. La plupart, des profs, mais aussi quelques parents. Je ne vois pas maman. Je ne vois pas Mme Boulieaux. Et je ne vois pas de flics.

Par contre, je repère tous les élèves de dernière année de Winterhead High, ravagés comme je ne les ai jamais vus. D'ailleurs, je ne les ai *jamais* vus. Pas avec mes propres yeux, en tout cas. Shelly Doucette et Avina Loman se précipitent dans ma direction, en sueur, ricanant et traînant derrière elles un mauvais parfum à la vanille.

Je connais la plupart de ces gens. Et pas un seul d'entre eux ne sait que j'existe.

You Shook Me All Night Long d'AC/DC rugit des enceintes, et la piste de danse se met à grouiller de filles impatientes de se frotter les unes contre les autres. Quelques types en costard les rejoignent, mais ça reste surtout un truc de filles contre filles. Autour de la piste de danse, les garçons se parlent à voix basse, en regardant leurs cavalières et leurs copines.

De l'autre côté de la piste, derrière un tas de filles lourdement maquillées, les cheveux coiffés en chignon, en tresses et autres coiffures bizarres, j'aperçois Tommy Tateson. Il porte une veste noire et un tee-shirt avec une inscription argentée dessus. Définitivement gay. Je me fous de ce que dit Jill. En plus, il parle avec un type en costard blanc qui me tourne le dos, appuyé à une colonne. Je me demande si c'est son nouveau copain. Alors que je m'approche pour mieux voir, les regards des autres élèves commencent à se tourner vers moi. Surtout ceux des filles.

— Salut, Daria, dis-je.

Elle s'arrête face à moi, puis ajuste son bustier noir.

— On se connaît ? demande-t-elle.

Elle m'observe des pieds à la tête.

Je n'ai pas le temps de répondre. Le mètre quatre-vingt-treize de Noah Trainor vient s'interposer et entoure Daria de ses bras musclés. Il fronce les sourcils en guise d'avertissement, puis conduit Daria sur la piste de danse.

Les yeux de Daria restent rivés aux miens une seconde, tandis qu'il l'entraîne dans le tourbillon de la foule.

Je poursuis mon tour de piste, attirant de plus en plus de regards sur mon passage. En m'approchant de Tommy Tateson, je réalise que le garçon en costard blanc a ses cheveux longs relevés au sommet du crâne comme une fille. Et lorsque je suis suffisamment près, je m'aperçois que Tommy Tateson n'est pas en train de parler à un mec en costard blanc coiffé comme une fille. Il est en train de parler avec Ramie.

Voilà donc à qui était destiné le costard blanc.

Je plonge derrière une colonne, mais ce mouvement brusque attire l'attention de Tommy. Son visage prend une expression interrogatrice, puis il dit quelque chose à Ramie. Sans se décoller de la colonne, Ramie tourne la tête vers moi. Je me recule, mais c'est trop tard. Elle m'a vu.

Retranché derrière une arcade en papier crépon, le DJ, un étudiant d'âge moyen bloqué dans les années quatre-vingt, lance *Tainted Love* sous les hurlements des filles, tandis que la piste de danse se remplit.

Tommy glisse un mot à l'oreille de Ramie. Je ne sais pas lire sur les lèvres, mais j'imagine que ça donne un truc dans le genre : « C'est qui, ce bouffon qui se cache derrière les colonnes ? » Les lumières clignotent en rythme avec la chanson. Il me semble que Ramie répond : « Je ne sais pas. » Puis elle s'avance vers moi, le costard blanc moulé sur elle comme une seconde peau. L'énorme décolleté en V de sa tenue est bordé de dentelles, comme pour indiquer la présence d'une chemise de costume classique tout en exposant une peau super délicate et vanillée. Des souvenirs de la nuit dernière me reviennent, et je dois m'accrocher à la colonne pour rester debout.

— Tu es venu, dit-elle.

— Hmm hmm.

Je devrais vérifier qu'il n'y a pas de policiers en civil prêts à me sauter dessus et à me passer les menottes, mais je ne peux pas détacher mon regard de Ramie. Ses yeux sont fardés de bleu foncé, ses lèvres scintillent et sa peau est une étendue laiteuse impeccable.

— Tu sais que ce n'est pas vrai, hein, dis-je.

— Quoi ?

— Ce que t'a raconté la mère de Jill.

Ramie lève les yeux vers moi.

— Elle m'a dit pas mal de trucs.

— Où est-elle ? Pourquoi elle n'est pas là ?

Ramie regarde autour de nous.

— Elle est partie te chercher. Je lui ai dit que je l'appellerais si je te voyais.

— Elle t'a dit n'importe quoi, je lui affirme.

— Comment sais-tu ce qu'elle m'a dit ?

— Je la connais, Ramie. Elle t'a raconté… Voyons. Que je venais de la maison de redressement d'Esswich ou… non, non, de Lansdale, probablement. Que je drague Jill et que je suis poursuivi pour…

J'essaie de réfléchir comme maman peut le faire avec son esprit terrifiant.

— Meurtre, dit Ramie. Tu as tué un prof. À Québec.

Je ne peux pas m'empêcher de sourire en entendant ça.

— Et comment Jill m'a-t-elle rencontré, au fait ?

Ramie inspire profondément.

— À la plage, l'été dernier.

— Vraiment ? À la plage où elle était avec *toi*, tous les jours ?

Ramie acquiesce.

— Je vois, je vois. Enfin, Jill va bien. Elle sera de retour demain ou après-demain, au plus tard.

Les narines de Ramie frémissent.

— Et tu sais ça parce que... ?

— Parce que...

Je m'interromps. Puis je frôle les doigts de Ramie et prends sa main dans la mienne.

— Je le sais, parce que je suis elle.

Ramie reste silencieuse, ses yeux rivés sur moi s'emplissant de larmes.

— Je sais que c'est difficile à croire, dis-je. Mais...

Elle prend mon autre main et m'attire vers elle. Avançant ses lèvres doucement vers les miennes, elle m'embrasse, puis se recule.

— Tu me crois ? je lui demande.

Elle fait non de la tête.

— Tu crois que je mens ?

Elle secoue la tête de nouveau.

— Ramie...

— Chhh.

Sa main gauche passe le long de mon dos. Elle m'entraîne vers la piste de danse. Caressant ma paume du bout des doigts, elle commence à se balancer d'un pied sur l'autre tandis que sa main grimpe se poser sur mon épaule. Jason Grimby, à quelques mètres de nous, enlève sa langue de la bouche d'Alison Lambert pour me regarder avec curiosité, puis s'en retourne à son baiser baveux.

Lorsque le DJ lance le son de Diana Ross, je me rapproche de Ramie, et nous nous mettons à tanguer doucement, nos genoux se cognant à chaque pas. On ne danse pas vraiment. On bouge plutôt avec et contre l'autre, chavirant côte à côte dans une mer de jeunes, comme si nous étions parfaitement normaux. Personne ici ne sait que j'ai fait l'amour avec Ramie, hier. Personne ne connaît mon secret. Je ne suis même pas sûr que Ramie ait compris ce que je viens de lui révéler. C'est comme si la chaleur de son buste pressant le mien avait écarté cette vérité sordide et que nous étions juste deux ados ordinaires en train de se bécoter sur la piste de danse, sous les regards impuissants des chaperons qui surveillent le périmètre. L'ordinaire de tout ça n'est rien d'autre que totalement extraordinaire.

Ramie sursaute tout à coup.

— Quoi ? dis-je.

Je suis son regard. Mon bras droit tremble.

— Qu'est-ce qui ne va pas ? me demande-t-elle.

— Oh non.

Je l'entraîne vers le bout de la piste, mais mes jambes ne me portent plus.

— Jack ? dit-elle.

Tommy Tateson, appuyé contre une colonne, s'approche de nous.

Une douleur atroce jaillit dans ma colonne vertébrale, et je m'écroule sur le sol.

Ramie tombe à genoux à côté de moi.

— Qu'est-ce qui se passe ! crie-t-elle.

Tommy Tateson met ses bras sous mes épaules et m'aide à me relever.

— Il est bourré ? demande-t-il. Il va vomir ?

Tous les deux essaient de me conduire vers la sortie, mais mes jambes se dérobent. La douleur s'abat sur mes cuisses. Mes genoux crépitent comme un feu de camp, puis fléchissent. Je tombe à terre.

Quelques jeunes sursautent sur la piste de danse, mais la musique continue de jouer.

Les muscles de mon abdomen se contractent.

— Non, pas ça, dis-je.

Ramie s'accroupit à côté de moi.

— Qu'est-ce qu'on peut faire ? Dis-moi !

— Fais-moi...

Ma voix mue dans un profond gémissement.

— Fais-moi... sortir... d'ici.

Je commence à haleter.

Ramie passe mon bras sur ses épaules et tente de me relever. Au loin, Mme Tosier se fraie un passage à travers la foule des élèves, certains me regardant, d'autres dansant toujours.

— Je suis sérieux, Ram. Fais-moi sortir d'ici.

Je ressens une vive douleur dans le dos, et je m'entends gémir. Ramie m'appelle, mais sa voix s'évanouit dans la musique et ma propre respiration agonisante.

Puis tous les bruits disparaissent.

Mon dos se courbe, ma tête se cognant violemment contre le sol. De petites taches de couleur dansent autour de moi. Tous les yeux se baissent vers moi. Les yeux de Ramie. De Tommy. De Mme Tosier. D'Alison Lambert et de Jason Grimby. De tous ces corps en costume, en robe de satin et de soie. Les yeux sous les fronts suants.

Je ne suis plus invisible. Leurs yeux me brûlent, grands ouverts et emplis d'horreur.

La transformation a commencé.

Jill

Derrière l'écran noir de mes cils, la première chose que je remarque est une lumière jaune aveuglante, suivie d'une noire et d'une bleue. Des voix sourdes murmurent des choses incompréhensibles. La musique qui retentit est vraiment nulle. Quand j'ouvre les yeux, les lumières dansent sur le sol. Une boule à facettes tournoie au-dessus de nos têtes.

— Tu m'entends ? demande quelqu'un. Jill, tu m'entends ?

D'autres voix s'élèvent parmi le vacarme.

— Waouh ! dit quelqu'un. Vous avez vu ça ?

Un visage flou auréolé de mauve se penche sur moi. Après un instant, je reconnais le visage de Mme Tosier, une prof d'espagnol grassouillette que je n'ai jamais eue en cours. De l'autre côté, une forme blanche, vaguement humaine, s'avance au milieu des lumières multicolores. J'essaie de distinguer ses contours. Tel un ange, elle s'agenouille à côté de moi, puis me frappe la joue de ses longs doigts.

Quel rêve étrange.

Le visage brouillé de l'ange se révèle bientôt être celui de Ramie. Derrière elle, j'aperçois Alison Lambert, dans sa magnifique robe verte en mousseline, le nez enfoui dans ses mains.

On doit être le matin. Je ferme les yeux et j'attends que le rêve finisse, que le réveil l'emporte. Mais le murmure persiste, et des pas vont et viennent.

J'entends la musique et les mots « ambulance » et « mère ».

Ramie s'écrie :

— Non !

Glissant son bras blanc derrière mon dos, elle soulève mon buste. Mme Tosier essaie de l'arrêter, mais Ramie persiste jusqu'à ce que je sois à moitié debout sur mes jambes faibles. Entourant ma taille de ses bras, elle me tire d'un coup sec. Parmi la bande indistincte de silhouettes, une autre silhouette s'avance. Passant ses bras sous mes aisselles, elle me soulève jusqu'à ce que je sois totalement debout. Mes jambes se raidissent et se mettent en position.

— Salut, dis-je.

J'ai suffisamment expérimenté la logique surréaliste des rêves matinaux pour savoir qu'il est impossible de leur résister. Ces deux anges veulent que je me lève. Ça me suffit. Ils vont peut-être m'emmener en volant loin d'« ici », qu'importe où « ici » se trouve.

— Ramie, dis-je à l'ange blanc, où est-ce que tu m'emmènes ?

Tenant fermement ma taille de ses deux bras, Ramie m'entraîne loin des lumières multicolores, à travers la foule qui se disperse tout à coup. Certains vont danser. D'autres regardent. La lumière rouge d'un panneau de sortie nous fait signe. Je me tourne vers l'autre ange, qui me tient par le bras droit.

— Hé, dis-je. Je te connais, toi.

C'est Tommy Tateson. À en juger par son visage livide, il semble avoir vécu un traumatisme, récemment.

— Où sommes-nous ? je demande.

Il soupire, mais ne répond rien.

J'observe les silhouettes jusqu'à ce qu'elles deviennent de vraies personnes. Samantha Kitteridge, Brenda Weinstein, Mme MacLaine, la nouvelle prof d'anglais, Steven Price.

— Salut, Steven.

Il ne me répond pas.

Tout le monde est habillé en costume ou en robe de soirée. Ça doit être un mariage ou...

Je baisse les yeux et remarque que je porte aussi un costume, un costume d'homme bien trop grand pour moi. Deux immenses chaussures noires dépassent de l'ourlet de mon pantalon. Je lève les yeux vers Ramie.

— Pourquoi je suis habillée comme ça ?

— Chhh, dit-elle. Sortons, murmure-t-elle.

Mme Tosier s'approche et attrape Ramie par le coude.

— On doit appeler ses parents.

— Non, dit Ramie. Je la ramène chez elle.

Elle me guide par la taille vers la sortie.

Tommy nous suit.

— Est-ce qu'on ne devrait tout de même pas appeler ses parents ? demande-t-il.

— Sûrement pas, répond Ramie.

Nous sortons du bâtiment. Sous une tente se trouve toute une file de limousines.

— Ramie, dis-je. Ce n'est pas un rêve, hein ?

Elle me traîne parmi les limousines, à travers l'énorme parking, que je reconnais trop bien à présent. À l'autre bout, j'aperçois une grande pancarte en bois sur laquelle est inscrit « Karn Beach Yacht Club ».

— Oh non ! je m'écrie.

— Viens, dit Ramie.

Nous passons entre deux rangées de voitures.

Je dois tenir mon pantalon pour que les ourlets ne se prennent pas dans mes grosses chaussures noires.

Arrivée à sa voiture, je m'écroule presque tête la première contre la porte du passager. Ramie me fait tourner sur moi-même de façon que je m'adosse à la voiture.

— Comment tu te sens ? Tu veux t'asseoir ?

Elle arrange mon costume et essuie la sueur de mon front du revers de sa chemise.

Je porte la main à ma tête et je m'aperçois que je n'ai pas ma perruque.

— Ramie, comment je suis arrivée ici ?

Ramie jette un œil à Tommy, qui secoue la tête en signe d'impuissance.

J'attrape le bras de Ramie, dans l'attente d'une explication, même si je devine l'horrible réalité.

— Tu ne te rappelles pas ? dit-elle.

C'est alors que je commence à me souvenir. Des fragments d'une autre réalité envahissent peu à peu ma mémoire.

Ramie s'approche de moi et couvre mon visage de ses deux mains.

— Ça va aller, dit-elle. On va régler ça.

Elle sait.

Elle s'approche encore et pose son front contre le mien. Dans le plus discret des murmures, elle souffle :

— Je savais, la nuit dernière.

J'écarte ma tête de la sienne.

— Que s'est-il passé, la nuit dernière ?

Tommy s'avance à son tour.

— Oui, que s'est-il passé, la nuit dernière ?

Les yeux de Ramie me brûlent de l'intérieur, et je n'arrive pas à m'en détacher. La pâleur de mon visage luit dans ses yeux bruns. Nous restons ainsi, accrochées au regard de l'autre, en silence.

Jusqu'à ce moment.

Soudain, comme un film en accéléré, des images de la nuit dernière surgissent dans mon esprit. Le ventre blanc de Ramie, son visage en extase, les spasmes agités, voluptueux, de notre union.

— Je suis… dis-je.

— Quoi ? fait Ramie.

— … une fille.

Je me contorsionne et tombe aux pieds de Ramie.

— Vite ! Le plan B ! La tache noire ! La tache noire !

Tommy me prend dans ses bras et me relève, tandis que Ramie ouvre la portière de la voiture.

— Allonge-la sur la banquette arrière, ordonne-t-elle.

Tommy m'installe, puis s'assied à côté de moi. Quelque chose me gêne. J'attrape un morceau de tulle noir sous moi, puis le pose délicatement sur la plage arrière. C'est ma robe de bal.

Ramie s'installe à l'avant et démarre la voiture.

— Le miroir. Il me faut le miroir ! je m'exclame.

Je me rue à l'avant et oriente le rétroviseur de façon que je puisse voir mon visage. Dégoulinant de sueur, pâle, terrifiant, avec mes cheveux en bataille et mes croûtes. J'encaisse le choc. Puis je me rassieds et ferme les yeux en murmurant :

— Je suis une fille.

— On ne devrait pas la ramener chez elle ? suggère Tommy.

— Chez moi, dis-je. Oui.

— Non, on ne peut pas, répond Ramie.

— Je suis une fille.

— Je sais, dit Tommy. Ne t'inquiète pas.

— Je suis une fille.

Je continue de chercher la tache noire, mais elle reste introuvable. Des images du film grotesque de Jack la nuit dernière se multiplient dans ma tête. Pas seulement des images, mais aussi des bruits et des sensations. Sa voix à elle. Ma voix. Ma voix de Jack. Un film entier en trois dimensions, nos cinq sens en pleine action.

Je grince entre mes dents.

— Je suis...

La voiture avance, et j'ouvre les yeux. À l'entrée du club, Mme Tosier trottine vers nous, suivie par une poignée d'élèves qui nous dévisagent quand nous passons devant eux.

— Je suis... je murmure.

Tommy met son bras autour de moi.

— Jill, dis-moi ce que je dois faire.

Je me tourne vers lui.

— ... une fille ?

Mais ça ne marche pas. Je pose ma tête sur ses genoux et m'évanouis.

— Je ne lui fais pas confiance, Tommy. Jack avait peur de ce qu'elle était capable de faire.

— Ramie, attends. Tu crois vraiment que...

— Je ne l'ai jamais aimée.

— Oui, mais...

— Tu ne comprends pas.

— Je sais, Ramie. C'est juste que...

— Tommy, cette femme n'est pas nette, je te le jure.

— J'ai compris.

— Je ne pense pas.

— D'accord, Ramie. On n'appelle pas sa mère. Tu as fait l'amour avec Jill, la nuit dernière ?

— Minute. J'ai fait l'amour avec *Jack*, la nuit dernière.

Cette fois, je sais que je ne suis pas en train de rêver. Je suis sur la banquette arrière de la voiture de Ramie, les joues ruisselantes collées à la banquette en cuir.

— Mais tu as dit que tu savais que c'était elle, ajoute Tommy.

— Seulement en théorie.

Je me redresse et j'essuie la bave de mon menton. Toutes les fenêtres sont ouvertes, et la voiture est garée à l'orée de la forêt. Ramie et Tommy discutent au bord du lac.

— Qu'est-ce que ça signifie : « en théorie » ? demande Tommy.

Ils me tournent le dos, les mains dans les poches.

— C'était inconscient, explique-t-elle. Enfin, je pense.

Ils sont presque de la même taille, Ramie habillée en blanc, Tommy en noir.

— Il y avait des signes, reprend Ramie.

— Vraiment ?

— Franchement, Tommy. Les cheveux. La cicatrice...

— Je ne suis pas au courant pour la cicatrice. Et je n'ai pas connu Jack. C'était ton mec mystérieux à la fenêtre, pas le mien. Quel gâchis.

Il balance un coup de pied dans une pierre qui atterrit dans l'eau.

Ramie lui saisit le poignet.

— Tommy, tu ne dois *absolument* pas te mettre à paniquer.

En étant discrète, je pourrais passer par la vitre et filer à la maison. C'est à moins de deux kilomètres d'ici.

— Bon, et qu'est-ce qu'on fait, maintenant ? demande-t-il.

— Est-ce que ça te dérange ?

Je commence à passer les épaules par la fenêtre.

— Elle s'est évanouie à l'arrière de ta voiture, Ramie. On doit faire quelque chose.

— Je ne te parle pas de ça. Réponds-moi : est-ce que ça te dérange ? Ce qu'elle est.

Silence. Je reste bloquée, la vitre me rentrant dans le ventre.

— Non, je ne crois pas, dit Tommy. Mais...

Discrètement, je me glisse hors de la voiture.

— Qu'est-ce qu'on est censés faire ? Se les partager ?

Ramie hausse les épaules.

— Je ne sais pas, Tommy. En tout cas, on ne peut pas la ramener chez sa mère.

— Pourquoi ?

— Sa mère m'a dit que Jack était un meurtrier.

— Peut-être que c'est vrai.

— Elle m'a dit qu'il draguait Jill, ce qui est physiquement impossible.

— Je ne sais plus trop ce qui est physiquement possible ou pas, dans tout ça.

— Moi non plus.

Ramie se baisse pour ramasser un caillou lisse et le lancer sur la surface de l'eau. Il ricoche deux fois avant de disparaître.

Passant mes bras par la fenêtre, je laisse la brise caresser mon visage. Ramie et Tommy observent les profondeurs du lac, en silence.

À l'époque du collège, Ramie et moi avions l'habitude de venir nous poser avec nos vélos près du lac. Nous faisions semblant d'être des princesses indiennes qui fondaient une nouvelle tribu – de deux personnes. Il n'y a aucune habitation par ici, et personne ne venait nous déranger. On se racontait tout. Nous gardions nos secrets respectifs. Elle s'appelait Pierre bondissante. Je m'appelais Joyeux Cerf-volant.

— On devrait peut-être la réveiller.

— Non, dit Ramie. Laissons-la dormir encore un peu.

Durant tout le lycée, j'ai vécu dans le mensonge, sans jamais prendre conscience de ma solitude.

Mais c'en est fini, du lycée. Le mensonge est mort. Il ne reste plus qu'une chose à faire.

J'ouvre la porte, et Tommy et Ramie se tournent aussitôt vers moi. Ramie veut s'approcher, mais je l'arrête de la main. Je sors de la voiture et me mets debout sur mes jambes chancelantes.

— Tu te sens bien ? demande-t-elle.

En marchant vers eux, je m'apprête à leur dire que je me sens comme une catastrophe ambulante, mais ça ne me semble pas très approprié.

— Tu as l'air bien, continue Ramie. Enfin, le costume, c'est un peu trop Diane Keaton, peut-être.

Je me place entre eux deux et leur montre le revers du costume.

— Dolce et Gabanna. Je pense que Jack l'a volé à M. Wilbur.

— Le père des jumeaux ? dit Ramie.

Je fais signe que oui.

Elle me regarde une seconde, puis nous nous tournons toutes les deux vers le lac, sa surface noire et lisse formant un cercle quasiment parfait.

La tache noire, enfin.

Mais je n'en ai plus besoin. Pour l'instant, je suis heureuse d'être là, sur la rive, en sachant que j'ai le contrôle de ce qui va se passer, à présent.

Je laisse mes doigts frôler le dos de la main de Tommy. Il prend ma main dans la sienne et, dans un dernier effort, il pose son regard sur moi. Cette fois, je ne compte pas combien de temps ça dure.

Ramie nous observe. Elle a envie de se précipiter vers moi, mais, pour une fois, elle attend que ce soit moi qui fasse le premier pas.

J'écarte l'encolure de la veste de Tommy.

— Qu'est-ce qu'il y a de marqué sur ton tee-shirt ?

Il ouvre sa veste, laissant apparaître un tee-shirt bleu marine sur lequel est écrit en lettres argentées : « FUCK le bal de fin d'année ».

— Sympa, dis-je.

Je prends sa main et, rassemblant tout mon courage, je tends mon autre main vers Ramie. Sans hésitation, elle la saisit de ses longs doigts frais.

— Bon, vous êtes prêts pour la vérité et rien que la vérité ?

Ils me regardent et acquiescent tous les deux.

— Vous êtes sûrs ?

— Oui, dit Tommy.

— Accouche, répond Ramie.

— D'accord.

Et je me lance.

Cet ouvrage a été imprimé en France par

C P I
Bussière

à Saint-Amand-Montrond (Cher)
en novembre 2009

Cet ouvrage a été composé par
PCA - 44400 REZÉ

 12, avenue d'Italie – 75627 PARIS Cedex 13

— N° d'imp. : 093034/1. —
Suite du premier tirage : novembre 2009.
Dépôt légal : août 2009.